山本周五郎
ユーモア小説集

本の泉社

装画◎北村さゆり（「おもちゃカボチャ」より）
装丁◎石間　淳

目次

【本書の編集について】

＊本書の文字表記については原文を尊重しつつ、新字体および新仮名遣いにあらため、ふり仮名、傍点は加減しました。適宜、語注を付しています。
＊作品中には、今日では不適切とされる表現が見受けられますが、著者が故人であることを考え、原文通りとしました。
＊『山本周五郎全集』(新潮社、全30巻）を底本とし、各作品収録の新潮文庫を参考にしています。

評釈堪忍記

一

駒田紋太夫《こまだもんだゆう》は癇癖《かんぺき》の強い理屈好きな老人であるが、酒がはいってるときはものわかりのよい人情家になる。そのときも程よく酔っていた。そのうえ多年の念願だった隠居の許しが下って、数日うちに城北いなり山の別宅に夫婦だけで移ることになり、すでに荷物も送り出したという状態で、甥の庄司千蔵《しょうじせんぞう》にとっては又とない面会の好機だった。もちろん初めは渋い顔をみせられた。江戸邸から精《くわ》しい手紙が来ていたとみえて、拳固一つくらいの事まで「なんたる態たらくだ」などとどなられた。千蔵のほうでは覚悟のまえであった。どうせ褒められようとは思っていない、小さいじぶんこの伯父さんが江戸に来るたんびに、癇癪を起こすのが面白くってよく悪戯《いたずら》をした。父と酒を飲んでいるとき、汁椀の中へ蜻蛉《とんぼ》を入れたり、敷いてある寝床の中へ飛蝗《ばった》を二十も突込んで置いたり、帰り際に刀を隠したりした。最も面白かったのは、厠へはいっているとき窓から西瓜を投げ入れたのと、酔って寝ている枕許へ半《はん》挿《ぞう》*を置いて、起きると水をかぶるような仕掛けを拵《こしら》えたときだ、甲のばあいは夜の厠で蹲《しゃが》んでいる頭へ西瓜が落ちたらしい、ごつんという音といっしょに「ひょう」というような奇声が聞えた。乙のときも予期以上に仕掛けがうまく利いて、起上るとたんにざっぷりと水をかぶったが、逆上したのだろういきなり刀を抜いて、無礼者と叫びながら転げている半挿を斬ったのには驚いた。「こいつは碌な者にはならん」とその頃から目の敵《かたき》にされていたので、ぎゅっという目に遭うだろうくらいは暗算して来たのである。ところが小言は割かた軽く済んで、五年ばかり見ないうちにすっかり肥って酒光りの出た赭《あか》ら顔も、どうやら隠居らしい温享なおちつきが表われている。千蔵つい嬉しくなって、世間の親爺という親爺をみんな隠居させたらさぞ安楽だろうと思ったくらいである。

「然《しか》しどうしておまえはこう喧嘩ばかりするんだ」紋太夫の調子はぐっと親愛の調子を帯びてきた、「若いうちは有りがちだといっても、おまえのは願を掛けたようじゃないか、就中《なかんずく》この仁宅多二郎《にやけたじろう》を殴ったという訳がわからん、仁宅はこっちにいるじぶんおれの役所で使っていたが、ごく温厚で篤実な人間だった、決して喧嘩や口論をするような性質ではない、どういう理屈であれを殴ったんだ」

「――あいつあふざけた糸瓜《へちま》ですよ」千蔵はぐいと唇をへし曲げた、「晩飯を食わせるから来いというんでいったんです、ふところ都合も余りよくはねえだろうと思ってこっちは頑《がん》てき、**に角樽《つのだる》を持たせていったくらいなんです、ところがあの蒟蒻玉《こんにゃくだま》は」

「ちょっと待て千蔵、――おまえ酔っているのか」
「いいえとんでもない素面《しらふ》ですよ」こちらは証拠を見せるために顔を前方へつきだした、それから景気よく話を続けた、「ところがあの蒟蒻玉は床間に木偶《でく》***を飾っているんです、然《しか》もそれが女の木偶なんです、私はむらむらときたけれどもいちおう穏やかにそいつを取って庭へ抛りだしました」
「床間の物を庭へ抛りだすのが穏やかなのか」
「だってまだ殴りもしないし喧嘩も吹っかけた訳じゃないんですから、ぽっと出の田舎者だと思うから柔らかく出たんです、それでわかる訳なのにあの頓痴気はなんとかいう名工の作だとか、やがて御老職にも成ることだから少しはこんな趣味もどうだとか、詰らない念仏を並べたてるんです、世の中に理屈と念仏と海鼠《なまこ》っくらい厭な物はありあしません、我慢したんですけれどもあんまり舐めたことを云うからつい、――なにしたんですよ、お蔭で酒を一升棒に振っちまいました」
「どうもおかしい」紋太夫は腕組みをして首を捻った、「おまえの云うことを聞いていると駕《か》籠舁《ご》きか魚屋とでも話してるようだ、江戸は言葉がぞんざいなことは知っているがおまえのは桁外れじゃないか、ふざけた糸瓜だ、晩飯を食わせる、蒟蒻玉頑てき頓痴気、とうてい武士の口にすべきたぐいの語彙ではない、いかんぞ千蔵」

＊半挿＝小さな盥。　＊＊頑てき＝生真面目に、くらいの意か。　＊＊＊木偶＝人形。

酒がはいっていなかったらこの辺で雷が落ちるのである、然し老人の生理的条件は最上であって、寧《むし》ろ甥の性格のなかに自分と同位元素のあることを認め、これを撓《た》め直す*こと己れの為すが如くせよとさえ思ったくらいである。

「もっと此方《こっち》へ寄れ、——」紋太夫は声を柔らげて云った、「おまえの短気は世間を知らず苦労を知らないところから起こる、人間はそれぞれ感清もあり意地もあって、時には臍を曲げたり毒口をきいたりしたくもなるものだ、いいか例えばここでおまえが殴られたとする」

「そんなことは断じてありません」

「これは譬《たと》えだ、例えばおまえが殴られたとして、ああよく殴ってくれたいい気持だ、——そう思うか」

「誰がそんなことを思うもんですか、もしそんな奴がいたら」

「まあ聞くんだ、いいか、おまえが殴られていい気持がしないとすれば、おまえに殴られる相手だっていい気持はしない、そうだろう」

「そしたら殴り返しゃあいいんです、簡単明瞭ですよ」

「黙れといったら黙れ、——手も早いが口も減らないやつだ、どう云えばいったい」

こう首を捻ったとたんに名案がうかんだ、黄金宝玉の如しとはいえないが一石二鳥の値打はたしかな名案である、老人はひそかにほくそ笑み手を擦った。

二

「おまえあの雨をどう思う」紋太夫は庭のほうを指さした、「もう四日も降り続いている返り梅雨のようなあの雨をどう思う」

「鬱陶《うっとう》しくってむしゃくしゃして堪りません」彼は見るのも厭だというように庭とは反対のほうへ顔をそむけた、「手の届くものならとっ捉まえて五つ六つぶん殴ってやりたいくらいですよ」

「そうだろう、然し相手が空では殴れまい、——また一つには、もう少し前へ出ろ千蔵」

こう云われて、なにげなく膝を進めるとたん、老人は拳を固めて甥の頭を殴った。ごつんと音がしたくらい手厳しく殴った。千蔵の軀《からだ》はひくっと痙攣《ひきつ》り、片ほうの膝と右手とが一種の運動を起こしかけた、これは意識の支配を受けない純粋の筋反射であって、交感神経の鋭敏な個躰には特に著しくみられる現象の一つである。紋太夫は本能的に片手で防禦姿勢をとったが、千蔵はどうもしなかった。人がその躰内から一種の瓦斯体を排泄するときの如く、顔を赧《あか》くして力み、歯をくいしばった。

「どうした、殴り返さないのか——」

「な、ぐ、り、ま、せん」千蔵は、歯と歯の間からこう答えた、「伯父上には、手は、挙げら、

＊撓め直す＝曲がっているものをまっすぐにするなど、形を整えること。

れ、ま、せ、ん、から」

「いい心掛けだ、それならまだ望みはある」紋太夫は手を膝へ戻した、「おまえの短気は世間知らず苦労知らずと云った、詰り自分の感情に走って相手のことを考えない、紙の表を見て裏を見ない、凡《すべ》てに思慮が一方的だから短気が起こるのだ、この雨は鬱陶しい、むしゃくしゃする、然し農家などにはこの雨が天の恵みだ、雨具商人、辻駕《つじかご》人足などもさぞ儲かるだろう、まあ降るだけ降るがいいとこう考えてみろ、気持は軽くなるし癇癪も起こらないで済む」

「はあ、――」

「いまおれに殴られて伯父だから殴り返せないと云うが、なぜおれが殴ったかということを考えてみないか、殴られるようなことを昔おれにした覚えはないかどうか」

「むかし、――」と云いかけて千蔵はああと唸った。汁椀の中の蜻蛉、厠の窓から投込んだ西瓜、ひっくりかえった半挿、その他あらゆる悪戯の数かずが毀《こわ》れた玩具《おもちゃ》の転げ出るような具合に、ずらずらと記憶から跳びだして来たのだ。「なるほど」千蔵はこう頷いた。

「おれの云う意味がわかったか、思い当ることがあったか」

「わかりました、然し、――」

彼は感に耐えたという風に首を傾げながら、つい知らず小さい声で、やっぱりじじい覚えてけつかったと呟いた。この呟きは老人に聞えたが、それは老人を怒らせるよりも寧ろ復讐の快感に酔わせたくらいで、一石二鳥とは即ちここを指して云ったものである。

「ここをよく考えろ千蔵、この世の凡ては因果の律に支配されておる、おまえが生れたのはおまえの父と母とが、——えへん、広大な、詰りそうしたことが、原因となっておる、花は蝶に蜜を与えて実を結び、源氏を滅ぼしたことに因って、平氏は源氏に滅ぼされる、因果は昭彰《しょうしょう》＊として無駄も掛け値もない、だからして、わかり易く云えば、ここにおまえの癪に障る人間がいて一つぶん殴ってやろうとするとき、こいつは今おれに肚《はら》を立てさせたが、こいつがおれに肚を立てさせるようなことをするようなことをおれにこいつが、いやおれが、こいつが、いや待て」老人はどうやら修辞法の網にひっかかって汗をかきだした、「詰りこうだ、このおれがおまえとする、いいか、そこでおまえのこいつがおれのおまえに肚を立てさせるとするだろう、そこでおれのおまえがおまえのこいつに、おれのおまえに肚を立てさせるようなことをおまえのおれが、こいつが、いやおれが、ええ癇癪が起こる、ばかばかしい」紋太夫は手の甲で額を撫でながら、「今日はもうやめだ、また明日《あした》来い」

こう云ってさっさと立っていってしまった。

千蔵は明くる日また伯父を訪ねた。——だいたいこんど彼が国詰になって来たのは、庄《しょう》司《じ》の家名を継いで三十人組の組がしらに任ぜられたためである、庄司は母方の遠縁に当る姓で、二代まえに絶縁していたのを、こんど再興することになって彼が選ばれた、そしてまた

＊昭彰＝誰が見ても明らかなこと。

同じ遠縁のうち宇野又右衛門《うのまたえもん》の二女かなを妻に迎える話も定《きま》っていたのである。——三十人組というのは藩主側近の衛士《えじ》で、江戸と国許に六十六人ずつ二組になっており、水練、木登り、早道などという特殊の技能者が集めてある、本来が戦場非常のばあいに備えた部署で、泰平には余り使いどころのない役だったが、それが却って「側近の衛士」という虚名と結び着いて、傍若無人、横着僭上《せんじょう》、高慢不遜の気風を唆《そそ》るようになり、現在ではちょっと手に負えない存在になっていた。それなら廃止すればよさそうなものだが、元亀天正*の頃からの由緒ある職制だし、一つには藩主の意見で、「悪童的存在も武家気風の支柱として有るほうがよい」という封建的政略的主旨から存続されている訳だった。こういう次第なので、この組を支配する組がしらが難物だった、内には豹虎《ひょうこ》の如き連中を抱え、外には家中一般との折合をつけなければならない、これは裏急後重《りきゅうこうじゅう》**の腸疾患を持って三三九度の席に列なると等しく、臀《しり》を押えて中座するか、とりはずして恥をかくかのどっちか一つと相場が定《きま》っていた、それで「三十人組を預かるには妻子親族と絶縁してかかれ」という金言ができたくらい、嫌われた役目だったのである。

三

千蔵に庄司を再興させ、三十人組の支配を宛がうという案は紋太夫から出たものだ。庄司はいずれ中老の席に直る家格なので、ひと修業させる意味もあるし、わる悪戯な甥に眼から火の出るような思いをさせてやりたいという、無邪気な意地わる根性もあった、然しさて当人が来てみると、意地わる根性どころか急になにもかも心配になって、なんとか甥の短気を封じ、まん丸でなくともせめて楕円形ぐらいには勤まってゆくようにと気を揉みだしたのである。「人間には堪忍袋というものがある」既にあれから五日めとなって紋太夫の意見はようやく普遍性を帯びてきた。

「おまえも人間である以上は持っている筈だ、まずそれをぐっと緊《し》める、こう——」と老人は胸のところでなにかを握るまねをした、「こうぐっと緊めるんだ、いいか、さてそこで、こんどは相手の身になって考える、こいつがこんなことを云ったり仕たりするのは、おれがいつか知らずに侮辱したとか、不愉快な思いをさせたなんということがあるのではないか、もしなにもないとすれば、こいつはひどく運の悪いことか思惑はずれがあって癇が立っているんだろう、気の毒に、——こう思ってやる、またどうしても気の合わぬ者とか、厭なやつ、愚図、高慢な人間などはなるべく長所をみつけるようにするんだ、あいつは大嫌いだが鼻はみごとだとか、意地は悪いが耳が立派だとか、愚図だけれども気は好いとか、なんにも取柄はないがこんなに取柄のないということも一つの取柄だとか、根性は曲っているが足は真直《まっすぐ》だとか」「もしもがに股だったら、——」

＊元亀天正＝一五七〇年から十数年間、徳川・織田対足利将軍を中心とした反織田勢力が対立した時代。
＊＊裏急後重＝便意はあるが出ない状態。

「そしたら手とか、背骨とか、鼻筋とか」

「それがどこもかしこも曲っているとすると、――」

「そうすれば詰り、全体が曲ってるとすれば、詰りそれなりに、統一が取れている訳で、統一が取れているということはそれなりに真直だということになる、――だが口を出すな、話がこんがらかっていけない」

「要するに」八回めになって、いなり山の別宅まで意見拝聴に出張した千蔵は、もうこの辺で解放されたくなってこう云った「要するに喧嘩をしたり人を殴ったりしなければいいのですね」

「それだけではない、ひとを尊敬し、ひとの意見を重んじ、寛厚《かんこう》*に付合い、過ちを恕《ゆる》し、常に堪忍袋の緒を緊めて、――」

「わかりました、きっとうまくやりますから安心して下さい」

「大丈夫だということが保証できるか」

「保証かどうかわかりませんが、今日で八回もお小言を聞きながら、いちども肚を立てなかったとしてみれば――」

「申したな、よし、その言葉を忘れるなよ」

こう云って老人は止《とど》めを刺すようにぐっと睨んだ。

実を云うと千蔵はこのとき既に自分の堪忍袋を発見し、その緒をぐっと緊めることに成功していたのだ。一度は家のことで、一度は富田弥六《とみたやろく》という三十人組の小頭《こがしら》のことで、――家のほうは狭くて古いのが気にいらず、係りの役所へ捻込んだが、いま空家が無いので暫く辛抱して貰いたいということで我慢をした。弥六のほうはかなり危なかった。後で考えると容子《ようす》を探りに来たものらしい、玄関に立って反り返ったまま「いつから出仕なさるか」と横柄な口を利いた。恐ろしく反り返っているのでこっちからは顎だけしか見えないくらいだった、千蔵は頭がじいんと痺れた、臍のあたりがむず痒くなり、それが胃の腑のところへ移行して来た、従来の経験だとそれは準備完了の徴候であるがそのとき、移行して来たものがなにかにこつんと突当ったのである、胃の噴門部あたりで得態の知れないものにぶっつかり、そこで不決断に停止した、詰りその得態の知れないものが堪忍袋だった訳で、そう気づくなり千蔵は満身の力をこめてその緒を引緊めた、ぎゅっ、ぎゅっと力いっぱい引緊めた。富田弥六はじりじりと後ろへ退った、こちらが返辞をしないでいつまでも黙って立っているので少し不安になったらしい、千蔵はようやく袋の口を緊め終ったので、しずかに「この十二日から出仕する」と答えた。弥六は「この」という発音と同時に右の腕で頰を掩《おお》い、左手でなにかを防ぐような恰好をしながら、蝗《いなご》のようにすばやく玄関の外へ跳び出した。この動作の敏速的確さは彼もまた或る種の人物であることを証明するものであろう、然し敏速なる退避行動にも拘《かかわ》らず、拳骨も平手打もとんで来ないのを知ると、彼は（既に門のところにいたが）吃驚《びっくり》

＊寛厚＝心がゆったりして温厚なこと。

したように四辺《あたり》を見まわし、千蔵が依然として玄関に立ったままで、些《いささ》かも暴力的所作に出る容子のないのを慥《たしか》めると、もういちどこっちへ顎を見せたのち、悠々と門の外へ去っていった。……噯気《おくび》*の出るほど聞かされた伯父の意見と、この二つの経験、就中《なかんずく》堪忍袋の発見に依って、千蔵は新生活に対する自分の力量に確信を持っていたのである。

四

世の中は艱難《かんなん》の待合室であり、人間は胎内より業苦《ごうく》を負って生れるという、されば人生は風雪を冒して嶮難《けんなん》悪路を往くが如く、二十四時寸刻の油断もならぬ酷薄苛烈なものである、千蔵は組がしらとして役所へ勤めだすなりそれを知った。彼は三十人組の士風作興という任務を授けられていた。かれらの傍若無人と横着高慢はその本分を尽さないところに原因がある、木登り、水練、速足などという、それぞれの特技に精励勉強させれば、しぜん謙抑温順になり節義道徳を守るであろう、こういう意見に依って千蔵の任務は計量公課されていたのである。——出仕の第一日は老職の前で組下の小頭五人に紹介され、更にかれらの案内で詰所へいって、六十人の組下に紹介された。この儀式はごく単純なもので、要するに「庄司千蔵が今日からおまえたちの組がしらになった」という布告である、ところが儀式が終ったとき千蔵は極めて怪訝な印象を受けた。それは組がしらに就任したのは六十五人のかれらであって、自分はかれら全体を長官とする唯一人の部下であるという気持だった。海辺の蟹は時《し》化《け》の襲来を予知するそうであるが、事実とすれば、庄司千蔵にも蟹的予知力が有ったに違いない、彼の受けた印象は誤らなかった。かれらが正しく長官であって、然も長官族の中で最も長官らしい長官だということは、就任十日めにして次の如く証明されたのである。

「ちょうど季節だから泳ぎの稽古を始めたいと思うがどうだろう」

千蔵はその小頭である須井栄之助《すいえいのすけ》を呼んでこう云った。

須井栄之助は「結構ですね」と答えながら、えいと叫んで片手を振り、眼の前に飛んでいる蝿をあっさり摑んだ、蝿捕り蜘蛛のような男である。

「ではいつ始めようか」

「さよう、いつでもいいでしょう」

「明日からでよかろうか」

「いいでしょうな」

「では明日からとして、場所や師範者は定っているのだろうな」

「場所は川でも海でも沼でも池でもお好み次第です、お城の濠以外はどこで泳いでも心配はありません、師範者というのは私は知りませんが、御希望なら捜させましょうか」

「御希望——」千蔵は唾をのんだ、「自分は別に希望もなにもないが、従来それでは師範者なしにやって来たのか」

＊噯気＝げっぷ。

「誰が、なにをです」

「其許《そこもと》の組下たちで、水練を師範者なしにやって来たのかと訊くんだ」

「私たちがですか」栄之助はけぶな*ことを聞くというようにこちらを見た、「――どうしてまたそんなことをお訊きになるんです、私たちは水練なんかやりあしませんしやりたいなんて思ったこともありませんよ、明日から始めるというのは組がしら御自身の話じゃなかったんですか」

「――――」

千蔵は歯をくいしばって堪忍袋の緒を緊めつけた、袋は厭いやをしたり藻掻《もが》いたり痙攣したり縮まったり、ぐっと伸びたり跳ね上ったりした、彼は汗みずくになって格闘した結果ようやくそいつを捻伏せたが、栄之助は不作法にも、「水練組に水泳ぎをやれだなんて妙なことを聞くものだ」こう呟きながら立っていった。千蔵は眼をつぶって歯ぎしりをした、それから思考を転位させるために、「えーと今日は、今日はなにか用事があった筈だが」などと空言を云ってみた。たしか用事はあった。その日は午後からいなり山へいって、伯父の家で宇野又右衛門の二女と会うことになっていた。然し栄之助との問答と堪忍袋との格闘で、疲労困憊した結果まったく忘れてしまったのである。今日は、今日はと十遍も云ってから「よし今日は晩飯に鰻を食おう」と呟いた。鰻うなぎと下城するまでにしゃにむに鰻のことを考え続けていた彼は、家へ帰るなり家僕《かぼく》にそれを命じた。ところが一言のもとにはねつけられたのである、「この土地には鰻なんかあござりやせん」にべもない返辞だった。だい体この秀六《ひでろく》という家僕は横着な怠け者で、否、——それどころではない、その時玄関へいなり山から使いが来て「皆様が待ち兼ねている」ということを息せき切って伝えた。千蔵は思わずああしまったと呻き、着替えもそこそこ家をとびだした。まえに記したとおり宇野のかな女とは既に婚約ができ、十一月には祝言をする予定であるが、そのまえにいちど会って風貌性格を知って置きたいという要求から、その日の会合が企画されたのだ、但しその「要求」は彼のものではなくかな女の提出にかかるものであって、率直に云えば「会合」ではなく一種の「召喚」だったのである。千蔵がこの事実をどう考えたかは云うまでもあるまい、然し彼は堪忍袋を片手に緊めて、須井栄之助と一刻以上の遅刻と水練と鰻とかな女のことで頭をいっぱいにしながら伯父の家へと駆けつけた。いなり山の客室では宇野夫妻とかな女と主人の紋太夫が待ち草臥《くたび》れていた、否そんな生ぬるいことではない、待ち勢《きお》い待ち挑《いど》み待ち熾《さか》っていたと云うべきだろう。紋太夫は甥の顔を見るなり「なにをしていた」と呶《ど》鳴《な》った。之に対して千蔵は片手で汗を拭きながら「役所で泳いでおりました」と答えた。「役所で泳——」と紋太夫が眼を剝き、又右衛門が失笑《ふきだ》した。かな女は仏像の如く端正に坐り端正な眼と端正な鼻をこちらへ向けて端正に千蔵の顔を眺めていた。

＊けぶな＝不思議な。

五

中秋名月の招待と、かな女が仏像の如くあらゆる点で端正だという、二つの収穫を持って彼は自宅へ帰った。なにしろ「役所で泳いだ」という失言と、手を放せば暴れだしそうな堪忍袋の心配と、頭の中で嘲笑し手を叩いている須井栄之助の幻像とで、どんな話題が出たかなにを答えたかすらまるで記憶がない、帰る途中の或る町筋で鰻を売っている店をみつけたが、「なるほどこの土地には鰻なんかあ無いんだな」と感心したくらいあがりにあがっていたのである。

千蔵が有賀子之八《ありがねのはち》を呼んだのはそれから半月ほど後のことだった。有賀は速足組の小頭であるが、六尺豊かな恐ろしく肥えた軀《からだ》に所有されていて、素人が見たのではその巨大な肉塊のどこに彼自身がいるのか見当がつかないくらいだった。水練組との交渉をひとまず延期した千蔵は第二の交渉相手としてこの子之八を選んだ。肥え過ぎた人間は概して善人だという、殊に有賀は肉躰的にも精神的にも百事超然たる風格にみえたから、須井の如く悪辣な逆説を弄する惧れはないだろうと考えたのだ。ところがこれは非常な浅見だった、子之八の風貌が百事超然にみえるのは、脂肪の極大堆積に依って全皮膚の表面張力が限度に達しているため、全身的にも部分的にも心理の反映たる表情能力を欠如していたからで、その巨大な肉塊を掻分けて現われた実際の子之八は、千蔵の予想などとはまったく違う人品だったのである。

「仰《おっ》しゃることがよくわかりましぇん」千蔵の問いに対して彼はサ行に癖のある悠長な口ぶりでこう反問した、「稽古とはいったい、どんな稽古でしか」

「速足組だから速歩法の稽古をするのではないのか」

「ああそれでしか」彼は悠《ゆっ》くり点頭*した、「それなら勿論やっておりまし、せれともやっていないとでも仰さるんでしか」

「そんなことは云わないが、今後なお組織立った方法でいっそう」

「いや御安心下しゃい、みんな実に達者なもので、それは実に吃驚するくらいでしから、その点なら実に塵ほどの御心配もありましえんでし」

「それはそうだろうが、役目のことであるからなお」

「いや大丈夫でしとも、なわも蓆《むしろ》もない金の草鞋《わらじ》に太鼓判でしょ、慶徳院さまの御治世に臼《うす》鉢《ばち》百《ひゃく》兵衛《べえ》という速足がいたそうでし、間坂山が崩れて七郷の田が流れたとき、彼《か》の百兵衛は半日で二十一里十二町を往復したそうでしが、いま私の組にいる井田典九郎なずはあなた、実に並足で半刻《はんとき》五里という記録を持つくらいでしからな、尤も寿門院さまの御治世に一人、後に相法院さまが久良加平《くらかへい》の髭をお捴《むし》りなせった折、——あれは慥か蛇卵《だらん》論議といって江戸屋敷でも評判だったそうでしから御承知かも知れましぇんが、蛇が鶏小屋へ卵を盗みに来る

＊点頭＝うなずく、承知すること。

に就いて、いや牝鶏《めんどり》を瞞着《まんちゃく》するために瀬戸物で卵を作るそうでしな、なぜ瞞着せなければならぬかというとでし、牝鶏というやつは卵を産むと、——」

千蔵はもう聞いてはいなかった、両手で懸命に堪忍袋を押えつけ、眼をつむり歯を噛み緊めながら、宇野のかな女が仏像に似ていることや、このごろ家僕の秀六が立ったままで自分にものを云うことや、いちど江戸前の蒲焼を飽きるほど喰べたいなどということを考え続けた。子之八は約二時間も饒舌《しゃべ》ったのち、再び巨大な肉塊の中へもぐり込みその肉塊を運搬してたち去った。人間の感覚器官のうち視聴の二覚ほど天邪鬼《あまのじゃく》な唯物論*的な無拘束な自由主義者はない、例えば眼のことにしても、芝居などで贔屓役者のぎっくりきまる表情を見ようとするときとか、疾走する列車の窓から林間の川原で乙女が素裸で水浴しているのをみつけ、慌てて（もちろん美的感性から）振返るときなど決して希望どおりに見えた例しがない、にも拘らず見たくないもの、面《おもて》を外向《そむ》けたくなるような事物は必ず見える、厭になるほどはっきり見えるうえに記憶の原板へ焼付いてしまう。耳もそのとおり、セヴェラック**の甘美な田園描写曲の細部を聞き取ろうとか旅館で隣室の、——否、若夫婦の否、詰り、——戦争中来襲機と味方機との爆音を聞き分けようとするときなどてんから役に立たない癖をして、聞きたくない音、耳を掩いたいようなものは実によく聞える、聞くまいとすればするほどかさに掛って聞えるうえにこいつも記憶の石へ碑文のように彫付いてしまう、悪七兵衛《あくしちびょうえ》が眼を剔出《てきしゅつ》しゴッホ殿が耳をちょん切った所以《ゆえん》実にここに存するのである。千蔵は眼をつむり他処《よそ》事《ごと》を考えていた、子之八の姿を見ず声を聞かぬために懸命の努力をした。にも拘らず数日のあいだなにを見ても子之八に見え、耳の中では蛇だの相法院さまだの井田典九郎だの瀬戸物の卵だのが「しぇーん、しぇーん」と唸ったり叫んだりし続け、夜もおちおち眠れないくらいであった。

千蔵を取巻く家中の状態はその前後からはっきりし始めた。彼等は確認したのである、江戸屋敷に庄司千蔵という暴れ者がいる、短気で手が早くて恐ろしく喧嘩に強い、こんどそいつが来るそうだからみんな気をつけろ、こう噂をしていた当人が、現に来て四五十日経つのに喧嘩のけの字も見せない。小当りに当ってみても温順の如く鄭重に、或いは鄭重の如く温順に受流す許りで、短気なところなど爪の尖ほどもみつからなかった。

「あの評判は嘘っぱちさ、大丈夫まるで腰の抜けた猫だよ」

家中の観察はこのように廻れ右をしたのであった。

六

水練にも速足にも背負投げをくった千蔵は、中秋名月の数日まえに木登組を打診してみた、こんどは小頭を避けて、奥野兵衛《おくのひょうえ》という温和《おとな》しそうな組下の者を呼んで話した。

＊唯物論＝観念でなく物質・実在するものを基礎におく考え。＊＊セヴェラック＝マリ＝ジョゼフ＝アレクサンドル・デオダ・ド・セヴラック（一八七二－一九二一）フランスの作曲家。

「私がですか」兵衛は眼を瞠《みは》り、「私が木登りを――あの子供がやっているあいつを」こう云って急に屠場《とじょう》へ牽《ひ》かれる羊のような声をだした、「お願いですそれだけは勘弁して下さい、私はもう三十七歳で妻もあれば、子供の六人もある人間ですから」

「この稽古が年齢や妻子に関係があるのかね」

「考えてみて下さい、この髭を生やした、鬢《びん》の毛に白いもののみえる男が七八つの腕白みたいにえっさえっさと木登りをやる、――否《い》え勘弁して下さい、私は構わないとしても妻や子供が可哀そうですから、どうか私の妻子に泣きをみせないで下さい、妻や子供を憐れんでやって下さい、お願いです」

千蔵は彼を退らせてやはり組下の吉木多左衛門《よしきたざえもん》を呼んだ。これはむやみに快活なまだ若い明けっぴろげた男だったが、話を聞くなり「本当ですか」と膝を乗出した。顔が活気だちぺろりと舌なめずりをして、恐ろしく張切ったうえ声をひそめた、「本当にお許しが出るんですか、まさか騙すんじゃないでしょうな」

「役目のことで騙すなんという訳はない、然し、――」千蔵はちょっと不安になった、乗気になって呉れたのは有難いが、どうもあんまり乗気になり過ぎるようである、これ迄がこれ迄だからこれ迄の手とは違う手を打つかも知れないと思った、「然しまさか勘違いをしているのではないだろうな、稽古というのは木登りのことなのだが」

「ええ勘違いなんかしやあしません木登りです、手と足を使って樹へ攀登《よじ》るあれでしょう、わかっていますよ、ちょうどこれからしゅんに向うときですから申し分がありません、早速やります」

「――しゅんに向う」千蔵は相手を見た、「木登りにしゅんがあるか」

「御存じないんですね」こう云って吉木多左衛門は更に膝を乗出した、「御存じなければお教えしますがね、木登りは夏から冬がしゅんで面白いんですよ」

「少し考えよう、――」

千蔵は手を振りながら今日はもういいと退らせた。世の中がいかに多くの艱難に満ちているか、生きることがいかに困難な味気ないものであるか今こそ身にしみて千蔵に了解された。彼は厳粛になり人生に頭を垂れた、今こそ彼は、「世間なるもの」の定価は、千蔵にとって恐ろしく高いものについたのである。

宇野家から中秋名月の招待を取消して来たのはその翌々日のことであった、「雨になりそうだから」という理由であるが、当日は朝から晴れて終夜皓々たる名月が眺められた。尤も千蔵は眺めた訳ではない、彼はその日城を下るとき、本丸の桝形の処で知らない人間にぎゅっと油を絞られた、向うから来た三人伴《づ》れとすれ違うとたん、「待て」と大きく呼止められた、振返ると三人がぐるっと取囲んで、「いまおれの刀へ鞘当てをしたがなにか遺恨があるのか」と云う、こっちはまるで覚えがなかったが相手は喧嘩にする積りらしいので謝った。低頭して「申し訳がない」と謝った。「おれは槍組の葉山津太郎という者だ」相手はこちらをこう上からねめおろした、「心得のために聞いて置こう、詰所はいずれで姓名はなんというか」

そして千蔵が名乗ると、相手はほうと眼を丸くし、態《わざ》とらしくじろじろ眺めながら、すると本当なんですなと云った、「貴方の堪忍袋が牛の革で出来ているというのは、まさかと思ってたんだが本当なんですなあれは」

そして三人でげらげら笑いながらたち去った。「堪忍の革袋か」と高声に嘲《あざけ》りながら、――幸いにして当の堪忍袋はたいして暴れもせず、ただ腋の下へ冷たい汗が出ただけだった、然し堪忍袋が牛の革で出来ているという言葉がいつまでも耳について離れず、食もたれでもしたように胸が重いので宵のうちから蒲団を被って寝てしまった「堪忍の革袋か、――だがいいじゃないか、これでおれの堪忍強さも正札が付いた訳だ」こう思って満足し、月なんか勝手にしろと嘯《うそぶ》いた。

七

革袋には正札が付いた。こうなれば千人力である、観月の招待を取消した宇野家からは、間もなく婚礼延期の通告が来た、「些か得心なり難きことあって」のことだという、人にはそれぞれ事情があるものだ、宜しい、彼は承知の旨を答えた。なにしろ千人力である、城中で聞えよがしな蔭口を耳にしても、通りすがりに態《わざ》と突当られても、牛の革で出来た袋はもうびくともしない、役所での彼の席は段だん隅のほうへ押詰められ、小頭たちがまん中へのさばり出てきた、いいじゃないか、席が逆になったって天変地異が起こる訳もなかろう、富田弥六は立派な顎だし、有賀子之八は隅になんぞいられる軀じゃない、「人間は勘弁と折り合が大切だ、そこで初めて世の中が泰平無事におさまるんだ」――いかにも、泰平無事ほど結構なものはない、人類永遠の理想は恒に自由と平和であるから、然しこれほど求めて得難く、求め得て永続きのしないものはない、筆者は永遠の平和を信じない如く革袋の正札も信じないだろう。なぜなら「正札」はいつでも付替えられる仕掛けになっている物だからである。果して、革袋の正札の剝げる日がやって来た、付替えではないさっぱりと捲《むし》り取られる日が――。

残暑の返ったような暑い日のことだった。城から家へ帰って来ると、千蔵の居間に家僕の秀六がごろ寝をしていた。肱枕《ひじまくら》で長ながと寝そべって、好い心持そうに鼾《いびき》までかいて眠りこけていた。千蔵の腋の下に冷汗がにじみ出て来た、これは堪忍袋が温和しくなって以来の生理現象である。

「まあいい、――」彼は暫く家僕の寝ざまを眺めた後でこう呟いた、「秀六だって同じ人間だ、たまには風のよく通る広い部屋で午睡《ひるね》もしたかろう」

それから足音を忍ばせて静かに寝間へゆき、着替えをして、汗でも拭こうと裏へ出た。そして井戸端で半挿へ水を汲み、顔を洗おうと踞《かが》んだ時である。彼は水の面へ妙な人間の顔が写るのでぎょっとし、急いで後ろを振向いた、もちろん誰がいる訳でもない、そこで改めてよく見るとどうやら自分の顔のようである、たしかにどこかしら見覚えがある、「おれの顔だ」と云い張る自信もないが、「おれの顔じゃない」とも云い切れない。千蔵は不安になった。手拭を抛りだしたまま急いで寝間へ戻り、長持の中から鏡を取出した、縁側の明るい処へいって坐り、熟《つく》づくと鏡の面を瞶《みつ》めたが、半挿の水面に写ったのと少しの違いもない、「慥かにこれはおれだ、――が、これは決しておれの顔じゃない」いったいなに事が起こったのだろう、彼は鏡を置き腕組みをした。どのくらい考え耽ったことだろう、居間のほうで「あっーあ」という大きな欠伸《あくび》が聞え、どたんと足を投出す音がした。そのとたんである、どたんと足を投出す音といっしょに、千蔵の胃の噴門部のあたりでぷつんとなにかが千切れ、「ぶれい者」という叫びが口を衝いて出た。まったく無意識の叫びだったし、ああおれはなにか呶鳴《どな》ったなと気づいた時には、既に居間へとび込んで秀六の枕許へ立っていた、「――起きろ五躰満足でいたかったら自分の部屋へ退《さが》れ」家僕は夢でもみていると思ったのだろう、ぽかんと口をあけて主人を見上げたが、とつぜん恐怖の悲鳴と共に腰を抜かし、「うな、うな、鰻はあります、鰻はあります」と血迷ったことを喚きながら、畳の上を這い這い逃げていった。千蔵はまだ鏡を持っているのに気がつき、ちょっと覗いて床間へ置こうとしたが、吃驚したように慌ててまた覗いた。それから縁側へ出てゆき、鏡の面を拭いてよくよく眺めた……自分の顔である、慥かに、紛れもなく庄司千蔵の顔である、「ははあ」こう彼は頷いた、「ははあ、――」弁証法＊を借りるまでもない、この二つの顔の表明するものがわからなければ、それこそ噸痴《とんち》己《き》であり蒟蒻玉である。なにを疑うべき、千蔵は鏡を置き声を張って「秀六これへ来い」と叫んだ、秀六は跳んで来た。千蔵はそっぽを向いたまま、「おれが我慢を切らしたということはわかるだろう」

「へえ」

「断わって置くがおれの拳骨は痛いうえに文句なしの待ったなしだ、眼の玉が二つとも飛出した奴があるから気をつけろ」

「へえ、よ、よくわかりました、それで鰻を」

「買って来い、荒いところを五人前だ、酒も付けるんだぞ」

そして彼は右手で拳骨を握り、それをぶんぶんと唸るほど振廻した。秀六は眼をつぶってけし飛んだ。正札は剝がれた、さっき胃の噴門部あたりでぷつんと千切れたのは堪忍袋の緒に違いない、胸も腹も裏返しにして大川で洗い晒したようにさっぱりしてきた、筋肉がうずうずして骨が鳴るようである、「そんなばかなちょぼ一**があるか」彼はどかっと坐ってから云いだした、「おれの面がおれの面でなくなって革袋に正札が付いたってなんだ、堪忍袋を牛の革で包んでも米の出来がよくなる訳じゃねえ、芋虫は這うもの蜻蛉は飛ぶもの、頓痴気は頓痴気で水練は水泳ぎだ、紋太夫が伯父貴なら甥のおれあ千蔵よ、正法にふしぎはねえまっぴ

＊弁証法＝対立、矛盾する意見がより発展した高度の認識を与えるとする考え。＊＊ちょぼ一＝サイコロの出る目をかける博打用語。転じて、でたらめなこと。

ら御免だ」ああやんぬる哉、遂に泰平は幕を下ろしたのである。

八

新しい幕は明くる朝の城の大手から始まる。登城して来た彼は大手先で葉山津太郎に会った。このあいだの伴れだろう、なにか高声に話しながら三人で歩いてゆく、それが槍組の葉山に相違ないと見るや、千蔵はぐんぐん追いついてゆき、いきなり後ろから力任せに躰当りをくれた。ふいを食って相手はつんのめった、否つんのめった許りではないみごとに顔で地面に立った。

「ぶれい者」こう叫んだのは千蔵である、「こんな広い処で人に突当るとは遺恨でもあるのか、なに者だ」

「――――」

葉山津太郎は口から石ころを吐出しながら起きた、「な、なん、な」

「なにがなんだ、はっきり、――やあ、おまえさんはこのあいだの先生だな」彼はにやりとした、「なるほど、あのときの鞘当ての遺恨か、読めた、読めたとなったら問答はない、明朝六時に的場の森で会おうじゃないか、そこで話をつけよう、約束したぞ」

云うだけ云うと後をも見ずに歩きだした。本丸をまわってゆくとき第二の獲物があった。名は知らないがよく聞えよがしに「革袋革袋」と云った奴である。こいつはずんぐりむっくり小男なので、追い越しながら、「子供がこんな処へはいって来ちゃいけない」と叱りつけ、これにも明朝六時的場の森の約束手形を振出した。中の口から廊下へ上ると、富田弥六といっしょになったから、「おい、おまえの名前はとんだやろうとも読めるが、洒落れてるなあ」と云った。弥六は眼を剝いて反った、恐ろしく反ったのでまた顎だけしか見えなくなった、「ほらまた反りゃあがった、おまえその他に芸はねえのか」

「侮辱だ、侮辱だ」弥六は金切り声をあげた、「断じて赦《ゆる》せない、武士の面目が立たない、みんな証人になってくれ、証人になってこの」

「やかましい、皮のやぶけた太鼓をそう叩くな、口惜しかったら的場の森へやって来い、朝の六時に待ってるぞ」

そしてさっさと歩きだした。三十人組の詰所へはいるとうまいことに有賀子之八が猿山《さるやま》四《し》郎《ろう》次《じ》という木登組の小頭と茶を飲んでいた。猿山はいつか奥野と吉木多左衛門を使って嘲弄した男である。――茶碗と土瓶を前に置いて、有賀と四郎次が差向いでなにか話している。そのまん中をまっすぐに、千蔵がずかずかと通りぬけた。茶碗がすっ飛び土瓶がひっくり返って、熱い茶が景気よく四辺《あたり》へはねかった。二人はかまいたちとでも思ったのだろう、子之八は我知らず「なむとらやあ」と唱えたし、猿山は眼をつぶって両手で空気をひっ掻きまわした。「茶は焚火《たきび》の間で飲め」千蔵はこう呶鳴った。そして二人がいまそこを通ったのがかま

＊かまいたち＝鎌鼬。魔風を起こすイタチの妖怪、またその妖怪によって引き起こされる現象。

いたちではなく、組がしらの革袋だと知って憤然としたとき、「よしわかったなにも云うな」と先手を打って叫んだ、「話は的場の森でつけよう、明日の朝六時にやって来い、待っているから忘れるなよ」有賀は四郎次の顔を見、猿山は子之八の顔を見た。そしてぶるっと身震いをした後もっとよくお互いを眺めた。その時もう千蔵は次の獲物を掴んでいた、本来なら彼の席であるべき場所に、須井栄之助が坐って組下の者になにか云っている。彼はその面前へいって立ったまま相手を見下ろした。栄之助は顔をあげてこっちを見た。千蔵はそれをじっと見下ろしていたが、「まずい面だ」こう云ってその廻りをぶらぶら歩きだした。

「なにか仰《おっ》しゃいましたか」

「おれかい、ああ仰しゃったね、聞えたかい」振向きもしないでこう云うと、栄之助はさっと蒼くなった。

「聞えました。まずい面だというのがはっきり聞えました」

「それはめでたいね、耳だけはまあ人並の証拠だ」

「それは正気で云うんですか、それとも寝言ですか」

「おまえ洒落れたことが云えるんだな栄の字、うん、——ちょいとしたもんだ」こう云いながらもまだ栄之助の廻りをぶらぶらしている、「然し断わって置くがそれで止せ、それ以上うっとも云っちゃいけない、おれの拳骨は痛いうえに文句なしの待ったなしだ、両方の眼玉の飛出さないうちに黙るほうがいい、——立たないのか」

立たないのかという言葉は天床《てんじょう》や襖がびりびりいったほどの大喝である、栄之助は下から発条《ばね》を掛けられたように跳上った。千蔵はその跡へかっちりと坐り、「ここは組がしらの席だ、おれは組がしらだ、席の順序のわからぬやつは庭へ抛り出す、小頭はみんな出ているのか」

「——出ておられます」蚊のような声で向うから答えたのは奥野兵衛であった。見ると廊下から焚火の間へかけて、組下の者たちの仰天したような顔が並んでいた。

「おまえ達は向うへ退っていろ、見世物じゃない、小頭はここへ集まるんだ、なにを愚図ぐずしているか、おれは忙しいんだ、てきぱきとやれ」勝敗は決した、四人の小頭は憑きものでもしたようにそこへ坐った。

「みんな出たな」千蔵はじろっと眺めまわした、「それではこれから布令を出すからよく聞け、三十人組は殿御側近の衛士という許りでなく、元亀天正より伝承する唯一の名誉ある職制で、これに属する者は鍛錬これ努め修身を厳にし、職を瀆《けが》さざると共に一藩の模範たらねばならぬ、鍛錬とはなんぞ、——須井栄之助、おまえの預かる組はなにを以て鍛錬とするか、おまえの組の鍛錬とはなんだ」

「——す、水練で……」

「はっきり申せ、なんだ」

「水練でございます」

「よし、猿山四郎次の組はなんだ」

「木登りでございます」

「有賀は」

「速足です」

「よし、——水練は水練、速足は速足、富田弥六は三組用達《ようたし》として明日から鍛錬にかかるんだ、布令に従わぬ者は支配へ申し達して屹度処罰する、わかったか」

そして千蔵は座を立ち大股にずんずん廊下に出ていった、更に残りの獲物を探すために、的場の森の約束手形を振出す為に、——そしてその翌朝。

九

まだ仄暗い朝の五時、いま明けた許《ばか》りの宇野家の門をはいって、こわ高に玄関で案内を乞う者があった。庄司千蔵である、「たのむ、たのむ」遠慮も会釈もない叫び声だ、奥から家扶《かふ》*が走って来て、「お静かにお静かに」と制止した、「なに御用で、何誰《どなた》さまでございます」「かなどのに伝言がある、こう伝えて貰いたい」千蔵は更に大きく声を張って叫んだ、「臆病犬をひと纏めにして、庄司千蔵の拳骨の音をお聞きにいれる、おこころあらば、的場の森へ六時までに来て頂きたい、宜《よろ》しいか」

そして唖然としている家扶に背を向け、力足を踏んで宇野邸を出ていった。霧の流れる城下町を北へぬける、大馬場を廻って小川の畔をゆくこと三町、鉄砲的場を取巻いて深い杉の森がひろがっていた。千蔵はまっすぐ森の際までいった、見まわしたが、誰もいない、舌打をして、転げている朽木へ腰を掛けた、「――誰か一人ぐらいは来るだろう」こんなことを呟いた。

小鳥の囀りが高くなり、霧がうすれた。千蔵は朽木から立ち、伸上って道の彼方を見やった。もうとっくに刻限である、然し誰一人として現われる容子《ようす》がない、「ちょ――」彼は舌打をし、右手で拳骨を握ってぶんぶん振廻した。するとうしろで「もうお帰りあそばせ」という声がした。これには千蔵も吃驚して、あっと叫んで振返った。そこに、――宇野のかな女が立っていた。

「あなたは、あなたは」

「ええ来ておりました、庄司さまよりほんのひと足早く、――」

「私より早くですって、だってどうしてそれが」

「昨日のお噂は城下じゅう知らない者はございませんですわ、そして伺ったわたしが、ここへまいらないでいられましたろうか、――」

千蔵はじっとかな女の眼を瞶《みつ》めた、そしていちど全身を見上げ見下ろしてから、改めてまた眼を瞶めた。彼女は仏像ではなかった、彼女自身に変化があったのか千蔵の眼が変ったのか筆者は知らない、「なるほど」千蔵は仏像でなくなったかな女の眼に微笑を送って頷いた。

＊家扶＝用人の一人で家内の雑事にあたった。

「私は演説をつかうのが嫌いです、いまの言葉をこのあいだの延期の取消しとみていいでしょうな」

「――もう何誰もいらっしゃいませんわ」かな女は眩しそうに眼をそらした、「わたくし家の者には黙ってまいったのですから、もう帰りませんと、――」

「こいつを見せたかったんだがな、こいつを」彼は右手の拳骨を口惜しそうに押し撫でた、「然しまた折があるでしょう、そのときは胸のすくようなのを」

「わたくしにはいやでございますよ」

みなさん、こう云ったとたんのかな女の眼が想像できるでしょうか、詩人共が何千年このかた讃えて来、何万年の将来も讃え飽かぬであろうそのまなざしが。――彼は大馬場の角まで送っていってかな女と別れ、その足でいなり山の家を訪ねた。

「伯父上はお起きになったか」玄関で千蔵はこう呶鳴った、すると面前へ「やかましい」と云いながら紋太夫が出て来た、「なにを早朝からどなりこんで来たんだ」

「お返し物があるんです」千蔵はにこっと笑った。

「返し物とはなんだ」

「堪忍袋ですよ、とうとうやぶけちまいましたし私にはもう用がありません、きれいさっぱりお返しします」

「――、――」

「そして十一月には祝言をやっつけますから」彼はこういって叩頭《こうとう》*した、「伯母上によろしく」

（『新読物』一九四七年一二月号）

*叩頭＝膝に続いて頭を地に着けることで深い謝罪を表すことだが、ここでは多分に茶目っ気めいている。

真説吝嗇記

一

飛田門太《とんだもんた》はたいそう酒が好きである。よく世間で朝、昼、晩に飲むということを聞くが、彼のばあいは朝昼晩の三度に飲むのではなく、朝昼晩へ糸を通して輪に結んだかたちである、これをわかり易く云えば、眠るときのほか一日じゅう飲んでいる訳だ。勘定方書役で百五十石取っているから、勤めに出ることは云うまでもない、もちろん勤めていても飲む、役所で燗徳利と盃は使えない、土瓶と湯呑でやる。はじめは上役によく叱られた。叱られれば止すが、その代り事務がてんではかどらなくなる。元もと勘定役所とか会計検査院とか統計局などというところは、計数に無能な役人を集めると定《きま》ったもので、さればこそ三十日で足りる事務に一年の日子《にっし》を要する仕組になっているのだが、わが門太は算数の天才であって、およそ十五人ぶんの仕事を人で片づける。勘定役所には支配を別にして十二人しかいないから、詰るところ門太に仕事をさせて置けば、あとはみんな勤勉に遊ぶことが出来るという実情だ。ところが酒を禁じられるとたんに彼の能力は停止して、同僚とおなじく勤勉になる、それでは役所の機能が停ってしまうので、ついには彼の土瓶と湯呑は黙認のかたちになった。

「十九歳のときでしたが吐逆《とぎゃく》*というものを病みましてね」

門太はこう解説する。

「それ以来これなしでは済まなくなった訳です、これが切れると吐逆の毒で頭がぼんやりしてしまうのですな、私としては実に迷惑なはなしです」

役所のほうは割かた簡単であったが、家庭をそこまでこぎつけるには技巧を要した。不利なことに彼は婿養子である。鑓田《やりた》という三百五十石御宝庫番頭の二男に生れ、二十二歳で飛田家へ入婿した。飛田には孫九郎という舅によのという娘があり、それと結婚したのであるが、孫九郎が一滴も飲めないくちだし、よのも酒の匂いを嗅ぐと脚気が起るというくらいで、情勢は鬼窟裡《きくつり》**に珠を偸《ぬす》むほど困難であった。門太は画策し計略を案じ秘謀をめぐらしたが、度重なる失敗の結果「将を獲《え》んと欲せば馬を射よ」の金言に想到し、攻撃法の大転換を行なって専ら乗馬術の訓練にいそしんだ。酒精分の末梢神経に対する麻痺作用はヒポクラテスの昔から医家の証明するところである、かくて彼はその鍛錬し得た乗馬術が酒精分の吸飲によってさらに倍加し、時間の持続性と技法の変幻自在性に於て平時に隔絶するという事実を証拠だてた。よの女は武士の妻である。良人《おっと》の乗馬術が飲酒によってかくも顕然と効果をあげるとすれば、万難を排してもこれを提供するのが婦道であろう、もちろん彼女は欣然として勧奨に努めた。なに、――飛田家に馬がいたかと仰《おっ》しゃるか、とんでもない、馬などは一頭もおり申さぬ。彼は敵の搦手《からめて》を陥《おと》し、おもむろに陣がためをして本塁攻略にかかったが、舅孫九郎の病死によって、意外に早く飲酒の自由を確保したのである。酒飲みは人情家だという例にもれず、門太は事務以外にも同僚の親愛を集めていた。気がくさくさするとき人は彼を訪ねる、失敗したとき、絶望したとき、困惑し途方にくれるとき、泣きたいとき、笑いたいとき人は誰でも門太を訪ねて慰安と解放を与えられる。

「うん、それは困ったね」彼はこう云ってまず盃を持たせる、「ま、とにかく一杯いこう、そういう具合だとすると考えなくちゃならないからね、ひとつ二人でゆっくり案を練るとして、――まあ重ねないか、困るで思いだしたんだが、あの虎というやつね、もちろん毛物《けもの》の虎さ、あれがその実になんなんだね、その――」

こうして半刻《はんとき》ばかり経つと、客は困っている事情をさっぱりと脱ぎ捨て、こころよき酔いと虎のぬいぐるみに包まれ、幸福円満な気持になって帰ってゆく。「ああそいつにはおれも苦しんだものだよ」別のとき彼はほっと同情の溜息をつき、盃を持たせてまず酌をする、「ひとつぐっとやらないか、なにしろそういう問題は複雑だからね、焦ってはいけないものらしい、

＊吐逆＝胃の中の物が口腔内に逆流する現象。多くは過食の際に不随意的に起こり，嘔吐はない。＊＊鬼窟裡＝鬼の住む穴。

まったくやりきれないがね、ま、もう一つ——それに就いて思うのだが海の水がさしひきするね、満潮干潮というあれさ、あれはなんだとさ、それほど簡単なものじゃないんだとさ」

そして半刻ばかり後には、客はその複雑な煩悶をはながみの如く破棄し、潮の干満に就いてのぞくぞくするような知識を抱いて、いかなる楽天家より楽しそうに帰ってゆく。

さはさりながら僅か百五十石の俸給で、そんなに酒を飲んだり、友情に篤くむくいたりすることができるであろうか。勿論できません、殆《ほと》んど不可能であります。ではなにがゆえに彼はそれをなし得るか、さよう、それにはそれだけの理由がある、ひと口に云うと彼には借款《しゃっかん》のできる甥があったのだ。甥、名は鑓田宮内《やりたくない》、即ち門太の兄の子で、現在その家の当主になっている。だがまえにも記したとおり鑓田は御宝庫番頭の三百五十石だから、ただそれだけでは他家へ婿にいった叔父に金を貸すほど裕福ではない、ここにも一つ理由がある。然しまず、——一杯まいろう。

二

鑓田宮内は隠れもない「吝嗇家《りんしょくか》*」であった。試みに訊いてごらんなさい。どんなに不縹緻《ぶきりょう》な娘をもつ親でも、「あの男にはやりたくない」と云うに定《きま》っている、それほど彼の「吝嗇家」としての名声は高く、且つ徹底的であった。

宮内の吝嗇は三歳にして始まった。なにしろ幾ら玩具を買ってやってもすぐに失くしてしまう、これは高価なものだからと、よほど念を押してやっても、半日と経たないうちにもう失くして、よその子の玩具で遊んでいる。また客から色いろと珍しい物を貰うが、これも満足に一日と持っていた例《ため》しがない、つい眼をはなしたと思うとどこかへ失くしてしまう。親たちはよほど頭の悪い児だと思って憂いに沈み、毘沙門天のお札をのませたりお賓頭盧《びんずる》**さまとこつんこをさせたりしたそうである。ところが六歳の年の二月一日に、このちびが母親のところへ来て、「自分に長持を一つ貸してくれ」と要求した、どうしてもきかないので、一つ空けてやったうえなにをするかと見にいった。すると彼は袋戸納《ふくろとだな》の奥からなにか出して来ては、丁寧に一つ一つ長持へしまいこむのである。……母親は訝しさの余りこれを良人《おっと》に告げ、父親はすぐに息子のところへいって事態を糾明した。ところがなんと、それは曾てそのちびが紛失したと信じられていた凡ての物であった。有らゆる種類の玩具が新しいままで、ぴかぴか光り彩色鮮やかに、手垢ひとつ付かずに、現われたのだ。

――だって毀《こわ》れたり汚れたりしちゃ勿体ないからね、ちびは父親の訊問に対してこう答えたそうである。遊ぶときには誰かのを借りるほうが得だよ。

そこにある玩具の最も古いものから推算した結果、彼が「所有に就いての功利的経済観念」にめざめたのは実に三歳の春であったということが判明した。お賓頭盧さまや毘沙門天を煩

＊吝嗇家＝ひどく物惜しみや出し惜しみをすること、度を超した倹約。ケチ。＊＊お賓頭盧さま＝釈迦の弟子である十六羅漢の筆頭。病気を治す力があるとされ、撫でるとその部位の病気が治るという。

わす必要は些《いささ》かもなかったのである。

彼は年と共にその天賦の才をあらわした。十四五になると早くも親子の経済的関係は逆転し、浪費の害に就いて、倹約に就いて、蓄財の美徳に就いて、物資尊重に就いて、粗衣粗食の奨励に就いて、父母はその子から屢《しば》しば訓戒を受け、譴責《けんせき》をくわねばならなかった。——父上、食事は腹七分ですぞ。彼はこう云いながら食事ちゅうの父に向って指を立てる。お気をつけなさい、美食は浪費でもあり胃腸を損ねる因《もと》です。——母上この暑いのに風呂をたてるのは無駄です。こう云って彼は母の袖をひく。これから夏のうちは水風呂と定めましょう。

彼が二十歳のとき母親が亡くなり、二十三歳で父親を喪った。彼は家督を相続し、父に代って御宝庫番頭を拝命すると、断然家政の改革を行い、三代まえから仕えている老家士を残して、召使のぜんぶを解雇した。残された家士は矢礼節内《やれせつない》といい、年は七十八歳で、消化不良と不眠症の痼疾《こしつ》がある、ということは食事の量が僅少で、消化のために身体活動を厭《いと》わず、眠れないから夜業《よなべ》を励むし朝が早い、詰り一人にして四徳を兼ねる又となき忠節の士であった。——それ以来ずっと二人で暮している、妻帯などは考えたこともないし、娘をやろうという親もない、金の出る交際は凡てお断わり、商人は出入りをせず、台所を覗く犬もなく鼠さえいない、塵を掃き出すのも惜しそうにここを先途と貯める。

——ああ勿体ない。彼は髭を剃るたびにこう溜息をつく。この髭の一本一本に喰べた物がはいっているんだ、それを剃り落すなんて実に勿体ない話だ。

——まあこのくらいで止《よ》そう。風呂舎《ふろや》で軀《からだ》を擦《こす》りながらこう呟く。この垢だって無代《ただ》で出来る訳じゃないんだ。

家中の評判はもちろん悪い。くそみそである、御宝庫番にいる下役の者でさえ公用以外には口もきかず問い訪れもしない、そのほかに知己友人の無いことは云うまでもなかろう。——然るにたった一人、彼を愛し彼を憂い彼を戒飭《かいちょく》*し、そして彼をしぼる者がいた、即ち前章で紹介した叔父の飛田門太である。彼もまたこの叔父だけは昔から好きだった。彼が十四五歳で家の経済主権を握った当時、この叔父はまだ鎧田に部屋住みでくすぶっていた、すでに酒を飲みだしたじぶんで、小遣が足りなくなるとせびりに来た。十も違う叔父さんが十四か五の甥のところへ来て、「ひとつ頼む」などと片手を出す風景はみものである。宮内は笑い乍ら若干《いくばく》かの金を出してやった、いちども頭を横に振ったことがない、勤険貯蓄に関して父母を説戒するほどの彼が、この叔父にだけは厭な顔ができなかったのである。

彼等のこの美わしい関係は、門太が飛田家の人になってからも続いている。門太に長男が生れたとき、この甥は誰より先に祝いに来た、その長男は琴太郎といってもう七歳になるが、持っている玩具の殆んど全部が宮内から贈られたものである、——勿論それが宮内三歳のとき以来の退蔵品であることは云うまでもない。また門太も屢しば鎧田を訪ねる、然しそれは多く次のような形式と内容を兼備していた。

＊戒飭＝人に注意を与えて慎ませること。

三

飛田門太は麻裃《あさがみしも》*をつけ、扇子を持って、鑓田の表玄関に立つ。かの忠節な老家士が出ると、謹厳なる音声を以て甥に面会を求める。そして謹厳に客間へとおり、威儀を正して坐り、謹厳に咳ばらいをする。――甥が出て来る、坐って挨拶をするが叔父殿は威儀を崩さない、こんどは厳粛に咳ばらいをして次の如く始める。

「いかんな宮内、これではいかん、世評はくだらない、好きなことを勝手なように申す、けれども世評は、やっぱり世評だ、名聞ということがある、武家にはなおさら、けちんぼはまだしも吝嗇はいかん、曾て源昌院《げんしょういん》さまの御治世に、――」約半刻あまり訓話が続く、それから厳粛にこう結ぶ、「そういう訳であるから、いいか、今後はきっと心得て、吝嗇だけは慎むようにするがいい、えへん、では今日はこれでいとまをする」

門太は静かに立ち、謹厳に表玄関へ出て、別れを告げる。そこで謹厳は終るのである。彼は麻裃を脱いで供に渡す、供はそれを受取って挟箱《はさみばこ》の中から常の袴を出し、麻裃を納《しま》う。門太は袴をはき替えると、すぐに鑓田の脇玄関へいって案内を求める。忠節な老家士が出ると、こんどはたいそう柔和に甥を呼んでくれと頼む。――いま表玄関から麻裃で帰った客が、忽ち常の恰好で脇玄関へ現われた訳だ。甥の宮内が出て来ると、門太は酸っぱいような眼をして云う。

「まことに済まないが」そして例の調子で片手を出す、「ちょっとまた五両ほど貸してくれ、俚諺《ことわざ》にも小言は云うべし酒は買うべしというくらいだ」

「叔父さんは間違えてますよ」甥は笑う、「それは小言を云った者が酒を買うんでしょう」

「然しおれとおまえの仲だからな、叔父と甥の仲だから俗人とは幾らか違う、済まない、ちょっとひとつたのむ」

宮内は笑いながら、云われるだけの物を取って来て渡すのである。――この羨むべき親近関係は、少しのかげりもなく続いて来た。

門太はつねに甥を憂い甥のために心痛している、その吝嗇癖と、その性癖による悪評に就いて、そしてまた甥に妻が無く、縁組みの望みもないことに就いて。……然し世には破鍋《われなべ》になんとやらいう諺があり、眼の寄るところに玉ということもある。門太は捜した。口で尋ね眼で眺め耳で聞き足の労を厭わずに捜した。

前述したとおり門太は人に好かれている、つきあいも広い、彼の熱心な嫁捜しはようやく知友の同情をよび、有らゆる方面へ捜索の手がのびた。かかる努力の酬われざる道理はない、やがて最も宮内に相応《ふさわ》しく、寧ろ宮内のためにのみ存在するような婦人がみつけだされた。

「今日は意見や借金をしに来たのではない」甥を訪ねた門太はこうきりだした、「おまえに恰

＊麻裃＝麻上下とも。江戸時代の武士の礼装・正装。肩衣と、同じ地質と染め色の、わきの広くあいた袴とからなり、紋付きの熨斗目または小袖の上に着る。麻裃を正式とし、長上下と半上下の別がある。

好な者をみつけたから嫁にどうかと思ってな、いやわかっている、おまえがどういう気持でいるかはよく知っている、だから今日までいちどもおれはこんな話はしなかった、これならたしかに似合だと思ったから来たのだ」

「それは縹緻のいい娘ですか」

「気の毒だが縹緻は悪い、はっきり云えばまあ醜婦だろう」

「醜婦は結構です、縹緻がよくったって一文の徳にもなりません、おまけになまじ姿のいい女は、化粧だの衣装だのと浪費をしがちですから、――で、年は若いんですか」

「いやおまえと一つ違いの二十六だ」

「その点も悪くはないですね、若い娘はとかく辛抱が足りないし、詰らないみえを張ったり遊山見物をしたがったりするものです、然し二十六にもなれば将来のことを考えますからね、欲も少しは出るでしょうし経済観念もあるでしょう、ところで、――その年で初縁ですか」

「気の毒だが三度だ、嫁に三度いって三度とも一年足らずで帰っている」

「いい条件ですな、ふむ、結構です、三度も嫁にいったとすれば経験者で、少なくともいろはから教える手数はないでしょう、そのうえ出戻りなら謙遜もするでしょうしね、――で、健康はどうです、もしや病身じゃありませんか」

「生れてから薬というものを知らんそうだ」

「なるほど、ふむ、なるほど」甥は頗《すこぶ》る嗜欲《しよく》を唆《そそ》られ、腕組みをして唸った。「これで身分がつりあい、性質が勤倹だとすれば申し分なしですがな」

「身分は足軽組頭の長女で、倹約質素と働くことは評判だそうだ、とにかくいちど伴《つ》れて来るから会ってみるか」

「ええ会いましょう、ぜひ伴れて来て下さい」

それから数日して、門太は妻のよの女と共に該婦人を鑓田へ伴れていった。彼女は名をかつという、背丈は四尺九寸そこそこであろう、小さいが固肥りの逞しい軀《からだ》で叩けばかんかんと音をたてそうな、健康と精気に満ち溢れてみえる、髪毛は茶色で縮れている、眉毛は薄い、鼻は充分に肉づいて福ぶくしく据わり、唇の大きさと厚味からくる量感は非凡である、だが我われの最も惹きつけられるのはその眼である、形は俗に鈍栗《どんぐり》というやつで小さいが、眸子《ひとみ》はらんらんと光りを放って、その烈しさと鋭さは類のないものだ、眼光紙背に徹するというけれども、彼女のものは恐らく鉄壁を貫いて石を砕くに違いない、之を要するに、門太は些かも食言しなかった訳である。

四

門太とその妻に伴れられて、かつ女は鑓田家の玄関に立った。そしてまだ案内も乞わないうちに、その慥《たし》かな眼光でじろりと眺めまわし、ひょいと肩を竦《すく》めてこう云った。

「まあ、驚いた、この家は険約だと聞いていたのに、玄関へ障子を立てていますね、おまけに紙まで貼って、へむ」

　これはたいへんな声だ、太くて嗄《しゃが》れてがさがさして、罅《ひび》のいった土鍋の底を掻くようである。側に立っていたよの女は吃驚して周囲を見まわした。あとで聞くと熊かなにかが咆えたのかと思ったそうである。――三人は玄関へ上った。かつ女はその炯々《けいけい》たる眼を光らせながら、廊下を見、天床《てんじょう》を見、壁を見、襖を、障子を、有らゆる家具造作をねめつけながら、客間へ通った。

「へむ、無駄が多い」坐るとまずかつ女はこう呟いた、「あれも、これも、贅沢ですね、くしゅん、気に入りません、無駄です」

　宮内が入って来た。彼女を見且つその声を聞いた。どうやら不審げである、彼は念のためよの女の耳へ口を持っていってこう訊ねた。

「女でしょうね」

　双方を紹介すると門太の役は終った。未来の婿と嫁は門太などにお構いなく、直ちに意志を通じあい所見の交換にとりかかった。尤も主導権はどちらかというとかつ女にあるようだ、それは概略つぎの如く展開した。

「ああ――、へむ、ああくしは出戻りです、隠しだてはしません、そうですとも、三度ゆきましたが三度とも出て来ました、なんのひけめがありますか、くしゅん、からだは処女《むすめ》です」かつ女は太い指で一種のしぐさをする、「男というものは無知でみえ坊です、無計画で浪費者です、無思慮で怠け者です、無算当*で欲を知りません、くしゅん、欠陥と弱点の集合です、いいえ黙ってて下さい、ああくしは三人の男で憔かめました、どうして良人《おっと》と呼べますか、可笑《おか》しいくらいです、がー、へむ、へむ、貴方のことを聞きました、幾らか望みがありそうです、ということはですね、いいですか、貴方はああくしの良人《おっと》としての資格がありそうだという訳です」

「よくわかります、はっきりしてなにもかも明瞭です」宮内は膝を乗出した、「そこで私のほうからもお断わりして置きますが、私は元来かなり険約な生活を――」

「いいえお待ちなさい、いけません、大きな思いあがりです、へむ、倹約ですって、くしゅん、くっしゅん、倹、くしゅん」

かつ女は袂からなにかの布切を出して洟《はな》をかむ、凄まじい音である、天床と四壁にびんと反響し、門太などは耳がどうかして暫くはなにも聞えなかった。彼女は続ける、「――御無礼しました、そこでですね、貴方はいま険約と仰しゃった、笑いたいくらいです、とんでもない、険約とはですね、いいですか、へむ、険約とは無駄を省くこと、生活から身のまわり一切の無駄を省き去ることとです」

「いかにもお説のとおりです、私もそのために、――」

「いいえお待ちなさい、それなら伺いますがこの畳はなんでしょう」かつ女はその太い指で

*算当＝計算しておよその見当をつけること。

畳を突つき、検事のように宮内を睨んだ、「百二十年まえまでは武家では畳は敷きませんでした、へむ、現に水戸光圀《みつくに》公は生涯板敷へ蒲《がま》の円座を敷いてお過しあそばされました、畳は草を編んだものです、色がやけ、擦切れます、裏返しや表替えをしなければならない、それを貴方は敷いていらっしゃる、なんのためでしょう、くしゅん、へむ、まだまだです、とんでもない、倹約というのはですね、いいですか」

門太は頭がちらくらしてきたので、そっと廊下へぬけだした。よの女もすぐに追って来た、夫妻は庭へ下り、そのいちばん端までいって立停った。けれどもやはり聞えてくる、嗄れた太いがさがさしたかつ女の声が、「どういう訳です、なぜでしょう、無駄です、経済というものはとんでもない、いいですか、違います」

などという風に、合間あいまにくしゅんとへむを混えながら、――よの女は身震いをした。

「あなた、わたくし脚気が起こりそうですわ」

「おれもだいぶ妙な具合だ」門太も頭をゆらゆらさせた、「夜中に魘《うな》されなければいいが」

縁談は纏《まと》まった。すべての作法は当人同志が定めた、仲人は見ていればよかった。当日になると花嫁は風呂敷包を背負い、父母に付添われて堂々と歩いて来た、招かれたのは飛田夫妻だけである。祝儀の膳は一汁一菜、それも花嫁自身で作り、花嫁自身で運び、花嫁自身で給仕をした。母親にもよの女にも、いっさい手出しをさせなかった。そして人々が箸を置くなり、さっさと自分で片づけた。

婚礼のあと暫く門太は近寄らなかった。

だが決して安心した訳ではない、安心どころか絶えず疑惧《ぎく》に悩まされた。

「あなた大丈夫でしょうか」妻女もやはり心配らしい、「いちどいって容子《ようす》を見て来て下さいましな、わたくしなんだか胸騒ぎがして――」

「おれもそうは思うんだがね、うん、そう思ってはいるんだよ、然しねえ」

五

決心しては挫け、思い立っては止し、ずいぶん迷ったあげくに門太はでかけていった。下僕に酒肴を持たせ、妻からかつ女へ贈る白絹を持って、――どうせ酒になるだろうからと、でかけていった門太は、半刻もしないうちに帰って来た。

「いや心配するな、なんでもない」彼は着替えをしながら云った、「済まないが酒をつけてくれ、話はそれからだ」

酒の膳が出来て坐った。門太は黙って四五杯ばかり飲んだが、「いやとても話せない」と首を振った、「畳が無くなったことは想像がつくだろう、きれいに無くなった、一枚もない、障子も骨だけだ、紙なしの素通しだ」

「まさかあなた、幾らなんでもまさか」

「なんのためです、という訳さ」門太は手酌で飲む、「健康には日光と風とおしが大切だ、障子はそれを二つとも閉出す、おまけに紙だから破れ易い、破ければ切貼り、二年に一回は貼替えもしなければならない、なあーんのためです、という訳さ」
「わたくしまた足がむずむずしてきますわ」
「いや脚気になる値打はあるよ」門太はくすくす笑いだす、「考えられるかねよの、可哀そうに宮内のやつ咳も満足にできないんだぜ」
「なにがお出来にならないんですって」
「咳だよ、ごほんごほん、こいつさ、これを止められたんだ、汚ない話だが唾を吐くこともいけない、なぜならばだな」門太はまた手酌でぐっとやる、「なぜなら、咳をごほんと一つやると卵なら一個半、飯なら五杯以上の精分が飛んじまうんだ」
「まあ——、どこから飛ぶんでしょう」
「おれに訊いたってしようがない、かつ女がそう云うんだ、また遠く唾吐くべからず、気減るッてさ、貝原益軒《かいばらえきけん》の養生訓にちゃんと書いてあるそうだ、勿論これもかつ女が云うんだ」
「あら厭ですわ、気が減るとどうなるんでしょう」
「益軒に訊けばいい、宮内はすぐ実践躬行《じっせんきゅうこう》*した、なにしろ飛んじゃうとか減るとかいうことは我慢しないからな、それで旺《さか》んにへ、い、むとくしゅ、ん、をやっている」
「まあ——、あの方のが伝染《うつ》ったんですのね」
「いや教えたのさあれは咳を鼻へすかす技術なんだ、ごほんとやれば精分が飛ぶけれども、ああやって鼻へすかせば、……いや本当の話さ、嘘を云ったってしようがない」
「それで宮内さまは御満足ですの」
「満足以上だね、礼を云われたよ、実にまたと得難き嫁だってさ」門太はここで声をひそめる、「琴太郎はいないね、よし、——もう一つだけ話すが、二人はだね、……だとさ」
「なんですかまるで聞えませんですわ」
「よく聞かなくちゃいけない、いいか、あの夫婦はだね結婚以来、——てんで、……ということだ」
「まあ——」
よの女は眼をまるくし、同時にぼっと赤くなる、「だってあなたそんな、——でもいったいなぜでしょう」
「子供が出来るからという訳さ、子供が生れれば喰べるし着るし遣うというんだ、一文の足しにもならない、然も世間には人間が余ってる、なにもこのうえ自分たちが殖やす義務はない、無駄だッという訳さ」
「でもそれならどうして」よの女は赤くなった顔で眩しそうに良人を見る、——それならなんのために結婚などなすったんでしょう」
「考えないほうがいい、脚気になる」門太はこう云って三杯ばかり呷った、「もっとあるんだ

＊実践躬行＝言うだけでなく、実行してみることが大切だということ。

が止そう、話すだけでも頭がちらくらしてくる」

遮莫《さもあらばあれ》。無事におさまっていればこれに越したことはない、唯一つの問題は借款《しゃっかん》の綱の切れたことだ。門太は酒飲みだが馬鹿でも白痴でもない、かつ女の前には叔父甥の美わしい関係など七里けっぱい*だということが歴然である。——しようがない、おつきあいにこっちも少しつめるさ。門太はこう思って無心にゆくことを諦めた。然しそれだけで済むと思ったのは軽率だった。少し酒でも倹約しようと、殊勝なことを考えていると、或る日かつ女が独りで訪ねて来た。

「先日は祝儀を頂きましたから、その御返礼にあがりました」かつ女は鈍栗形の眼を炯々と光らせて云った、「ですがこんなことは虚礼にすぎません、贈られれば義理にでも返さなければならない、お互いに無駄です、やめましょう、おわかりですね、——ではお受取り下さい、御返礼です」

よの女は恥ずかしさの余り赤くなり、叱られた子供のようにおどおどと箱包を受けた。——かつ女はそこで門太のほうへ向直り、懐中から一通の書付を出してそこへ拡げた。

「へむ、ああ——飛田どのですね」

「さよう、ええ無論」門太はちらと自分の後ろを見た、逃げ道を捜すような眼つきである、「さ、さよう、正に飛田門太です」

「なにも怖がることはありません、これを見て下さい」彼女はその太い指で書付をとんと突ついた、「十三年間に三百八十二両と二分一朱、ああたは鐺田からこれだけ借財をなすった、へむ、間違いないですね」

六

門太はそれからのち噦《しゃっくり》におそわれるたびに、眼をつむってそのときのことを思いだす、その書付を見せられたときのことを、——するとどんな方法より的確に噦はぴたと止るからふしぎだった。

「叔父どのと甥の仲ですから」かつ女は続ける、「決して利息は、へむ、頂戴しますまい、いいえお礼には及びません、が然し元金はです、この元金はですね、いいですか、月割三分ずつ返して頂きます、それとも壱両ずつにしますか」

「とんでもない、けっして、そ、それには及びません」

「へむ、そうでしょう、では三分ずつとして、ああくし名儀の証文を書いて頂きます、もちろん宮内は承知のうえですから」

門太は十日あまり吃驚したような眼つきが直らなかった。肝臓だか膵臓だかわからないが、なんでもそのへんが擽《くすぐ》ったいような痒いような気分で、おまけに毎晩つづけさまに鬼の夢をみた。よの女は悲嘆にくれ、絶望のあまり泣き続けた。

＊七里けっぱい＝七里結界の変化した語。ある人や物事を忌み嫌って近づけない、避けること。

「月づき三分、どこからそんなお金を出したらいいのでしょう、どこから」こう云っては啜り泣く、「もうおしまいですわ、これまでだって足りないのですもの、――あの人は取りに来ます、あなた、どうしたらいいでしょう」

「とにかく、まず、あれだ、まずおれは酒をやめるよ」門太は自信のない口ぶりで云う、「それにその、宮内はおれの、甥だからな、あれは吝嗇だけれども、然し根はおれを好きなんだし」

「宮内さまになにが出来ますの、あの方はもう咳さえ満足になされないじゃございませんか」

門太は眼をつむって呻く。さよう、愛すべき甥は、いまや咳を鼻へすかす、家は家で畳を剝がれ、障子は素通しにされた、この叔父は三百なん十両という借金持ちになった。なぜだろう、以前はあんなにうまくいっていたのに、それこそ八方まるく納まっていたのに、うむ、……門太はもういちど呻く、なぜだろう。

この物語に「真説」と傍題した以上、この不愉快な厭らしい部分こそ詳述の要がある、この部分を省略することは、物語作者として無責任の贬《そし》りを免れないだろう、然し作者は詳述の省略を採る、なぜならかかる不愉快な厭らしさは、われ人ともに不愉快であり厭らしいからだ。そこでこの暗い時間が半年続いたこと、かつ女が毎月きちんと借金をはたりに来たこと、そのため敗戦以前であるにも拘《かかわ》らず飛田一家はたけのこ生活のやむなきに至ったこと、そのうえ鑓田家の忠節なる老家士、即ちかの矢礼節内を引取ったこと——というのは、食餌と労働との言語を絶する相反的条件悪化により、老家士は生死関頭に立って飛田家へ出奔し来《きた》ったのである、「貴方さまも私にとってはもと御主人でございます」節内はこう云って泣いたと伝えられる、——そしてこの間、愛すべき甥はいちども叔父に顔を見せなかったこと、以上を記して暗黒時代にお別れと致す。

さて半年という月日が経った。

或る日、——鑓田宮内が頓死した。

正史に偽りなく真説に虚構はござらぬ、宮内は役所から帰って、着替えをしかけたとたん、うんと呻って頓死したのである。息をひきとる際に、「たたみ、たたみ」と云ったそうだ、かつ女は少しも騒がず、「いいえ大丈夫です、床板の上です」こう答えたという。

「畳の上で死ぬことは武士の本分でないと申しますが、あなたは立派に武士の道を踏んで死ぬのです、御安心なさい立派な死に方です」

かつ女が烈女であったことは右の言葉で証明されるだろう。……当時の武家定法では、世継ぎのないうち当主が死ぬと家名断絶である、妻には相続権がないから実家の戸籍に戻る訳だ。むろん便法ぬけ道のないことはないが、悪評満々たる鑓田宮内のことで、そんな心配をするものがなかったのだ。……烈女は実家から持って来た物を風呂敷に包んで、また自分で

＊はたる＝責め立てる、催促する。＊＊生死関頭＝生死の瀬戸際。

背負って、歩いて実家へ帰っていった。いやまっすぐにではない、かつ女は寄り道をした、飛田家へたち寄って門太に面会を求めた。

「念のために申上げますがね」彼女は門太にこう云った、「鑽田は断絶しましたが、然しなにもかも帳消しになった訳じゃありません、あなたの借金は残ってます、いいですか、あの証文はああくしの名儀ですから、おわかりですね、月末には来ます」

門太が甥の頓死をどんなに悲しんだかお察しがつくだろうか。彼は心から、さめざめと男泣きに、泣きました。尤もそれほど長く泣いていた訳ではない、彼には重要な仕事が待っていた、それは鑽田の家財整理ということである。

七

家名断絶は財物公収を兼る。門太はその整理をするために五日あまり鑽田へ泊り込んだ、世間は喝采《かっさい》した、快哉の拍手をした、「いいきみじゃないか、食う物も食わずに貯めこんだのを、ごっそりお上へ没収だ」「吝嗇漢のいいみせしめさ、その点では名が残るよ」云々という類である。

財物公収の日となった、大目付佐田四郎が主任検視で、勘定方元締の数尾主税《かずおちから》が副役《そえやく》である。主税は門太の上役である。……積出しは午前十時から始まって午後五時に及んだ、これには勘定方の者が五人がかりで、実に七時間三十五分を要したという。——ところでその貯蓄金の中から意外なものが出て来た、主任検視の佐田殿がみつけたのであるが、奉書紙に「上《じょう》」と書いた遺書なのである、佐田殿は数尾主税を片隅へ呼んだ。

「こんな物が出てまいった、上と書いてあるが遺書のように思う、どうだろう披見《ひけん》してみてよかろうか」

「御検視ですから差支えございますまい」

佐田殿は主税を立会人にしてそれを披《ひら》いた。正しく遺書に違いない、それは墨痕鮮やかに、まず藩家の恩を謝し自分の不勤を詫びて、次のような意味へと続いていた。

――自分の吝嗇は己れのためではない、三百五十石の武士が倹約にすればこれだけの貯蓄《たくわえ》ができる、その事実を示したかったのである、自分亡き後は生涯の蓄財をあげてお上へ献上する覚悟だ、不勤な自分にとって忠節の一つだと信ずる。

これは思いもよらぬ告白だ。主税も読んで眼を瞠《みは》り、もういちど読んで主任検視の顔を見た。忠節という字がある以上は棄てては置けない、家財積出しを中止させ、佐田殿は城へ馬を飛ばさせた。――果然、事情は逆転するようでござる、半刻ほどすると城から急使が来た、財物公収は停止、積出した物は戻せとある、そして門太に保管の命が下った。

藩侯は重臣会議を召集された。遺書の内容は一般に公開され、吝嗇漢の看板は「武士の亀《き》鑑《かん》*」と塗替えられた。

*亀鑑＝鑑（鏡）、模範。

「おれはそう思ったよ」人びとは感に耐えてこう云い合った、「あの男が訳もなく吝嗇である筈がない、おれは蔭ながらにらんでいたのさ、これは仔細《しさい》があるッてさ」

「今だから云うがおれは鐙田の肚《はら》を知っていたよ、おれはね」

「あいつは人物だった、おれは断言するが鐙田は人物だった、我が藩家創業以来随一の人物だ」

云々というありさまである。――御前重臣会議に於ては重大な決議がなされた、即ちかかる忠烈の士は長く藩史に遺して模範とすべきである、然りとすれば鐙田を断絶させるのは正当ではない、宜しくその血筋をあげて家名の存続を許るべきだ。誰にも異議はない、みんな双手を挙げて賛成した。そこで血筋の詮議をすると、門太が最も適格である、彼は飛田家を継いでいるが、琴太郎という男子があるから、飛田はこれに継がせ、門太は戻って鐙田の家名を相続するがいい、ということに決定した。……お声がかりである、琴太郎は成人するまで養育するということで、夫妻は鐙田家へ引移っていった。

最早たけのこ生活は終った、かつ女へは遺産の分配の意味として、三百余両の金をすっかり返した門太は今や鐙田家三百五十石と共に、甥の遺した巨額の資産を相続したのである。……移ってから七日めに、門太は知己友人を招いて盛大な相続披露の酒宴をひらいた。

その酒宴もたけなわの頃、勘定方元締の数尾主税が来て、にやにや笑いながら、「千慮の一失*だね」と門太に囁いた。

「あの遺言状さ、あれほどの吝嗇が奉書紙という贅沢な紙を使うのはおかしい、そう思わないかね、――いや云う必要はない」主税はにっこりと笑う、「私は字をみてすぐにわかった、そして合点した、其許《そこもと》は鐺田を可愛がっていたからな、あんな悪評を負わせたままで死なせたくなかった気持、私にそれがよくわかったよ、さすがに叔父甥だ、こう思ってね、涙がでそうで困ったよ」

「始めは迷いました」門太はこう答えた、「世を欺《あざむ》くことですからね、然し家中の武士に吝嗇漢がいたということはいけません、これは藩として威張れることではない、こう考えたのです、それに仰しゃるとおり、――あれは私にだけはよくしてくれました、私にはまことにいい甥でした、せめて死後の名だけは武士らしくしてやりたかったのです」

「まことに」主税は頷いた、「――まことに」

（『新読物』一九四八年六月号）

＊千慮の一失＝どんな知者でも、多くの考えのうちには一つぐらいは誤りもあるということ。十分に考えていても、思いがけない失敗があること。

おしゃべり物語

一

宗兵衛《そうべえ》の母親は摩利支天《まりしてん》*と問答をした夢を見て、彼を身籠ったそうである。彼は上村孫太《まごだ》夫《ゆう》の三男で長男は伊之助《いのすけ》、二男は大助という。いち女はみごもるたびに夢知らせを見る癖があった。長男のときには虎の髭を剃ってやる夢を見たし、つぎにお臍から長い紐をひきだす夢を見て二男が出来た。宗兵衛のときの夢知らせは就中《なかんずく》はっきりしたもので、長年月にわたって詳しく記憶に残った。——夢の中で彼女は病気だった、それもお乳が殖えてゆく病気である。二つの乳房が三つになり四つになり、やがて六つから八つまでに殖え、胸も腹も乳房だらけになった。それで医者を呼びにやると摩利支天がやってきた。

「頭巾が見えなかったものだから毘沙門天のをちょっと借りて来たので、恰好が悪いだろう

＊摩利支天＝サンスクリットmarici の音写、陽炎の神格化で、日に仕えるとしてインドの民間に信仰された。日本では武士の守護神。

けれどもそこは時節柄だと思ってまあ大目にみて貰いたい」摩利支天はまずこう言い訳を述べ、さて開き直って、「おまえはお乳が殖えたと云って医者を迎えにやったそうだが、それは実に女の浅知恵というものである、なぜと云ってみよ、こんどわしはおまえに八つ子を生ませることにしたので、そのために予《あらかじ》め乳を殖やした訳である、この世にはなに一つ理由なしに存在するものはないのであって、鼻が無ければ洟水《はなみず》をかむことができず、耳が無ければ熱い物を触ったとき指のやりばがない、手足あればこそ凍傷《しもやけ》にもなれるし、川が無ければ橋大工は首を吊るより仕方がない」

云々、云々という訳で、摩利支天ははてしもなく饒舌《しゃべ》り続けた。いち女は八つ子と聞いて気も転倒し、「自分にはもう二人も子供があるから決してそれには及ばない」と云った。だが摩氏はそんなことには耳も藉《か》さず、滔々朗々として事物の存在理由とその価値に就いて弁じ続けたのである。いち女は貞淑温順な婦人であったが、心痛の大きさと摩氏のとめどなき饒舌に肚《はら》を立て、

「摩利支天といえば武勇的な方面をひきうける神さまでしょう、それならその方面の周旋をなすったらいかがですか、子供のほうは子育て観音とか子授け地蔵とかいう世話人の方がいらっしゃるんですから、わたくしとしてはなにも貴方に義理立てをする訳はないと思います」

「女はそういう無分別なことを云うからいけない」摩氏は顎髭《あごひげ》を撫でた、「子育て観音とか子

授け地蔵などとひと口にいっても、やっぱりそこには裏も表もあるんだ、まあ仮に子授け地蔵にしたところであのとおり離れを建てたり塀を直したりするのはなみたいていなことじゃあない、そこは辻町《つじまち》の親父からだいぶ引出してもいるし、原の大伯母を幾らか騙したということもあるらしい」

「貴方は皮肉を仰《おっ》しゃるんですね」いち女は自分でも眼の色の変るのがわかった、「辻町の父から貰ったお金はあれは嫁に来るまえからの約束だったんです、貴方だってそれは御存じの筈じゃありませんか、原の大伯母さまのことは節ちゃんが云ったんでしょうけれど、あれも騙したなんて根も葉もない事です、昔からわたしは大伯母さまが好きで、大伯母さまのほうでもわたくしを本当の孫のようだと云って下すっていたんです、摩利支天なんて勿体ぶっていながら、そんな細かしい中傷めいたことを云って貴方は恥ずかしくはないんですか」

摩氏は怒ってたけり立った。そしてもはや話がこうなった以上は八つ子どころか三つ子も生ませてまやらない。おまえは宜しくダチドコロでも生むがよかろうと呶鳴《どな》った。ダチドコロを生めと云われて、怖ろしさの余り眼がさめると、下にして寝た左の半身がぐっしょり汗になっていたそうである。さては――夢だったかと溜息をついたとき、これはみごもった知らせに違いないと思い、にわかに不安になって良人《おっと》を揺り起こした。

「貴方ちょっとお起きになって下さいましな」

「まあ待ってくれ」孫太夫は呂律の怪しい舌で妙なことを云った、「いま女房が寝るところだから、………うん、なにすぐだ、なにしろ横になれば五つ数えないうちに眠る女だから、そこはごく便利にできている」

「貴方、貴方、ちょっと起きて下さいな」いち女は良人の肩を小突いた、「ねえ貴方、わたくし心配なことが出来たんですから」

「うう、う——なんだ、雷か」

「冬のまん中に雷なんぞ鳴りあしません、貴方ダチドコロって何だか御存じですか」

「それは、直ぐにとか、即座にとか云うことだろう」

「たちどころじゃありませんダチドコロですわ、今わたくし夢ではっきり見たんですの」いち女は良人のほうへすり寄った、「それがいつもの夢知らせらしいんですけれども、そうだとするとわたくしダチドコロを生むらしいんですわ」

「変なことを云っちゃあいけない」孫太夫はさすがに眼をさました、「冗談じゃない、そんな奇天烈《きてれつ》なものを生まれて堪るものか、おれはそんなものは嬉しくないぞ」

「わたくしだって嬉しくはございませんわ、でも夢知らせなんですから、わたくしのせいじゃないんですもの仕方がございませんわ」

「まあいい寝かしてくれ、明日のことにしょう」

孫太夫は寝返りをうって、忽ちまたぐっすりと眠りこんだ。しかしいち女は眠れなかった、ほとんど白々明けるまで思い悩み、どうぞそんな奇天烈なものを生みませんようにと、心をこめて神仏に祈りを捧げたのであった。

宗兵衛の生れたとき、長いこと不和で往来の絶えていた里見平左衛門が祝いに来た。平左衛門はいち女の実家の二兄で、里見家へ養子にいったものであるが、いち女とは幼い頃から仲が悪く、つまらないことで喧嘩をして長らく音信を断っていたのである。この兄はくちやかましい饒舌漢であって、饒舌りだしたがさいご親が死んでも立たないと云う性質で有名だった。——出産祝いに来たのは五年ぶりくらいだろう、去年の夏に町奉行になったと聞いたが、みごとに肥えて貫禄がつき、顎髭を立てていた。いち女はその顔を見たとたんどきりとした。冗談ではない、それはあの摩利支天であった。夢知らせで大いに口論をした摩氏そのままの顔なのである。

「長男が五つ二男が三つこんど三男が生れたとすると正に七五三という勘定だな」平左衛門は片手で扇をばたばたさせ片手で汗を拭きながら饒舌った、「そうだとすると願掛けをしてもあと一人生まなければいけないぞ、七五三は幸運の数だが幸運すぎて凶に返る心配がある、昔から七五三の一といって、これにもう一つ付くと縁起は上乗だ、おまえも知っているように原の大伯母がよい例で、あの伯母殿がちょうど七五三の順で子を生んだ——」

「貴方いつ髭なんかお立てになったの」いち女はまじまじと兄の顔を眺めた、「まえにはそんな妙な髭はなかったでしょう」

「髭か、これは去年の十一月からだ、町奉行だとすると威厳が必要だからな、おまえも覚えているだろう、辻町の親父が中老になったときやっぱり威厳をつくるために髭を立てた、あれは口髭だったけれども、とにかく然るべき役に就くとなるとそれぞれ肚構《はらがま》えというものが――」

平左衛門の饒舌を聞きながら、いち女は思わず背筋が寒くなった。顎髭を立てたのが十一月とすると、ちょうどあの夢知らせのあった頃になる。あのときの口論にも辻町の父だの原の大伯母さまのことが出た、むやみに饒舌りまくる摩利支天、なにもかもそっくりではないか。彼女はたいへん不安になって、おずおずと兄にこう訊いた。

「里見のお兄さん、ダチドコロっていったいどんな物なんですか」

「ダチドコロ、――ふむ、ダチドコロね」平左衛門の饒舌は即座にどっちの方向へでも切替えることができる、「ああそれはね、ダチドコロとなるとしかし、そう簡単なもんじゃないぜ、いつのことだかおれも喰べた覚えがあるが」

「では喰べ物なんですか」

「いや女はすぐにそう物事を定《き》めてかかるからいけない、喰べることも出来るからと云って必ずしも喰べ物と定まっている訳のものじゃない、例えば熊を喰べ物とは云わんだろう、要するにあれは毛物だ、けれども喰べようと思えば肉は喰べることが出来るし、胆《きも》は薬になる、毛物であって喰べ物であり薬でもある、この世に存在する物は凡て一概になになにであると定める訳にはいかない」

「ではダチドコロというのは毛物なんですか」

「ばかだね、熊の例を引いたからといってすぐにそれが毛物だというような浅薄なことがあるか、柳井数馬にもそう云ってやったが、いつか彼が――」

いち女は眼をつむって頭を振った。兄は知らないのである、これ以上なにを聞いても無駄だということがわかったので、平左衛門には勝手に饒舌らせておいて眠ってしまった。

宗兵衛（幼名は小三郎とつけた）は三つの春まで口をきかない子だった。まるまると肥えた、いつもにこにこ笑っている温和しい子だったが、ちょっとも口をきかないので唖ではないかと心配したくらいである。ところが三つの年の晩春、とつぜんべらべらとお饒舌りが始まった。初めはさして気にもとめず、唖ではなかったと安心して、寧ろその片言のお饒舌りを興がったくらいである。しかし四つになり五つになると孫太夫もいち女も眉をひそめだした、饒舌るの饒舌らないの、朝起きるから夜眠りつくまで寸時も舌の休むひまがない、ものを喰べながらも絶えず饒舌っている。

「食事のときはものを云ってはいけない、黙って静かに喰べるものだ」

こう叱るといちおう口を噤《つぐ》むがすぐにまた始める。幼児のことだから別に話題がある訳ではない、身のまわりの事から家のなか、庭の内外、鳥毛物、天気晴雲、家族の動静、眼につき頭にうかぶものを次から次と舌に乗せるだけである。

父に叱られると母を捉まえて話し、長男に呶鳴られると二兄の部屋へとんでゆく、一日じゅうどこかで彼の声の聞えないことはないし、どこかで「うるさい」と叫ぶ声のしない時もない。みんなに追っ払われると使用人をうるさがらせ、彼等が逃げると庭へいって犬に饒舌るというふうだ。

「おい、夢知らせの意味がわかったよ」孫太夫は或る時つくづくと妻にこういった、「あいつをよくみろ、あれがダチドコロだ」

二

彼は六つ七つとなるにしたがって図抜けた悪童振りを発揮しだした。近所の屋敷の子供たち、それもたいてい自分より年長の子を集めて、ちびのくせに餓鬼大将になって遊ぶ、竹馬とか蟬捕りなどという尋常なものではない、車力《しゃりき》*ごっこ、駕舁《かごか》きの真似（これがまた頗《すこぶ》るうまい）、犬と猫を一つ桶の中へ入れて嚙合せたり、よその屋根へ登って雀の巣を荒したり、左官屋の泥こね、紙屑買い、魚屋の呼び売り、馬喰、飴屋、――こんな調子で、武家の子らしい遊びは殆んどやらない。これにはまず近所の親たちが仰天して、孫太夫のところへ捻込《ねじこ》みに来た。

「どうもおかしい、家の中で車力や馬喰の真似をする、母親をつかまえておっかあなどと、申す、姉の大事にしている猫を逆さ磔刑《はりつけ》にする、そしてむやみやたらに饒舌る、こんな伜ではなかったがと色いろ調べてみると、すべてお宅の御三男が教えるのだ、――年上のくせに教えられて真似る伜も愚か者であるが、どうもこう風儀が悪くては躾に相成らん、どうかお宅でも宜しく御訓戒が願いたい」

孫太夫は赤面して謝り、眼から火の飛ぶほど叱ったり戒めたりする。そのときいかにも神妙にべそをかいて、「はい」「はい」と頷くが、半刻も経つとどこかの屋敷の門へ登って、柿を捥《も》いでいるというのが実状である。そして夕餉のときみんなに語るのであった。

「栗山さんの小父さんはね、お屋根の上を駆けるのがずいぶん上手ですよ、顔をまっ赤にして、箒を持ってぴょんぴょん駆けるんですよ、猫よか早いですよ父さん」

「栗山が屋根の上を駆ける?」孫太夫は箸を止めて眼を瞠《みは》った、「ばかなことをいってはいけない、あの謹厳温厚な栗山がそんな狂人のようなまねをする訳があるか、嘘をいうと地獄へいって舌を抜かれるぞ」

「嘘じゃありませんよ、本当にまっ赤な顔をして箒を持ってぴょんぴょん駆けたんですから、離れの屋根へ跳び移るとき袴の裾をどこかへひっかけて、びりびりってこんなに破いたのも見ましたよ、本当ですから」

「おまえが見ていたって、――どこで」

「――前のほうです」

「前とはどこの前だ、門の前か」

＊車力＝車などを牽いて荷物の運搬を業としていた者。

「いいえ、栗山さんの小父さんの前ですよ、小父さんは坊を追っかけていたんです――う」

ちびは慌てて母のほうを見た、「お母さまこのお魚はなんですか、鯛ですか、とてもお美味《いし》いですね、坊はねえ鯛が大好きだ」

「小三郎こっちを見ろ」孫太夫は眼を剝いて呶鳴った、「おまえというやつは、本当に、なんという、その」

　彼は悄気《しょげ》かえり、べそをかき、「はい」「はい」といわれない先に頷く、いかにも悪うございました、まったく慚愧に耐えませんという表情である。そして食事が終る頃にはもうけろりとして「ねえお母さま、人は人の蔭口をいうものじゃないんですねえ」

　などと云いだす。

「村田さんの小父さまはねえ、坊のお父さまやお母さまの悪口をいってましたよ」

「そんなことを子供がいってはなりません」

「だって本当ですもの、上村では両親が飴ん棒みたいに甘いから、あの悪たれがしたい放題のことをするんですって、しようがないからこんどはちびを捉まえて、こっちで折檻してやろうなんて云いましたよ、悪たれだのちびだのってみんな坊のことなんですって、坊はただ垣根を――う」彼はすばやく立ち上る、「ああ眠くなっちゃった、坊もう寝ますよお母さま」

　孫太夫が「小三郎」と喚いたときには、彼はもう廊下の向うを走っていた。……こんな場合に限らず、どこで見ても彼はたいてい駆けていた、もちろんなにか悪さをしては追っ駆けられているのである。いつか母親が辻町の角でばったり彼に出会った。埃だらけになって汗みずくではあはあ肩で息をしている。

「こんな処でなにをしておいでなの」いち女は彼の腕を捉まえた、「まあまあこんなに泥だらけになって、小三郎さんまるで犬ころのようですよ」

「坊に口をきいちゃだめだよお母さま、いま追っ駆けられてるんですから」ちびは母親の手を振りはなした、「知らん顔をしていかなくちゃだめですよ」

そして鼬《いたち》のように向うへ馳せ去った。いち女は吃驚《びっくり》して云われたとおりそ知らぬ顔をして、急いで辻をあらぬ方向へ曲ったものであった。——孫太夫にもいちど同じ経験がある。これは馬場下だったが、下城して来ると竹倉の脇から、彼が毬のようにとびだして来た。

「これ小三郎、なにをしておる」孫太夫は彼をひき留めた、「また悪戯《いたずら》か、この——」

「だめだお父さま、みつかっちゃった」ちびはこう叫んだ、「逃げるんですよ、早く、捉まるとお父さまもひどいめにあいますよ、早く早く、ほらもう来ましたよ」

そして飛礫《つぶて》のように走ってゆく、訳はわからないが孫太夫も狼狽し、ちょっと迷ったが、すぐに小三郎とは反対のほうへてってと大急ぎで逃げだしたのであった。

彼が八歳になる頃まで、孫太夫といち女とは辛抱づよく悪戯とお饒舌りを撓《た》め直そうと努めた。泣いて訓《さと》し、折檻し、頼み、脅した、しかし凡ては徒労であった。詰るところ彼は正真正銘のダチドコロであって彼が彼である以上いかなる手段も効がないということに結着したのである。

――小三郎が十歳になったとき、隣り屋敷の住人が変って溝口主水《みぞぐちもんど》という人が越して来た。子供が三人あり、上の二人は男でもう大きかったが、いちばん末に離れて津留《つる》という六つになる娘がいた。眉と眼尻の下った、顔のまるい、眼に愛嬌のある子で、初めて庭境の垣根のところで会ったとき、彼を見るなりにこっと笑いながら、「あたしつうちゃんよ」といった。彼はじろりと見て肩を竦《すく》め、鼻を鳴らしながら側《そば》にいった。そして彼女の頭から足の先まで眺めまわして「ふん」と顔をしかめて見せた。彼女はやはり笑っていた。まるい頰の両側にえくぼがある、小三郎はそれにつよく眼を惹かれた。「女なんか嫌いだよ」彼はそのえくぼを横眼で見ながらいった、「女なんかみんなお嫁にいっちゃうんだから、遊ばないよ」

「つうちゃんお嫁にいかないわ」こういってまたにこっと笑った、「――本当よ」

小三郎は「ふん」と鼻を鳴らし、つと手を伸ばして彼女のえくぼを指で突いた。それがきつ過ぎたのか、それとも突然のことで驚いたのか、津留は怯《おび》えたようにわっと泣きだした。

――小三郎はいち早く逃げてしまったが、それがきっかけになって間もなくひじょうな仲良しになった。津留は、ごく温和《おとな》しい性質で、彼のすることならどんな事でも喜んで受容《うけい》れた。もう悪戯をされても泣かないし、長ったらしいお饒舌りも興深そうに聞いてくれる。そしてよく「つうちゃん大きくなったら小三郎さんのお嫁さんになるんだわ」というのであった。

そんなとき彼は仔細らしく彼女を眺めて、さもやむを得ないというふうに顔をしかめ、「ふん、なりたければおなりよ」などといったものであった。

小三郎は十七の年までに三度も養子にゆき、三度とも半年足らずで不縁になった、藩の学堂でも講武館＊でも抜群の成績をあげたのと、上村が千五百石の中老で人望家だったため、かなり諸方から注目された訳である。初めは波多野という家で、これは三月、次は黒部庄造、三度めは大番頭《おおばんがしら》の林主馬《しゅめ》であった。どうして不縁になったかは記すまでもないだろうが、いちばん気のだったのは林主馬である。彼が養子にいって六月めに、頭をぐるぐる繃帯して、ひどく悄気てやって来た。

「まことに相済まぬ次第ですが、助けると思って小三郎どのを引取って頂けまいか」

頭を繃帯しているうえに、「助けると思って」などというから、孫太夫は驚くよりも寧ろ狼狽してしまった。

「ひとすじ縄ではゆかぬ倅とお断わり申した筈ではあるが、いったいどのような不始末をしたのですか」

「いやいや格別のことではござらぬ、不始末などは決してござらんので、ただ拙者も家内も耳をやられましてな、初めはがんがん鳴るくらいでしたが、しだいに熱をもち痛みだしまして、医者にみせたところなんとやら申す炎症で、このまま置いてはやがて聾にもなりかねぬという診断でござった」

＊学堂、講武館＝学問所と武芸所。

それが小三郎の饒舌のためとわかっては一言もない、すぐに手許へ引取ったのであるが、これではもはや養子の望みもないと、上村夫妻は顔見合せて嘆息した。——ところがこの噂を聞いて里見平左衛門がやって来た、彼はその前年に一人息子を亡くしたので、自分が小三郎を貰おうというのである。孫太夫は辞退した、このうえ恥をかくのはまっぴらだからだ。

「いやその心配はない」平左は良心に賭けていった、「彼の饒舌や悪戯ぐらいわしの眼からすれば冗談くらいのものだ、またいちど貰い受ける以上いかなる事が起ころうとも引取ってくれなどとは申さぬ、これは天地神明に誓ってもいい」

夫婦は相談をした。そして小三郎は里見へ養子にゆくことに定まった。これは十七歳の秋のことであったが、彼もこんどこそ家へは帰らない決心をしたのだろう、去るまえに隣りの津留と庭で会った。——彼女は十三歳になっていたが、相変らず頰のまるい、愛嬌のある眼の、いつも微笑している温和しい子だった。

「こんどは里見へ養子にゆくんだよ」彼は津留のえくぼを見ながらいった、「あの伯父さんは強情っぱりのお饒舌りで私を一生叱って暮すつもりらしい、いい気なものさ、どっちが勝つかは見ていればわかるよ、——それでね、つうちゃん、私が家督をするときには迎えに来るからね、それまでちゃんと待っていておくれよ」

「ええ待っていてよ」津留はあどけない眼で彼を見た、「でもそれはずいぶん長いの？」

「そんなにも長くはないさ、普通なくらいだよ、伯父さんを馴《な》らしちまうまでだからね、きっとだぜ」

三

良心に賭けて明言したにも拘《かかわ》らず、里見平左衛門は五十日そこそこでへたばった。平左が能弁の士であることは前に紹介した。従来いかなる場合にもその点でひけを取ったことはない、「なに小三郎ごときの饒舌が、——」こうせせら笑っていたのであるが、いざ一緒に住んでみるとそれが浅慮の至りだったということに気づいた。……まず親子の関係にしても、平左は里見へ養子に来てそのままおちついた、すなわち養父を一人持っただけだが、小三郎は三度も養子にいって戻り、こんどで四人めの養父を持つ訳であって、その経験と実績のひらきは小さくない。然も小三郎はその点をよく心得ているらしく、平左が怒ったりすると寛容な眼でなだめ労《いたわ》るように伯父を眺める。

——ええよくわかりますよ伯父さん、世の中はままにならないものです、生きるということはたいへんなものですよ、まあお互いに辛抱してやってゆきましょう。

こんなふうにいうように思えるのであった。また次に饒舌の点でも、この甥は実に恐るべき敵であった。平左がなにか話し始めるとたん、彼はその話の鼻柱をひっ摑み、自分のほうへへし曲げて奪い取る。例えば平左が馬の話を始めたとしよう。

「天下に名馬と伝えられるものも多いが」

こう話し始めると、小三郎はにやりともせずに、「名馬といえば今日あの大川の側で面白いものを見ましたよ、御家老の松室《まつむろ》さんとこにはちという犬がいるでしょう、仔牛くらいもある大きいやつで、いつか松室さんとこへ狼が鶏を取りに来たとき食殺したことがありますね、足なんかこんなに太くって、頭なんかこれくらいあるでしょうね、柳町をあの犬が通ると両側の家じゃあ棚の物ががたがた揺れるんです」

「ばかも休み休みいえ、犬が通ったくらいで人間の住居が揺れて堪るか」

「伯父さんは知らないんだ、柳町は埋立てで地面が柔らかいんですから、私も見たけれど慥《たし》かに棚の物が音を立ててましたよ、でも面白いのはそんな事じゃないんです、そのくらいのはちがですね、今日あの大川の堤のところで通せんぼに遭ったんです、誰が通せんぼしたかっていうと斧田《おのだ》さんのはななんですよ、知っているでしょう、こんなちっぽけな、猫の仔みたいなちびの牝犬《めすいぬ》です、あいつが堤の道のまん中にちょこんと坐ってるんです、こんな顔をしてちょこんと坐ってるだけなんです、はちは急いでるようでしたよ、どこそこまで急いでいかなくちゃならない、時間がないので気が気じゃないというふうなんです、でもはなは動かないんです、知らん顔でそっぽを向いたり、時どきははちのほうを見て欠伸《あくび》をしたりする、そしてはちがちょっとでも前へ出ようとすると、『だめよ！　きゃん！』って叱りつける、きゃん！　だめよ、通っちゃだめよって、……するとはちはさも悲しい困ったというように、鼻の頭をしかめてくうんくうんって泣くんですよ、とても面白かった」

「ふーん」

平左はついひきこまれる。

「そうすると犬でも人間でも男女の関係はおんなじことなんだな」そういってから、こんどこそ話題はこっちのものだと手を擦《こす》り、「おまえなどはまだわかるまいが、世の中はなにも強い者や利巧な者が勝つとは定っていない、譬《たと》えていえばあの法林院さまの御治世にだな」

「そうですとも伯父さん、世の中は強い者勝ちとは定まっちゃいませんよ、宮本武蔵が甲斐の山奥へいったときですね」

「待て待ておれはそんな剣術使いのことを話してるんじゃない、法林院さまの時に」

「法林院さまのことが出たからいうんですよ、あの殿さまはたいそう武術を御奨励なすったのでしょう、宮本武蔵は武芸の達人ですからね、それがなんと狸に化かされてさんざんなめに遭ったんです、伯父さん甲斐のくにって知ってますか、甲斐の巨摩郡《こまごおり》という処にですねえ」

そして綿々と饒舌が続くのである、平左は我慢して聞く、辛抱づよく待っている、話がひと区切りつく隙を待兼ねて、「いやその物語も面白いがな、おれの若いときに城山の後ろで石棺を掘り出したことがある」

こうやりだす、とたんに小三郎はその石棺をふんだくってしまう。

「石棺といえば伯父さん和田山から竜の骨が出たのを知っているでしょう、あのときは城下じゅうお祭りのような騒ぎでしたね、私は辻町のお祖父さんの家へ泊りにいってたんですけど、辻町の家の庭の泉水に──」

平左衛門は腕組みをして眼をつむる、そして口惜しまぎれにぐうぐう空鼾《そらいびき》をかき始めるのであった。……平左衛門は自分の相手がいかに強敵であるかを知った、その甥は年齢を超越して遥かに平左衛門より世故《せこ》に長《た》け、敏捷で、人心の機微に通じ、円転滑脱で、利巧で、明朗に狡猾である。いかなる面からしても平左には歯が立たなかった。

──たいへんなやつだ、とんでもない者を背負いこんだ。こう思って臍《ほぞ》を噛んだが、武士がいったん誓言した以上どうしたって上村へ戻す訳にはいかない、そうかといって一緒にいたんではこっちが心神耗弱してしまう、平左は苦しまぎれに計略をめぐらし、彼を元服させ宗兵衛と名らせたうえ諸方に奔走して江戸詰のお役を貰うことに成功した。

「江戸には秀才がたくさんいる」平左は別れるときこう教訓を垂れた、「今日までのような思いあがった我儘な気持でいると辛いめに遭うぞ、宜しく謙虚謙遜に身を持して、人にへりくだり饒舌を慎み」

小三郎の宗兵衛は膝へ手を置き、神妙に頭を下げていたが、やがてすうすう空鼾をかきだしたのである。平左はそれを尻眼に見ながら、勝利の快感に酔って滔々と教訓を垂れ続けた。

四

宗兵衛は江戸へ出た。そしてそこに五年いた。この間に彼は極めて複雑微妙な多くの経験をした、しかし物語の通例として、ここにはごく単純に紹介しなければならない。――まず島田右近《うこん》という人物をお引合せしよう、これは宗兵衛より四つ年長で、家中随一の美男であり、才知すぐれたうえに謙譲で、主君但馬守治成《たじまのかみはるしげ》の寵臣*といわれている。父親は権兵衛といって今は隠居しているが、家はずっと足軽組頭であった。右近はその一人息子である。足軽組頭の子が五百石の小姓組支配に出世し、なお主君の寵臣とまでいわれるようになったのだから、本来なら悪評も立つところだろうが、人をひきつける美貌と、謙遜で高ぶらない態度と、なによりも冴えた頭の良さとで、上からも下からも信頼されていたのである。

宗兵衛は太田良左衛門という目付役の家に預けられた。そして小姓組にあがるとすぐ、この右近と特に親しくなった。どこに眼をつけたのか、右近のほうから彼に近づき、頻《しき》りに引立ててくれたし、色いろと家中の情勢に就いて教えてくれた。

「私を兄弟だとお思いなさい」右近はそんなふうにいった、「人の前ではそうもいかないが、二人のときは支配などという遠慮はいりません、出来るだけのお世話をしますから、なにかのときは相談をして下さい」

「私はこんなことをいわれたのは初めてですよ」宗兵衛はにやりと笑った、「国では私はたいへん評判が悪いんです、五つぐらいのときからあの悪たれと遊ぶなっていわれたもんです、私の姿を見るといきなり怒るんですからね、まだなんにもしませんよっていうでしょう、す

＊寵臣＝気に入り、とくに目をかけている家来。

るとまだしなくってもいまにする積りだろうって呶鳴るんです、やりきれやしない、子供が泣けばすぐ私のせいです、また上村の悪童かっていう訳です、――じゃあ兄弟だと思っていいんですね、ふうん、本当ですねそれは」

「本当ですとも」右近は微笑した、「国の御両親へ手紙でそう書いておやりになってもいいですよ、これこれの者が兄弟のように面倒をみてくれるってですね」

「――そうしましょう」宗兵衛はちらと右近を眼尻で見た、「但し面倒をみて貰ってからですよ」

以上の会話は両者の将来を暗示する重要なものであった。そのとき右近が彼のなかに自分の「強敵」を発見したことは慥《たし》からしい、そしていかなる犠牲を払っても味方に付けなければならぬと思ったようだ。――少し経ってから右近は家中に二派の対立があり、長年にわたって執拗に勢力争いをしているから、その渦中に巻込まれないようにと教えた。

「派閥の一方は御側用人*の原田善兵衛どの、片方は御家老の浪江仲斎《なみえちゅうさい》どの一派、国許はだいたい御家老派だし、そこもとの寄宿している太田良左衛門どのも浪江どの腹心でいらっしゃる、両派の主立った名をあげると」こういって右近はそれぞれ七八人ずつ名を告げた、「――そういう訳ですから、これらの人々とはなるべく深い交わりはしないようになさい」

「島田さんはどっちなんです」

「私はお上おひとりに御奉公するだけです、党派に拠って勢力を得ようなどとは思わない、そこもとここをよく考えないといけませんよ」

御殿へ上って三十日ほど経つと、ようやく御前の勤めをするようになった。これも右近の特別な計らいで、普通だと少なくとも一年はかかるのである。このときも右近は懇切に勤めの心得を説き聞かせた。

「格別むずかしい事はないが、殿には憂鬱症の痼疾《こしつ》**があって、やかましい事うるさい事がなによりお嫌いです、無言、静粛、謹慎、これが絶対の戒律だからそのお積りで」だがそっと肩を叩いてこう付加えた、「けれども万一ご機嫌を損ずるようなことがあったらそうお云いなさい、私がどうにでもしてお執成《とりなし》をしてあげます、わかりましたね」

御前には彼のほかに三人詰めていた。成沢兵馬、松井金之助、友田大二郎という、——なるほど右近のいうとおりかれらは無言、静粛、謹慎であった。初めての日は殿さまは書物を読んでいらしったが、三人は糊付けにしたように硬《こわ》ばった顔で、木像のようにきちんと端坐していた。——前の日お目見得をして、三人にもそれぞれ紹介されている。暫く黙って坐っていたが、口がむずむずし始め、舌が痒くなって来た。彼はふと振返っていった。

「おい成沢、おまえお国へいったことがあるか」

大きな声である。三人はびくりとしたが、成沢は返辞もしないし、こっちを見もしなかった。

「松井はいったことがあるかい、友田は、——みんないったことはないんだね、それじゃお城

*側用人＝藩主の側近、用向きいっさいを統括し権力を持った。＊＊痼疾＝持病。

も知らないし大川も日和山《ひよりやま》も知らないだろう」

成沢兵馬が「えへん」と咳をした。それから眼尻でこっちをぐっと睨んだ。宗兵衛はしまったというように首を竦めながら、すばやく上座のほうを見た。但馬守がこっちを見ていた。——治成は五十一歳で、髪毛《かみ》の半分白くなった、固太りの、癇の強そうな老人である、なかでも眼にたいそう威力があって、睨まれると五躰が竦《すく》むといわれていた。

「御免下さい殿さま」宗兵衛は治成のほうへこういった、「お邪魔をして悪うございました、みんながお国の事を知らないらしいので、御奉公をしながら御本城の土地を知らなくては心細いだろうと思って話してやろうと思ったんです、殿さまは御存じですか」

三人は仰天し、中でも成沢兵馬は眼を剝きながら宗兵衛の膝を突ついた。——治成は眉をひそめた。そしてこの恐れげもない少年をぐっと睨んだ。

「知っていたらどうする」

「本当に御存じなんですか」彼は疑わしそうにこういった、「御存じだとすると私は少し困ることになるんですが、なぜかといえばですね、通町の駕源《かごげん》……駕屋の源助の店でもいっているし、馬喰の竹造のところでも、そのほか方々でいっているんですけど、——こんなことをいってもいいでしょうか、殿さまはすぐお怒りになりますか、怒りっぽいとすると云わないほうがいいと思うんです」

「そう思ったら黙れ」治成は口をへの字なりにした、「勤め中は饒舌るな」

宗兵衛は黙った。治成は「なんという奴だ」と口の内で呟きながら、ふたたび書物に眼を向けた。——暫くすると宗兵衛が大きな欠伸をした。「あああ」と声をあげ、両肱を張って公然とやってのけた。三人はまた仰天したが、治成は書物を見たまま聞かない振りをしていた。——宗兵衛は膝をもじもじさせたり、手で顔を撫でたりしていたが、ふとなにか思いだしたというように振返った。

「おい成沢、おまえ御家老の組か、それとも御側用人の組か——両方は仲が悪いんだってなあ、御家老の……ああいけないいまた饒舌っちゃった」

彼は上座のほうへ叩頭《おじぎ》した。

「殿さま御免下さい、ついまた口をきいてしまいましたけれどお邪魔になりましたでしょうか」

治成はぱたりと書物を閉じ、とびだしそうな眼でこっちを睨んだが、憤然と立ち、黙ってさっさと奥へいってしまった。——するとそれを見送っていた成沢兵馬が、顔をまっ赤にして立ち上り、「おい里見、ちょっとお庭まで来い」といった。友田と松井が左右を塞ぐ、宗兵衛はにこっと笑って、いわれるままに廊下へ出ていった。——詰所の脇から御殿の裏庭へ出る、厩《うまや》をまわって櫟《くぬぎ》林の処まで来ると、成沢が振返って拳を握った。

「貴様さっきおい成沢といったな、おい成沢とはなんだ」

「気に障ったら勘弁してくれよ」宗兵衛はにこっと笑った、「おれはみんなと轡《くつわ》を並べて御奉公する積りなんだ、御前の御奉公は戦場御馬前*と同じだから、みんなとは生死を共にする戦友だと思うんだ、成沢さんだの成沢うじだのって他人行儀なことをいっては済まないと思ったんだよ、国じゃあ誰とでもそう呼び合っていたしそうするほうが早く親しくもなるからさ、でもおまえが気に障るなら」

「黙れ」こう喚きざま兵馬は拳骨でいきなり殴りつけた、「おれは貴様などにおまえと呼ばれるいわれはないぞ」

力いっぱい殴られて宗兵衛の頭がぐらりと揺れた。彼は眼を瞠《みは》った。生れて初めて人に殴られたのである、あっけにとられて、大きな眼でじっと兵馬をみつめていたが、やがて振返って松井と友田を見た。

「成沢とおれだけで話したいんだ、済まないが二人はちょっと向うへいっていてくれないか、すぐ済むからね」

二人は兵馬を見た、兵馬が頷いたので、二人は厩のほうへ去った。——宗兵衛はかれらが見えなくなると、櫟林の中へ兵馬を促していって、静かに相対して立った。

「おい、成沢」彼は低い声でこういった、「おまえその眼は見えるのか、——おまえの頭の両側にくっ付いている耳は聞えないのか」

「この土百姓、おれの腰には刀があるぞ」

「拳骨のつぎは刀か、たわけ者、底抜けの頓知奇、明き盲でかなつんぼで馬鹿とくりゃあ世話あねえ、そんな阿呆がお側に付いているから家中が揉めるんだ、やってみろ、憚《はばか》りながらこっちは摩利支天のダチドコロだ、そんな青瓢箪の芋虫野郎とは出来が違わあ、ざまあみろ」兵馬はとびかかった。宗兵衛は風のように身を躱《かわ》した。そして二人は櫟林の中へ眼にもとまらぬ早さでとび込んでいった。

それから約三十分、櫟林の向うの草地に、二人はへたばったまま話をしていた。着物も袴も引裂けたうえに泥まみれである、髪毛はばらばらだし、どっちも眼のまわりを紫色に腫《は》らし、額や頭に瘤《こぶ》をだしていた。――兵馬は土を嚙んだとみえ、頻りに唾を吐きながら、「うん、うん」と頷く。宗兵衛はもげた袖を肩へ捲りあげ捲りあげ話し続けた。

「大人はだめだ、みんなふやけちゃってる、島田右近なんかを有能な人間と思うなんてばかばかしい、あいつは骨の髄からのまやかし者だぞ」

「貴様はたいへんな奴だ」兵馬がいった、「来て百日も経たないのに、おれが十年見ていたことを見てしまった、その勘が慥かなものなら話したいことがある」

「おまえはそういう眼をしていたよ兵馬」宗兵衛はにこっと笑った、「おれは国許でもそう思ったが江戸へ来てからもそう思った、大人はすっかり腐っている、こいつはおれたちがなんとかしなくっちゃいけないってさ、――そしておまえの顔に同じことが書いてあるのをみつけたんだよ、成沢の年は幾つだ」

＊戦場御馬前＝主君のそば近くで用務する近習は、戦場に出れば主君の馬周りを固め、離れなかった。

「貴様より二つ上の十九だ」

「年だけのことはありそうだ、今夜おまえの処へゆくぞ」

五

成沢兵馬とどのような相談をしたかはわからないが、宗兵衛の饒舌は相変らずであった。但馬守治成は好んで書を読む、憂鬱症であるかどうか知らないが、書物を読むこと以外になにごとも興味がないらしい。政治にも殆んど無関心で、常には側用人にも家老にも会うことがなく、必要な場合はたいてい島田右近の取次ぎで済ませる、そしてただ書物を読み暮しているのである。

——従って侍している小姓たちは沈黙静粛を守るのが定《き》まりであったが、宗兵衛は初めの日以来その定まりを少しも守らなかった。治成に睨まれると恐れ入ってあやまる、だがその舌の乾かぬうちにすぐまた始めるのであった。治成が怒って「出ておれ」というと廊下へ出てゆくが、そこでまた独りでお饒舌りをやりだす。

「人間はどうして大人になるとああぼけてしまうんだろう、瀬戸物の卵を蛇が呑むなんて、呑んじまってから吃驚して、尻尾《しっぽ》のほうから石垣の穴へ逆に入るなんて」こんなことを大きな声でいうのである、「——すると腹の中で卵がこゝかれてしまいに口から転がり出るなんて、内野のおびゝんずるまでがいい年をして本気にしてるんだから厭んなっちまう」

治成が「えへん」と咳をした。警告の積りである、ところが宗兵衛は「はい」と答えてずんずん戻って来、そして平気でこう治成に問いかけるのであった。

「殿さま、牝鶏に瀬戸物で作った卵を抱かせるのを御存じですか、産んだ卵を取上げてばかりいると牝鶏が卵を抱かなくなるのですって、それで擬《まが》いの卵を抱かせるっていうんです、瀬戸物で作って本当の卵そっくりに出来ているんです、それを蛇が間違えるっていうんですけれど御存じですか」

治成は眼をあげてぎろりと睨み、もういちど「えへん」と咳ばかりする、だが、宗兵衛はけろりとした顔で続けた。

「蛇は本当の卵と間違えてそいつを呑んじまうんだそうです、呑んじまってから瀬戸物だということに気がつく、すると蛇はずるずる石垣のほうへ這っていって、小さな穴をみつけて、尻尾の尖《さき》から段々に入ってゆくのですって、そうすれば腹の中の瀬戸物の卵はしぜんとこき出されて、口からぴょこんと転げ出す、こんな話を大人がよくするんです、内野のおびんずるも秋山の猿面《さるめん》もそういいました、——実に虫けらなどと申しても蛇などの知恵にはほどほどと感じ入るなんて、おびんずるなんか酒を飲むたびにきまってこの話をするんですけど、大人ってまったく理屈のわからない頭の悪いもんだと思います」

「その話のどこが可笑《おか》しいのだ」治成がひょいとつり込まれた、「余も聞いたことがあるが、どうして無理屈だというのだ」

「あれっ」宗兵術は目を瞠る、「殿さまも本当にしていらっしやるんですか、へえ——驚いた、そんなに本を読んでいらっしゃって馬鹿げた話をお信じなさるんですか、——では伺いますけれど、蛇は卵を捜しに来るんでしょうか、喰べ物を捜しに来るんでしょうか、あの長い舌でぺろぺろと触ったとき、本当の卵か瀬戸物かがわからないでしょうか、おまけにですね殿さま、蛇の鱗は頭から尻尾のほうへ重なっているんで、軀をしごくような小さな穴へ逆に入れば、鱗が逆にこかれて死んじまいますよ、そんなことも御存じないんでしょうか」

「口が過ぎるぞ宗兵衛、黙れ」

宗兵術は黙る、しかし口の中でかなりはっきりと呟く。

「おれが黙ったって嘘が本当になりやしない、人間にはお毒見役やらお味見なんかいるから、騙されて毒を盛られたり腐った物を食わされて知らずにいるんだ、蛇には毒見も味見もいない代りに、偽か本物かをちゃんと見分ける知恵がある、へっ、なっちゃねえや」

声が高いからかなりはっきり聞えた。——治成は怒った、書物をぱたりと閉じ、さっと顔を赤くしながら片膝を立て左手はすぐ脇の刀を摑んでいた。本気で斬る積りだったか、単に習性からきた動作かわからないが、とにかく刀を摑んだことは慥かである。松井、友田、成沢の三人は蒼くなった、しかし治成は刀から手を放し、立ち上って大股に奥へ去ってしまった。御前お構いになるかと思ったが、その沙汰もなく、寧ろそれからは宗兵衛の饒舌を幾らか進んでお聞きなさるようになったからふしぎである。——だが宗兵衛はただ御前でお饒舌りをするだけではなかった。暇さえあると何処へでも出張して饒舌った、どの役部屋へもずんずん入ってゆく、軀が小柄なうえに愛嬌のある顔で、天真爛漫に話しかけられるからたいていの者がすぐまるめこまれてしまう。

「ええついこのあいだ国許から来たんです、悪戯がひどいからって追っ払われて来たんですけど、このうちでもすぐ追っ払われるだろうと思ってるんです、——向うにいる肥った人は誰ですか、へえ、あれが勘定奉行ですって、……へえ、全部そうですか」

「全部って、なにが全部だ」

「だってずいぶん肥ってずいぶん巨《おお》きいじゃありませんか、あれだけすっかりこみで勘定奉行だとすると勿体ないみたいですねえ」

この勘定奉行には後に拳骨を一つ貰ったが、その代りひどく好かれて、ゆきさえすれば茶と菓子を取って置いてくれるようになった。——こんな調子で大目付へも納戸役へも、老職や寄合の溜りへも、奉行役所へも馬廻りへもすっかり顔を売ってしまった。到る処の人たちと親しくなり到る処へ自由に出入りをする、そして御殿じゅう（奥を別にして）彼の姿の見えない場所はないという程になった。

島田右近はよく彼を諸方へ伴《つ》れて出た。よほど宗兵衛をみこんだのだろう、柳橋あたりの旗亭《きてい》*だの、深川の芸妓《げいぎ》だの、新吉原だの歌舞伎だのという、公然とはいきにくい処へ伴れて

＊旗亭＝料理屋、酒楼。中国で酒旗と呼ぶ旗を立てて目印とした。

ゆく、例のいやに丁寧な言葉使いで、「世間を知るにはこういう経験がいちばんです、しかしこれは二人だけの内証ですよ」などといいながら、そして女たちには「私の弟分だから大切にたのむ」こういって引合せた。——右近は何処でもたいへん歓迎され大事にされた。よっぽどのいい客なんだろう、自然こっちも女たちがうるさくちやほやする。普通なら大いに衒《て》れる年頃だが、そんな場所でも彼は平気の平左であった。右近が女の一人とどこかよその座敷へゆき、彼だけ女たちの中に残されても、例のお饒舌りでたいてい彼女らを煙に巻いてしまう。

「そんな偉そうなませたことを仰《おっしゃ》ったって、宗さまはまだ女の肌も御存じないんでしょ」

「ばかだね、おれの国は早く嫁を貰うんで有名じゃないか、おれは少しおくてだから遅かったけど、それでも去年もう結婚して、この夏には子が生れてるよ、御用人の原田さん、——知ってるだろう原田善兵衛さんさ」

女たちは黙ってちらと眼を見交わす。

「なんで変な眼つきをするんだ、おれはみんな知ってるんだよ、御家老の浪江さんだって来るじゃないか」宗兵衛の眼がすばやく女たちの表情を見て取る、「——御用人は十四で結婚したし浪江のおやじも慥か十五で子持ちになった筈だ、みんな聞いたことないかい」

「あら嘘だわ、なあ様はお子が無くって御養子だって伺ってますよ、ねえ」

「だからさ、ばかだね、十五でもう養子を貰うほど早婚なんじゃないか」平然たるものだ、

「島田の兄貴はあんな人間だから、初めは御家老のたいへんなお気に入りでね、初めはあれが養子に貰われようとしたのさ、ところがちょっとへまをしたんでね、この頃は原田さんとばかり遊びに来るだろう——」

「あら厭だ、今だってなあ様はたいへんな御信用だわ、はあ様もなあ様も、お二人ともまるで手玉に取られてるかたちよ、ねえ」

「しいさんときたら凄腕だからね」余り縹緻《きりょう》のよくない女が口を入れた、「この土地だけでも五人はもう泣かされてるし、こんどは駒弥《こまや》さんでしょ、そのうえ代地河岸《だいちがし》なんぞへは素人衆の娘さんを伴れ込むっていうんだから」

「ああそれは相庄《あいしょう》とかいう御用達《ごようたし》の——」

「ばかねえおまえさんたち」年増の一人が慌てて手を振った、「そんなにお客さまの蔭口をべらべら饒舌るってことがありますか、自分に関けいのないことは黙ってるのよ」

こんなことは二度や三度ではない、宗兵衛はその神技ともいうべき舌わざで、ずいぶん多くの秘事をさりげなく聞き出したものであった。——家老と用人との対立抗争は、但馬守の無為閑居*に依って近来頓《とみ》に烈《はげ》しくなり、或る点では政治の運用を妨げる状態さえ現われていた。政治を行うべき人間が政治を忘れ、己が権力の拡充に専念するようになっては国は成り立ってゆかない。それは現に藩の財政に表われてきた、士風も頽廃《たいはい》に傾いている、そして国《くに》

＊無為閑居＝あるがままにして表に出ないで過ごす。

許《もと》領民の生活がしだいに苦しくなりつつあるのを、宗兵衛はその眼で見、耳に聞いて来たのである。

「おい面白いぞ成沢」宗兵衛は兵馬の家を訪ねて笑いながらいった、「大きな腫物をね、藪医者が集まって眺めてるんだ、その患者をどうして自分のものにするか思案投げ首でね、腫物を治す方法は知りあしない、一人が頭を冷やせといえば片方は腹へ温石《おんじゃく》*を当てろという、しかもそういいながら温石を当てもせず冷やしもしないで、ひたすら患者を自分のものにすることばかり考えている」

「つまらない譬《たと》え話はたくさんだ、おれも話したいことがあるが、そっちもなにか用があって来たんだろう」

「島田右近を追っ払うんだ、あいつを江戸から追い出せばあとの始末が楽になる、あいつにとっても誘惑の多い江戸より田舎のほうが身のためさ」

「それと藪医者となんの関係があるんだ」

「おまえの口とその不恰好な鼻とは関係がないか」宗兵衛はもう立ち上っていた、「暢《のん》びりしたことをいうなよ兵馬、おまえ二十になってからだいぶ大人の愚鈍が出はじめたぞ」

「貴様も十八になって口が悪くなった、おれがいいたいのはこうだ、右近がもし藪医者共と重要な関係があるとしたら、おれが国詰にならないまえに追い出して貰いたい」

「おまえが国詰になるって——」

宗兵衛はまた坐った。

「貴様がいつか御前でいったろう、御奉公をするのにお国許のことを知らなくて不便ではないかって、——あれが右近から年寄たちに聞えて、今年から五人ずつ選ばれて国詰をすることになったんだ」

六

「選ばれたのは誰と誰だ、そして国には何年いるんだ」

「小姓組ではおれと松井、馬廻りから林大助、書院番から石河忠弥と村上藤五郎という顔触れで、いつか話したとおり右近に睨まれている者ばかりだ、任期は三年と聞いている」「ふむ——」宗兵衛は珍しく眉をひそめた、「やっぱり右近のほうが賢いな、あいつは馬鹿じゃない、ふん、……仕方がない国へゆくんだよ兵馬、いい経験になるぜ」

「それで後をどうするんだ、おれたち五人いっちまったらもう誰もいやしないぜ」

「腫物の切開ぐらいおれ一人でたくさんだ、どうせ右近の奴は国へ追っ払うが、あっちへいってからも決して油断はならない、そこをおまえに頼もうじゃないか、こっちは引受けたよ」

二月になると成沢兵馬はじめ五人の者は国許へ立っていった。それより少しまえ但馬守の

＊温石＝今でいう懐炉の原型、ここでは漢方医学の治療法の一つ。

意志で宗兵衛は昌平坂学問所《しょうへいざかがくもんじょ》*へ入学し、また柳生の道場**へ入門した。それで御前勤めは三日に一度ずつとなったが、治成の彼に対する態度は眼立って親しさを増していった。

「学問所や道場の友人には気をつけぬといかんぞ」治成は或るときこういった、「江戸には色いろと風儀の悪いところがあって、うっかり染まると身を誤ることになる、人に誘われてもさような場所へは決していってはならぬ」

「そんな処へ誘う者はまだいません」宗兵衛は明朗な眼つきで答える、「けれども内証でなら、もうずいぶん度々いったことがあります」

「内証ならと、――いったいどういう意味だ」

「誰にもいってはいけないんです、島田さんがそう念を押しました、これはおれとおまえだけの内証なんだ、誰にもいってはいけないぞっていいました、そして柳橋の茶屋だの深川の芸妓だの、新吉原の遊女だの色いろと案内してくれたんです、殿さまも御存じですか」

治成は眼を瞠った。宗兵衛の平気な顔と、話の内容の意外さとに戸惑いをした感じである。だが宗兵衛はそ知らぬ態でぺらぺらと饒舌り続けた。

「深川では尾花家というのへよくゆきました、島田さんが大事にされることはたいへんなものです、女たちの話ではもう五人も泣かせていて、こんどは駒弥という女が泣かされる番だっていってました、島田さんは凄腕だから、泣かされると承知でみんな迷うんだって話していました」宗兵衛はにこっと笑う、「それからこれも内証ですけど、新吉原の中万字楼という家にたいそう島田さんにおっこちの女があるそうです、おっこちとは熱々のことだっていいますが私は訳は知りません、その女は勤めの身だけど島田さんのためならどんな達引《たてびき》***もしてくれて、おまはんのためなら命もいりいせんよう、捨てなさんしたら化けて出えすによう、なんていって塩豆を食うそうです、――でもこれはみんな内証だそうですから」

治成はぐっと眼を怒らせた。

「それはみんな、そのほうが右近と一緒にいって見聞きしたことか」

「ええそうです、島田さんは私にもっと面白い処を案内してやると約束してくれました、その代りお互い兄弟同様にして、善い事も悪い事も助け合ってゆこうという訳ですけれど、――でもこれも内証だそうですから」

治成は「やめろ」といって座を立った。そして宗兵衛を上からじっと眺めていた、彼の饒舌が虚心のものであるか、それともなにか含んでいるかを見極めるように、それから低い声でこういった。

「右近は内証だと申したのだな、人に話しては困ると申したのだな」

「そうです、そういって、幾たびも念を押しました」

*昌平坂学問所＝一八世紀末の寛政期に湯島に設立された幕府直轄の学問所。朱子学を奨励した。**柳生の道場＝柳生家は幕府の兵法指南役。諸藩士を集めて剣術指南するとは考えられず、毛利家（長州藩）桜田藩邸にあった別流の柳生道場か。***達引＝他人のために金銭を払ったり、立て替えたりすること。

「それならどうして饒舌るのだ、内証だと口止めをされたら、どんな事があろうとも黙っているのが武士の嗜《たしな》みではないか」

「はあ、そうでしょうか――」宗兵衛はけげんそうに治成を見上げた、「でも殿さま、私をそういう場所へ伴れていったり、そんな話をしてくれたのは島田さんですけど」

「さればこそ内密だと念を押したのであろうが」

「そうなんです、はあ、――」宗兵衛はなおけげんそうに治成を見た、「ですから、私が話したって構わないと思うんですけど」

「妙なことを申すな、だから構わないとはどういう訳だ」

「だって殿さま、人には黙っていろ内証だぞっていう島田さん当人でさえ内証にして置けないくらいなんですから、そのくらい面白いんですから、別に迷惑もなんにもしない私が饒舌りたくなるのは、当りまえじゃないでしょうか」

そして明朗な眼つきでにこっと笑った。治成は口をあいた、真向から面を叩かれたような顔つきである。なにかいおうとして「き」というような音声を二度ばかり漏らしたが、そのまま踵を返して奥へ去ってしまった。――十日ばかり経って島田右近は国詰を命ぜられた。治成が色いろ調べた結果、宗兵衛の話が事実であり、なお不始末の数かずがあらわれたもののようであった。治成が右近を呼び、人払いをして烈《はげ》しく叱咤するのを、宗兵衛は蔭にいて聞いた。それはいつも沈鬱な治成に似合わない烈しい火のような調子であった。

「人の信頼を裏切るのは人間として最も陋劣《ろうれつ》なことだぞ」とか、「恥じて死なぬか」とか「黙れ、まだ云いのがれを申すか」などというのが聞えた。右近はやがて泣きだしたらしい、そして哀切に長ながと懺悔をするようすだった、綿々たる哀調と啜り泣きの声が宗兵衛でさえ哀れを催すほど長ながと続いた。治成は怒りの声を柔らげた。「国へゆけ、いちどだけ機会を与えてやる、やり直してみろ」こういうのが聞えた。そして右近はまた激しく泣いたのである。

島田右近が国詰になったことは、江戸邸のあらゆる人々を驚かせた。治成は別に不始末の罪を挙げはしなかった、否、国詰ではあるが町奉行という職を命じたので、寧ろ栄転でさえあったのだが、それでも側用人以上の実権を持っていた位置と、較べるもののない君寵《くんちょう》から放された事実は明らかに「失脚」であることを掩《おお》えなかった。——主君側近の情勢が変ったのである。あれほど寵の篤かった右近が逐《お》われた、彼に代るのは何者であろう。凡ての人々の注意がそこに集まったのである。

浪江仲斎も原田善兵衛も、この折とばかり主君に近づこうとした。しかし治成は定日にほんの、形式だけ政務を見るだけで、誰をも寄付けようとしなかった。——国へ遣られた成沢と松井の代りに二人の小姓が挙げられたが、最も側近く仕えるのは宗兵衛ひとりである。そしてこの頃では閉居することが少なくなり、的場へ出て弓を引いたり、番たび馬をせめたりする、そして宗兵衛を伴れて朝に夕に奥庭を歩くようになった。……宗兵衛のお饒舌りは相変らずであるが、どうやら今はそれが面白いらしく、一方では叱りながら、時には声をだして笑うことも珍しくなくなった。家中の人々はこの変り方に驚くと共に、それが宗兵衛のためであり、右近に代る者が彼だということを明らかに認めた。

——主君の寵は宗兵衛に移った。

原田善兵衛も浪江仲斎もそう見て取り、すぐさま宗兵衛の抱き込みにかかった。宗兵衛はどちらの招きにも応じ、どちらとも親しくなった。しばしば会い、熟《と》く語ってみると、年に似合わぬ宗兵衛の才知がわかる。仲斎は「こいつ大した人間だ」と舌を巻き、善兵衛は「これこそ味方の柱石になる」と惚れ込んだ。両者は互いに彼を腹心の人間にしようと努め、いずれも自派の秘密や策動をうちあけ、また参画させた。

「御家を万代の安きに置くには、暗愚に在《おわ》す弥太郎君を排し、御二男ながら英生の資ある亀之助君を世子《せいし》*に立てねばならぬ」浪江仲斎はこういった、「折ある毎にその旨を殿へ言上して貰いたい」

「御家老一派は御二男を世子に直そうとするようだが、これは順逆に戻《もと》る大悪である」原田善兵衛はこういきまいた、「いかにも弥太郎君は些かお知恵が鈍く在《おわ》すようであるが、その代り御壮健で御子孫御繁栄には申し分がない、また藩には執政職があるから、主君は寧ろ暗愚の方が無事である」

これを突詰めると仲斎は亀之助、原田派は弥太郎、おのおの擁立する世子に拠って、己が権勢を張ろうとしているのである。そして各自の党勢を拡充するために、鎬《しのぎ》を削って買収し周旋し籠絡に努めている訳だ。――宗兵衛は両派の内情や、策謀、秘略に詳しく通ずるようになると、巧みに機を摑んで活動し始めた。といっても別に大した事ではない、ただ片方の秘密を片方へ饒舌るだけである！

「原田さんは柳橋になんとかいう女の人を囲って置く家があるそうですね」彼は原田善兵衛に向ってこういう、「その女の人はお俠《きゃん》で面白いんですってね、浪江さんのほうで少しお金を遣ってなにしたら、その柳橋の人は原田さんの事をべらべらすっかり話してくれたっていっていますよ、御存じですか、なんでも深川のほうの事までわかっちまったらしいですよ」

また浪江仲斎に向ってもこう語る。

「岸本孫太夫という人がいますね、あの人はたいそう賢いですね、御家老にも引立てて貰ってるし、原田さんにも特別ひいきにされているらしいんです、御家老はあの人になにか書いた物をお預けになったでしょう、あの人はすぐにその写しを拵《こしら》えて、原田さんとこへ持っていって、そしてかなりたくさんお礼を貰ったそうですよ」

こんな風に始めたのである。明朗な顔をして、あけすけにずばずばと饒舌る。どんな重大な秘密でも、お構いなしだ。こっちの事をあっちへ、あっちの事をこっちへ。――これは明かに不信であり裏切りであり内通であって、しかも必ず暴露すべき性質のものである。さよ

＊世子＝世継ぎ、あとつぎ。

う、やがて総ての明らさまになるときが来た、城中の黒書院で原田善兵衛と浪江仲斎とが正面衝突をしたのである。

七

原因はごく些細なことであった。喧嘩とか戦争などというものは必ず些細な事から始まる、仲斎が老人だけに嵩《かさ》にかかって云い募り善兵衛がこれに応じた。綿に包んだ針のような言葉が、釘となり槍となり火を発して、ついに互いの密謀摘発に及んだ。

「お手前がそれをいうならわしも申そう」仲斎は鼻の頭に汗をかきだした、「きれいな顔をして洒落《しゃ》れたことをいわれるが、お手前は邸《やしき》の外に卑しき女を囲い、しばしば徒党と密会してあらぬ企みをめぐらせておるではないか」

「はっはっは」善兵衛は蒼くなった、「人の事を暴くまえに御自分の乱行をお隠しなされたらようござろう、深川櫓下《やぐらした》などの茶屋へ出入りをし、若い芸妓にうつつをぬかしておられるは何人《なんびと》でござろうか」

「わしが一度や二度なにしたからといってなんだ、そこもとは岸本孫太夫などを手先に使って、岡っ引かなんぞのように人のふところを探り、陰謀の種にしようとしたではないか」

「岸本を手先に使ったのは御家老でござろう、彼奴《きゃつ》めぬけぬけと味方顔をして、有る事ない事そちらへ通謀してまいった、拙者が手先に使ったなどとは真赤な嘘でござる、また陰謀のなんのと申されるが、御家老こそ一味を語らい、御正嫡を廃して御二男を直し奉ろうなどと」

「なに、なに、誰がさような根もなきことを」

「これが根もなきことなら、拙者に対する御家老のお言葉はまったくの虚言でござる」

「ばかなことを申せ、こっちにはちゃんと証人がおる」

「証人ならこっちにもおりますぞ、ひとつその人間に会わせて頂きますかな」

「なんでもないすぐに此処へ呼んでみせる、しかしお手前の証人も呼ぶことができるだろうな」

「そうさもござらぬ、これ――」

善兵衛が振返って人を呼ぶと、「はい」と答えて里見宗兵衛が出て来た。これまでの問答を聞いていたのだろう、しかし少しも恐れるようすがなく、にこにこしながら入って来て、二人の中間へ坐った。

「これ宗兵衛」

「これ宗兵衛」

仲斎と善兵衛が同時にいった。そして吃驚して互いに顔を見合せ、すぐに振返ってまた一緒に、「そのほう拙者に申したことを」と同音にいいかけ、また吃驚し、次に怒って、「お黙りなされこれは拙者の証でござる」

「黙らっしゃいこれはわしの証人じゃ」

互いに叫んで、それから「あっ」と、これも同音に声をあげた。二人はようやく了解したのである、どっちにとっても宗兵衛が証人であった、即ち宗兵衛に依って互いに互いの秘密や策謀を知ったのだということを――。

「ええそうなんです」宗兵衛はにこにこと二人の顔を眺めた、「みんな本当ですよ、御家老に申上げたことも御用人に申上げたことも本当です、私はちゃんと証人になりますよ」

二人の驚愕はどんなだったろう、仲斎も善兵衛も啞然として眼を剝き、棒を呑んだように反《そ》った。それから烈火のように忿怒《ふんぬ》におそわれ、「この痴《し》れ者」と脇差の柄に手を掛けて立ち上った、その刹那である、上段の襖が明いて、但馬守治成がつかつかと現われ、「両人とも待とうぞ」と鋭い声で叱咤した。二人は雷にでも撃たれたようにそこへ平伏した。但馬守は上段の端まで来て、これまでになく歯切れのよい口調でこういった。

「ここでの始終はみな聞いた、但し両人の秘事に就いてはなにも覚えてはおらぬ、ただ、――その秘事を宗兵衛がそのほうども両人に通じたこと、それを怒ってそのほうどもが彼を成敗しようとした事はけしからんぞ」

家老と用人は、肩で息をしていた。

「なぜとならばだ、そのほうどもは他人に知られてならぬ秘事をそのほうども自ら宗兵衛に話したではないか、秘事を知られては迷惑するそのほうども自身でさえ彼に明かしたとすれば、なんの利害もない宗兵衛がそれを他へ語るのは当然ではないか」治成はこういって宗兵衛を見、どうだというように唇を歪めてみせた、「——宗兵衛を責むるなら、まず彼に秘事を明かした己れ自らを責むるがよい、どうだ両人、仲斎、……善兵衛、これでも宗兵衛に罪ありと思うか」

宗兵衛の説をそのまま流用して、みごとに二人の頭を抑えた。仲斎も善兵衛も返答なし、ただ恐れ入って平伏するのみだった。——かくて事態は意外な方へ旋回した、気がついてみると、用人派は家老派のあらゆる秘密策謀を知っているし、家老派は用人派の謀略祕策の詳細を知った、各派は対者の骨髄まで知ると同時に、自らの骨髄をも対者に曝《さら》けだしている、つまり両派はお互いにとって硝子壜《ガラスびん》の如く透明であり赤裸々である。ということは、もはや「いかなる秘密も謀略も存在しない」ということであった。贅言《ぜいげん》*無用、両派は互いに了解し和睦し提携した、それが互いに身の安全を保つ唯一の方法ではあったが、とにかく長い確執はここに終止符を打ったのである。

「槍で千石ということはあるが、そのほうは舌で千石取るやつだ」治成はこういって宗兵衛を睨んだ、「前代未聞の饒舌だ、しかし気をつけるがいい、舌は禍いの因《もと》ということもある、図に乗ってはならんぞ」

宗兵衛は二十二の年に国許へ帰った。

但馬守治成が二男亀之助に家を譲り、隠居のうえ帰国するのに扈従《こじゅう》**したのである。——

＊贅言＝余計なことば。＊＊扈従＝主人につき従うこと。

治成は世を譲るとき、彼を亀之助に付ける積りでいたが、隠居する身の心ぼそさと、もう二三年は手許で仕込みたいと思ったのとで、そのまま国へ伴れ帰ったのであった。――五年ぶりの帰国である。背丈も五尺七寸を越し、筋骨も逞しくなり、相貌も堂々としてきた。待っていた平左衛門夫婦の喜びはいうまでもない、殿の寵も篤く家中の信望も大きいということは聞いていた、おまけに見違えるほど尾鰭の付いた成人ぶりだから、平左衛門などは眼尻を下げて悦にいった。――そしてこれならもうあの癖も直ったろう、こう思ったのであるが、どう致しまして、まず風呂へ入れたが風呂の中からもうお饒舌りを始めた。「江戸という処はね伯母さん、いや母上、聞えますか、江戸という処は家だらけ橋だらけですよ、初めのうちは吃驚しましたねえ、どっちを見ても家だらけだし、どっちへいっても橋にぶっつかるんです、それがみんな人間が住んでるんですからね、え？　いや橋に人間は住みやしません家ですよ、そしてお信じになれないかも知れませんが、その上を一日じゅう人や馬や駕や車が、ひっきりなしに通ります、え？　いやもちろん家じゃありません、家の上を馬や人間は通れやしません、橋ですよ、橋の上の話です」

「風呂を出てから話せ」平左がついに堪りかねて呶鳴る、「隣り近所へ筒抜けではないか、子供ではあるまいし少し静かにしろ」

「やあ伯父さんも、じゃあない父上も聞いていらしったんですか、いまいったのは本当なんですよ、その次に驚いたのは犬です」こんどは前より声が高い、「伊勢屋いなりに犬の糞というくらいで、町を一丁歩くうちに十疋や二十疋犬のいないことは……」

「ちっとも治ってはいくさらん」平左は鼻嵐《はなあらし》*を吹きながら舌打をした、「治るどころか寧ろ磨きをかけて来くさった、なんという――」

そして庭へと逃げだしていった。――庭へ出てはいったが、「伊勢屋いなり」だの」「騒ぞうしい橋」だの「魚河岸やっちゃ場の売声」だのが、きいきいがやがやわあわあと喚きどおしに喚くので、平左は両手で耳を押え、眼を剝出して空をねめあげた。そして――ああおれは間違っていた、と絶望的に自分を責めた。いつか林主馬のやつが耳へ繃帯をしたのは嘘じゃなかった、今こそ思い知った、おれもやがてはこの頭へ繃帯をしなければならなくなるだろう、と。

「食事が済んだら上村へいって来たいんですが」宗兵衛は茶を啜りながらそういった、「少し頼みたいことがあるもんですから」

「ああいいとも」平左は言下に頷いた、「久方ぶりだ、向うが迷惑でなかったら暫く泊って来てもいいぞ」

「そんな我儘なことは致しません、すぐに帰って来ます、しかしそれに就いて、その、ちょっと御相談があるんですが」彼はにっこりと笑って両親の顔を見た、「――こんなことを自分の口からいうのは、実は少々なんですけれども、しかしそうかといって私も来年は二十三に

*鼻嵐＝嵐のように激しい鼻息。

なりますし、里見家の跡取りだしますので、即ち」

「わかりましたよ、もう」養母が誘われるように笑いだした、「貴方お嫁が欲しいのでしょう、はっきりお云いなさいな、そうなのでしょう」

「やあどうも」宗兵衛は手を頭へやった、「やっぱり母親は子心を知ると世間でいうとおりですね、でもよくおわかりになりましたねえ母上」

「つまらぬおべんちゃらを申すな」平左が舌打をした、「それくらい申せば馬鹿にでも察しはつく、余計なことは措いて欲しいなら欲しいというがよい、こっちにも心当りがないことはないのだから」

「それがその、あれです」宗兵衛はにっこり笑った、「こういってはなんですが、実は父上は御存じかと思うのですが、あれです、上村の、その上村の隣りに溝口主水という家がありますね、あそこに津留という娘がいるんですが」

平左夫婦は急に口をつぐみ、互いにちらと眼を見交わした。なにか由ありげな眼つきである、——それから平左は突然げらげら笑いだし、勝誇ったように上からこう宗兵衛を見下ろした。「いやどうも、天地自然というものは怖いものだな、因果応報、楽あれば苦あり、猿も木から落ちる、河童の川ながれ、いやはや、出る杭は打たれる後の雁が先か、はっは、——だめだよ、お気の毒だがそいつはあいにくだ」

「なにがそんなに可笑しいんですか、誰が楽あれば苦ありなんです」

「おまえはお山の大将だと思っていた、人をおちゃらかし世間を甘くみて来た、賢いのは自分ひとりで、ほかの者はみんな馬鹿かお人好しだと考えていた、はっは、ところが因果は車井戸のつるべであり、禍福はつるんだ蛇の如くであり明暗は」平左は今や饒舌を自分のものにした。彼は得々として覇者のように語る。頭の抽出からとって置きの語彙を洗いざらいぶちまけ、それに塩や胡椒や唐辛子で味を付けながら饒舌りに饒舌った、そして最後に止《とど》めを刺すようにこういった。「——これを要するにだ、溝口の娘は諦めろ、いいか、あの娘はいかん、気の毒だが絶対にだめだよ」

八

「どうしてですか父上」宗兵衛は珍しく坐り直した、「あの人になにか変ったことでもあったのですか」

「あの娘はいい、うん」平左は欣然と語る、「実に可愛い縹緻よしだ、ぽっちゃりと柔らかそうな軀つきで、いつもにこにこ可愛い顔で、笑うと両方の頰ぺたにえくぼが出来て、はにかみ屋で温順で、しかもなかなか色っぽくってな、へっへっへ、あんな娘はちょいと世間にはいないて、おれが若ければ千石を投出しても欲しいところさ、若いおまえがやきもきするのは当りまえだ、その気持はまことによくわかる、まったく同情に耐えない、が、諦めろ、あれはもう嫁入り先が定まったよ」

「嫁入り先が——」こんどこそ宗兵衛は蒼くなった、「……まさか、まさかそんなことが」

「信じたくないだろうな、うん、その気持はわかるて、だがお気の毒なことに事実さ、相手はおまえの親友で義兄弟の約束さえしたという人物だ、これから上村へいったら訊いてみるがいい、そうすればはっきりわかるよ」

「私の親友で義兄弟、——そんな人間は知りません、私にはそんな約束をした者はいませんよ」

「だって当人がちゃんとおれにそういったのだし、将来おまえにとっても為になる人物だぞ、おれはその人物に惚れて溝口へのはしわたしをし、また仲人の役も買って出たのだ」

「貴方が仲人を、——」宗兵衛はげに情けない顔をしたが、「しかし覚えはありませんよ、いったいそれはなんという人間ですか」

「四年まえに江戸から赴任して来た町奉行、島田右近だ、……これでも知らぬか」

「し、ま、だ、——」

これはおどろきである。おどろき中の最大のおどろきだろう。——宗兵衛の眼がくっと大きく光った。しかしそれはしだいに細くなり下を向き、膝の上で両手の指がだらりと伸びた。それからやがて彼はにこっと笑ったが、それはべそをかくような悲しげに歪んだものであった。

「母上、私は疲れが出ました」彼は養母に向って元気にこういった、「なんだか軀じゅうの筋がたるんじまったようです、今夜はもう上村へゆくのは止めて寝かせて頂きますよ」

「まあそういうな」平左はますますいい機嫌である、「もっと江戸の話を聞こうではないか、橋がなん千なん百あるとかいったな」

「貴方、――」妻女がめまぜ*をしながらそうたしなめた、「もう程にあそばせ、この子は長旅で疲れているのですから、宗さん、いいからもうお休みなさい、支度はできていますよ」

翌る日、宗兵衛は上村を訪ねた。父は既に隠居して兄の伊之助が家督をし、妻とのあいだにもう三つになる子まで出来ていた。――彼は兄から津留と島田右近とが婚約したという事実を聞いた。それから昼食を馳走になって帰る途中、壕端の組長屋にいる成沢兵馬を訪ねた。

「よう立派になったな」兵馬は大きな声をあげた、「帰ったというから今夜あたり訪ねようかと思ってたんだ、散らかしているが、まあ上れ、二三日うちに江戸へ帰るんでね」

「江戸へ帰るって、――本当かい」

「任期が終ったのさ、入れ替りだね」

荷造りで散らかっている部屋へ通り、暫くその後の話がとり交わされた。家老と用人との紛争の解決、家督の事など、それから島田右近の件に及ぶと、兵馬は苦い顔をして舌打をした。

「あいつはたいへんな野郎だ、あの生っ白い糸瓜面《へちまづら》といやに優しい猫撫で声で、こっちへ来るなりたちまち人気を集めちまいやがった、なにしろ足軽にまであいそ笑いをして――いい

＊目まぜ＝目交ぜ。目配せ、視線を走らせて合図すること。

おしめりですね、なんてことをいやあがる」兵馬は自分でいって置いて身震いをした、「老人たちには茶湯だの書画骨董でおべっかを遣う、若い連中は順繰りに花街へおびきだして御馳走攻めだ、ふしぎなことに幾らでも金が続くらしい、どこかに不正なことがあると睨んでるんだが、あの狐め絶対に尻尾を出しゃあがらねえ、そしてとうとう溝口老職の家の評判娘を手に入れてしまいやがったよ」

「因果は車井戸のつるべ縄か」宗兵衛は溜息をついた、「――おれも江戸へ引返したくなったよ」

家へ帰った宗兵衛は沈んだような顔をして、そのまま部屋へ籠ってしまった。――昏《く》れ方《がた》、島田右近から使いがあって、「この者が案内するからすぐ来るように、久方ぶりで悠《ゆっ》くり話したいから」という手紙だったが、疲れているからと断わってやった。夕餉の時も顔色が冴えず、いつものお饒舌りとは人が違ったように、黙って箸を動かすばかりだった。

――さあしめた、いよいよこっちの饒舌る番が来たぞ。

平左衛門は嬉しさにぞくぞくとなり、食事が終るのを待兼ねて饒舌りだした、宗兵衛は温和しく聴いていた、もはや邪魔もせず話の横取りもしない、まったく別人のようなすなおさで、「はあ」「はあ」と傾聴しているのである。平左はすっかり気をよくし我が世の春とぱかりまくしたてた。そして二刻《ふたとき》あまりも饒舌りに饒舌り、妻に促されて寝所へはいったときは、満足と喜悦のためにお定まりの寝酒さえ忘れ、手足を伸ばしてぐっすりと眠ることができた。

兵馬たちが江戸へ去ってから三日めに、慰労の暇が終って初めて登城した。治成の隠居所は城中三の曲輪《くるわ》*にあり、登城といってもその隠居所へ詰める訳である。——侍臣は十五人、宗兵衛は御硯脇《ごけんわき》といって、常に側近く仕えることになっていた。

「どうかしたか、顔色が悪いではないか」治成は宗兵衛を訝しげに見た、「——まだ疲れが治らぬなら出るには及ばないぞ」

「いいえさようなことはございません」

「隠居の相手だ、気を詰めることはないぞ」

宗兵衛はべそをかくように微笑した。御殿にいるあいだも、家へ帰ってからも、彼の心は塞がれ想いは暗く悲しかった。——幼い日の、津留と遊んだ思い出が眼にうかぶ、初めてえくぼを突ついて泣かせたこと、大きい眼でこっちを見上げながら、髪を揺すってこくりと頷いた顔、そして「つうちゃん小三郎さんのお嫁さんになるんだわ」といったあどけない声など、……あの言葉は幼い者の根もないものだったろうか、「待っていてくれるか」「お待ちします」という約束は忘れてしまったのだろうか。

——いちど会いたい、会って津留の気持を聞いてみたい。

彼はこう思って会う方法を色いろ思案したが、到底いけないことはわかりきっている、樹から落ちた猿、水に流された河童、さすがの悪たれがすっかり悄気《しょげ》て、どうやら浮世をはか

*曲輪＝郭とも。場内の一郭を隠居所として囲ったようだ。

なむという態たらくである。——平左は十日あまり天下様であった、宗兵衛を膝下《しっか》に組敷き、或いは鼻面を捉えて引廻す感じで、饒舌りあげ饒舌り下げ饒舌り続け饒舌り継いだ。が、或る日とつぜんつまらなくなった。宗兵衛が温和しく「はあ」「はあ」と頷くだけで、逃げもせず逆らいもせず、もちろん話の横取りもせず、黙って辛抱づよく聴いているのを見ると、自分の話がだんだんつまらなくなり馬鹿げてきた。まるっきり面白くないのである、それでも我慢して舌を動かしていると、こんどは欠伸ばかり出て眠くなるのであった。

「どうしてそう黙っているんだ」やがて平左はそういいだした、「たまにはだ、ど、こ、ろを出したらどうだ、まるで舌が痺れでもしたようではないか」

「まあ父上がお続け下さい、こうして聞いていると少しは気が紛れますから」

「ひとを馬鹿にするな、落語家ではあるまいし、おまえの気晴らしにされて堪るものか、おれはもう寝るぞ」

宗兵衛は島田右近に就いてもかなり多くの人の評を聞いた。兵馬のいったとおり圧倒的に好評である、町奉行役所はもちろん、どこへいってもたいへんな人気で、「やがては老職」という噂さえ高かった。——たいへんな野郎だ、兵馬の言葉をそのまま、宗兵衛も舌を巻くより仕方がなかったのである。とするとこっちはとりも直さず敗軍の卒だ、会って得意な顔を見るには忍びない、右近からはその後もしばしば迎えを受けたが、口実を設けていちどもゆかなかったし、登城下城にもできるだけ注意をした。——こうして季節は晩秋十月となった。

九

十月にはいってから急に気候が崩れて、冷たいしぐれの日が四五日続いた。その雨があがるとめっきり寒くなり、野山の樹々はみるみる裸になっていった。――部屋へ初めて火桶を入れた夜のことである、宗兵衛が寝間へはいると間もなく、庭木戸の外で人の走りまわる音が聞え、木戸を叩く音がした。

「――なにごとです」

宗兵衛が縁側へ出ていって叫んだ。

「破牢をした罪人が逃げ込んだのです」木戸の外でこういった、「お庭内へ入ったもようですから御用心願います」

破牢と聞いて宗兵衛は寝間へ刀を取りに戻った。平左衛門が家士に火を命じた、宗兵衛は刀を持って庭へ下り、木戸を明けた。

「お騒がせします、御免」

こう云いながら五六人の役人が入って来た。そこへ平左が家士たちに高張《たかはり》や馬乗り提灯《ぢょうちん》*を持たせて出て来、すぐさま庭内を捜しまわった。

*高張や馬乗り提灯＝竿などの先にとりつけて、高く掲げるようにした高張提灯や、馬上で用いた丸形で長い柄があり、腰にさすようにした提灯。

「破牢したというのはどんな罪人だ」

「島田殿の屋敷へ忍び込んだ盗賊で、獄門の松造という悪人です、永牢《えいろう》というお裁きで今年の春から不浄谷《ふじょうだに》の牢へ入れられていたのを、今宵一刻ほどまえに破牢して逃げたものです」

「島田殿というのは」聞いていた宗兵衛が脇からこう口をはさんだ、「町奉行の島田さんか」

「そうです、島田右近殿です」

庭を隈なく捜したが、人もいず潜入した形跡もなかった。——役人たちが去ってから、宗兵衛はその事件のことを平左衛門に訊いた、養父は「そんな事を聞いたようにも思うが」というだけで精しい事実は知らなかった。

——なにか蔭にあるな。

宗兵衛はこう考えた。それは右近に対する反感からきたものかも知れない、しかし単に盗みの目的で町奉行の屋敷へ入る奴があるだろうか、そして単に盗みのために入ったとすれば、永牢で不浄谷へ押し籠めるというのは過酷である。不浄谷の牢は城北の山中に在り、極めて重罪の者を収容する牢舎であって、彼が覚えている限りではそこに罪人の入れられたという話を聞いたことがなかった。

——慥かになにかある、調べてやろう。

宗兵衛は更《ふ》けるまでその方法を考え続けていた。翌日、彼は町奉行役所へゆき、島田右近に会った。右近は出役の身支度で、出掛けようとするところだったが、彼を見ると愛想よく笑いながら招じ入れた。

「やあ暫くです、なんども使いを遣ったのに来てくれませんでしたね、元気ですか」

「出掛けるんでしょう」宗兵衛も笑い返した、「実は叟閑《そうかん》（治成の隠居号）さまの申付けで、調書記録を見せて貰いに来たんですが」

「調書をね、なんになさるんです」

「御隠居の暇潰しでしょうな、面白いのがあったら筆写して来いという仰せなんです」

「では係りへそう云いましょう、私は火急の用で出掛けなければなりませんから」

「牢破りの罪人の件ですね」宗兵衛はじっと相手の眼を見た、「まだ捉まらないんですか」

「いや今日じゅうには捕えますよ、国越えをしていないことは慥かで、市中に隠れているらしいですから、――ではこっちへ来て下さい」

宗兵衛を記録方へ案内して置いて、右近は心急《せ》かしげに出ていった。――宗兵衛は係りの役人に頼んで裁判記録を出して貰い、さも筆写をするようなかたちを見せながら調べていった。――この春に入牢したというのを頼りに、その前後を繰ってみたが、それと思わしい記録はみあたらなかった。約半年まえまで遡ってみたがやはり無い。

――そうか、右近め、抜いたな。

宗兵衛はそう直感した。口書爪印《くちがきつめいん》のほうを出して貰い、丹念に見てゆくと、やがて「獄門の松造」というのが出て来た。これは罪人の告白を記録方が書き、それに当人が爪印をしたものである。——読んでみると、「松造は江戸生れで十五の年から諸国を流れ歩き、盗みや傷害で前後五回も入牢したことがある、仲間うちでは獄門という異名を取り、二年前にこの土地へ来た、栄町で表向きは両替店を出し、一方ひそかに盗みを働いていた、そして島田家へ忍び込んだところを捕えられた」あらまし以上のような内容で、ごくありふれた、しかもいかにも有りそうな事である。

——おれの思い過しかな。

宗兵衛は少しばかり気落ちのした感じで、間もなく奉行役所を出た。——城下町は常になく緊張した雰囲気で、辻々には町奉行手付の者が警戒に立っている、足軽組からもかり出されたとみえ、棒を持ったのが二人三人ずつ組になって廻っているのがみえた。

——しかし調書記録を抜いたのはなぜだ、口書爪印があって、調書記録がないというのはおかしいじゃないか。

夕餉の後でも、みれんがましくそんなことを思いめぐらしてみた。日昏《ひぐ》れ方からまた雨が降りだし、ひどく気温が下って、火桶を抱えてもぞくぞくするほど寒くなっていた。宗兵衛はぼんやり炭火を見ていたが「右近に会ってやろうか」と呟いた自分の声で、はっと眼をあげ「そうだ」といって立ち上った。——饒舌り欲が出て来たのである、お饒舌りの罠へひっかけて、当人の口から泥を吐かせてやろう、なんの右近くらい。……こう思ってにやっと笑い、ちょっと友達のところへと断わって家を出た。右近の屋敷は大手筋三番町にある。表をいっては遠いので、柳町の裏から竹蔵のほうへ抜けていった。なにしろその辺は彼が昔あばれ廻った古戦場で、どこのどの露路であろうと眼をつぶっても歩いてゆける。

「そうだ、右近の野郎」傘に鳴る雨の音を聞きながら彼はこう呟く、「牢破りの罪人を、おれが捉まえたといってやろう、――この手なら間違いなくひっかかるぞ」

そしてもうそこが竹蔵になるという小路へ入ったとき、右手の板塀を越えて、突然ひとりの男が道の上へとび下りて来た。――まったく不意のことで、宗兵衛も「あっ」といったが、相手はもっと驚いたらしく、逆上したようすで、なにか喚きながらだっととびかかって来た。危うく躰を躱《かわ》したが、のめってゆく手に刀がぎらっと光った。

――こいつ。

宗兵衛は傘を投げた、「破牢人」ということがぴんと頭へきたのである。傘を投げるなり刀を抜き、つっと相手を塀際へ追い詰めた。

「刀を捨てろ、動くな」

こう叫ぶと相手は肩で息をしながら、まったく無法に地を蹴って突っかかった。宗兵衛はひっ外《ぱず》し、のめる背へはっしと峰打をくれた。男は「ひっ」と声をあげ、五六歩たたらを踏んでいって前のめりに転倒した。道の上に溜まっていた雨水がさっと飛沫をあげた。

「待って下さい、待って下さい」男は倒れたまま獣のように喚いた、お慈悲です、どうかこのままみのがして下さい、お願いです」

「おまえ――牢破りだな」

「そうです。旦那さま、無実の罪です、騙されて……ああお願いです」男はわなわな震えていた、「七生*までのお願いです、ひと太刀うらまなければ死んでも死にきれません、お慈悲です、みのがして下さい」

ひっしの哀訴であった、どたん場まで追い詰められた人間の、ぎりぎりの哀訴という感じである。宗兵衛は刀を下ろした。

「声をあげるな、しだいに依っては力を貸してやる、立っておれについて来い」

「どうぞおみのがし下さい」男は泥の上をいざっていった、「七生のお願いです、ただひと太刀だけうらみたいのです、どうぞ――」

「おれを信じろ、無実の罪というのが本当なら助けてやる、決して悪いようにはしない、逃げては却って危ないぞ」宗兵衛は刀をおさめて近寄った、「さあ、立って一緒に来い、人に見られないうちにいこう」

宗兵衛の調子に嘘のないことを感じたのだろう、男はようやく泥の中から立ち上った。――宗兵衛は傘を拾い、男にさしかけながら道を戻った。牢破りを捉まえたといってやろう、こう思ったことがそっくり事実になったのである。宗兵衛はひそかに快心の微笑をもらしながら、男を庇うようにして家へ帰った。

養父母には知れないように、風呂場で泥を洗って着替えさせ、居間へ入れて行燈《あんどん》を中に相対して坐った。男は三十三四の、ひどく痩せた眉と眉の間の迫った、いかにも小心そうな顔だちである。血走った眼をあげ、絶えず膝を震わせながら語った。

それは戦慄すべき話であった。「獄門の松造」と称されているが、本当は相川屋庄吉といい、江戸日本橋 銀町《しろがねちょう》で金銀両替商をいとなんでいた。庄吉は二十六歳で、おさよという十七になる妹があり、父の死んだあと六人の店の者を使ってかなりに商売をやっていた。その頃、島田右近が江戸邸にいて、家老と側用人の紛争を利用し、相川屋を御金御用達《おかねごようたし》にしたうえ、藩の名目で金を絞り放題に絞った。それは多く遊興費と、老職たちを籠絡《ろうらく》するために遣われたものであって、当時、宗兵衛にも不審であった金の出所は要するにそこにあったのである。――こうして出入りをしているうちに、右近は庄吉の妹のおさよに眼をつけ美貌とその地位と、そして絞った金を引当てにして、「近く妻として正式に迎えるから」といいくるめ、料理茶屋などへ伴れ出しては関係をつけていた。……宗兵衛は思いだす、深川の妓たちが「島田さんにはみんな泣かされる、この頃は素人衆の娘さんにも手を出し、相庄とかいう商家の娘と慇懃《いんぎん》を通じているそうだ」などと話していたことを。

「それから島田さんは急にお国詰になられました、私の店もその当時は御用達が過ぎて二進《にっち》も三進《さっち》もゆかず、御転勤まえになんとか片を付けて頂こうと存じましたところ、国元で御用

＊七生＝仏語。七たび生まれ変わること。

達にしてやるから一緒に来いというお話で、店も手詰りになっていましたし、いずれは妹も嫁に貰って頂けるものと信じまして、この土地へ来たのでございます」庄吉はこういってぎゅっと膝を摑んだ、「——栄町に店を持ち、初め一年ばかりはどうやら商売に取付いたのでございますが、それからまた御用金という名目で、島田さんのために根こそぎ搾《むし》られてしまいました、——それだけではございません、妹のおさよが去年の夏に身ごもりましたので、こんどこそ嫁にして頂こうと話しましたところ、一日延ばしに延ばしたうえ、島田さんは溝口主水という御老職のお嬢さまと婚約をなさいました、それを知ったおさよがどんなに悲しんだかおわかりでしょうか、……妹は二度も大川へ身を沈めました、二度とも人に救われましたが、三度めに剃刀で喉を切って——」

庄吉はくくと呻《うめ》いた、痩せた肩がおののき、髭だらけの骨立った顎がぎりぎりと音を立てた。

「私は逆上しました、店もすっかり手詰りになっていますし、妹の死躰を見て、もうこれまでだと思ったのです、訴えようにも相手が町奉行、そうでなくとも奸知《かんち》*に長《た》けた島田右近ですから、私ごときが正面からぶっつかって勝てる相手ではございません、——店をたたんで女房と五つになる子を江戸へ帰し、脇差一本持って島田の屋敷へ押し込んだのでございます」

「仕損じたんだな」

「廊下へ上ったとたんに取詰められました、それで万事おしまいでした、お裁きもなにも島田右近のお手盛りです、獄門の松造——根も葉もない口書をつきつけて爪印を捺せという、捺さないうちは折檻拷問です、——責め殺されるよりはといわれるままにお裁きをうけて牢に入りました、いつかは牢を破って、ひと太刀でもうらんでやろうと、寝る間も忘れず折を覘《うかが》っていたのですが、——牢をぬけてみたもののやっぱり右近にちかづけず、今日まで逃げまわっていたのでございます」

宗兵衛は軀が震えてきた。怒りというより胸をひき裂かれるような激情で、頭がくらくらするように思った、——狡猾とか陋劣などという程度ではない、右近め！　しかもあの津留をさえ偸《ぬす》もうとしているではないか。

「よくわかった、私はなんにもいわないが、おまえの望みを叶えさせてやろう」

「——と仰しゃいますと」

「今夜は悠《ゆっ》くり寝るがいい、いま喰べ物を持って来てやる、夜明け前まで悠くり眠って、それから一緒にでかけよう、私を信じるだろうな」

「——はい」庄吉は泣き腫らした眼でこっちを見上げた、「有難う存じます、どうぞお願い申します」

＊奸知＝悪知恵。

十

明くる朝八時、宗兵衛は三番町の島田の家を訪ねた。右近は朝食を終ったところで、例のとおり愛想よく出迎えたが、宗兵衛は玄関に立ったままぶっきら棒に、「ちょっと出てくれないか」といった。

「獄門の松造を捉まえたんでね」

「えっ、松造——」右近は短刀でもつきつけられたような眼をした、「松造を、そこもとが捕えたのですか」

「昨夜おそく捉まえて、すぐ役所へ突出そうと思ったんだが、島田右近に就いてけげんなことをいうんでね、いちど直《じか》に会うほうがいいんじゃないかと考えたもんだから、或る処へ匿《かくま》って置いて知らせに来たのさ」

「それはどうも、すぐゆきましょう、——しかし私に就いてけげんなことをいったとはどういうことですか」

「私の口からはいえないね」宗兵衛は唾でも吐きそうな表情をした、「聞くだけでも耳の汚れるような、とうてい人間の仕事とは思えない卑劣な話だった、まさか事実ではないだろうから、会ってはっきり黒白《こくびゃく》をつけるがいい、支度がよかったら出ようじゃないか」

「お供しましょう、いま袴を着けて来ます」

外へ出ると右近は頻りに弁明を始めた。獄門の松造がいかに奸悪《かんあく》な人間であるか、口巧者で人を騙すことに長じ、贋金なども使ったらしいなどといった。宗兵衛は返辞もせずに大手筋から壕端へ出ると、そこを廻って城山のほうへ向っていった。ちょうど内壕の端れへさしかかったときである、右手にある観音堂の境内から、武家の娘がひとり下女を伴れて出て来るのに会った。——右近も先方の娘も気づかなかったが、宗兵衛はひと眼でそれが溝口の津留だということを認めた。そしてそう認めるなり、大股につかつかと寄っていって声をかけた。

「おつうさん暫く」

津留は立ち止ってこちらを見「ああ」と口のうちで低く叫んだが、向うに右近のいるのに気付くとさっと蒼くなり、彼のほうへ全身で縋《すが》り付くような表情を示した。——宗兵衛はにこっと笑いながら、無遠慮に近寄っていって、

「いちど帰って来た挨拶にゆこうと思ったんですが、妙な話を聞いたんで遠慮していたんですよ、しかしもうその話もきれいに片付くでしょう、そうしたら約束を果して貰いにゆきますからね」

津留の蒼白めた頰に美しく血がさした。宗兵衛はその大きい眼をみつめながら、

「覚えてるでしょうあの約束、いつか私のお嫁になってくれるといった——二人だけのあのときの約束を」

「はい覚えております」津留は泣きそうな眼になった、「――でもわたくし、もう」

「いや大丈夫、きれいに片付くといったのはそのことですよ、早ければ今日のうち、おそくも二三日うちには誰かさんはこの土地から消えて失《な》くなります、それでいいでしょう、それともそうなってはおつうさんに悲しいだろうか」

「いいえ、いいえ」

津留は頭を振り微笑した。両頰にえくぼが出来た。

「――わたくしあなたのおいで下さるのをお待ちしておりますわ」

「しめた、それで結構、では今日はこれで別れます、気をつけてお帰りなさい」

宗兵衛は自分の頰を（えくぼのあるように）指で突いてみせ、津留が恥ずかしそうに片手で顔を隠すのに会釈して、さっさと右近の側へ戻っていった。――右近は少し離れたところからこっちの様子を眺めていたが、宗兵衛の言葉の意味がわかったのだろう、すっかり血の気の失せた、ひきつるような顔になっていた。

「待たせたな、さあゆこう」

宗兵衛はこういって城山のほうへ坂を登っていった――そこはごく古い時代に某氏《なにがし》という豪族の城郭があったと伝えられる急峻で、松と杉の林をぬけて上ると、城下町を見下ろす勝れた眺望があり、旧城の守護神だろう、小さな八幡社の祠《ほこら》が建っている。宗兵衛はその祠の前まで来て振返った。

「獄門の松造はこの中にいる、島田——ひとこと聞くが、おまえ江戸の御用番だった相庄、相川屋庄吉を知っているな」右近は白くなった唇をひき結び、黙って自分の足許をみつめている、宗兵衛は低い冷やかな声で続けた、「相庄の妹のおさよも、おさよが身ごもったことも、おまえに騙されて自殺したことも知っているな、——町奉行という地位を悪用して、今日まで世を欺き人を騙して来た、しかしいまそこにいる島田右近は町奉行じゃあない、唯の卑劣な賤しい人間だ、それもわかるだろうな」

「私は弁解はしない」右近はまだ地面を見ていた、「——した事のつぐないはする積りだ、どうすればいいかいってくれ」

「それは相庄の定めることだ、つぐないをするという言葉が本当なら、——島田、一生に一度でいいから、ごまかし抜きのところを見せてくれ、いいな」

宗兵衛はそれだけいうと、振向いて祠の扉を明けにいった。そのときである。機を覘って いた右近が、宗兵衛の背へ後ろから抜打ちをかけた。「い！」というような叫びと共に刀はきらりと伸び、殆ど肩を斬ったかとみえた。だが宗兵衛の軀はばねのように左へ跳躍し、踏込んで来た二の太刀を、抜合せてがっきと受止めた。

「そんなこったろうと思った」殆んど顔と顔がくっつきそうになったまま、宗兵衛は、にっと唇で笑いながらいった、「——おれを斬り相庄を斬れば安全だからな、へ、あいにくとそうはいかねえ、おまえもちょいと遣えるらしいが、おれの柳生流は折紙付だ、……右近、悪い思案だったぜ」

「叩くだけ舌を叩け、どっちに折紙が付くかはすぐにわかる」

「仰しゃいましたね、せめておれに汗でもかかせてくれればみつけものだ、よっ」

右足を引いたとみると宗兵衛の躰が沈み、右近が二間ばかり横へ跳んだ。そこで位取り*をするかと思ったが、宗兵衛は大胆極まる追い打ちをかけ、正面から当りをくれるように斬っていった。刃と刃ががっきりと鳴り、ぎらりと上下に光りを飛ばせた。右近はまた逃げた、宗兵衛は踏込み踏込み、息もつかせず間を詰めては斬ってゆく、——このあいだに祠の中から相川屋庄吉が出て来ていたが、手も出せず茫然と立って眺めるばかりだった。

「ほう、——なる程ね」宗兵衛はにこっと明朗に笑った、「おまえ案外やるんだなあ右近、こいつあ見損った、これで真人間なら友達になってもいいくらいだ、惜しいぞ狐」

右近の唇が捲れて白く歯が見えた。さっと躰を傾け胴を覘って刀が伸びた、宗兵衛は爪立ちをしてこれを躱《かわ》し伸びて来た刀を下から撥ねあげた。的確きわまる技である。右近の刀は生き物のように飛んで、十間あまり向うの草の中へ落ちた。しまったと脇差へ手を掛ける、ところを宗兵衛がつけ入って、ぱっと平手で顔を叩き、刀を捨てて組付いたとみると、みごとなはね腰で投げとばした。——右近はもんどりをうち、背中で地面を叩くと「うん」と呻いてのびてしまった。

「汗をかかせやがった」宗兵衛は刀を拾って鞘へおさめ、右近の刀の下緒《さげお》を取って彼の両手を後ろで縛った「——てめえの蒔いた種子《たね》を苅るんだ、本当なら白洲へ曝すんだが、それでは家中の面目にも関わるし、おまえを信用なすった叟閑さまの御名を汚す、世間に知れないで済むことを有難いと思え、……生き死に係わらず二度と顔をみせるなよ」

宗兵衛は手をあげて庄吉を招いた。

「さあ、島右近を渡してやる、あとはおまえの勝手だが今朝もいったとおり刀で斬るだけはいかんぞ、悪人でも人間には違いない、——わかってるな」

「はいよくわかりました、決して狼狽《うろた》えたことは致しません」

「それが済んだら江戸へゆくがいい、右近のした事で償いのつくのは償いをする、江戸邸の成沢兵馬を訪ねればわかるように手紙を出して置く、——元気で、もういちどやり直すんだな、ではこれで」

庄吉は腕で面を掩い、泣きながら黙って幾たびも低頭した。

——宗兵衛は大股にそこを去っていった。丘の端までゆくと城下町がひと眼に見渡せる、彼はそこで立ち止った。

「——だちどころ、ふふふ、今日からまた饒舌りだすぞ、平左親父びっくりするな、あの屋根屋根、よく登ってとび廻ったっけ、おつうちゃん、はっは、そろそろ舌がむずむずして来やあがった、えーい駆けろ」

＊位取り＝剣術の場合、いつでも打突出来る態勢と気迫気勢を示して構えること。

町奉行島田右近が行方不明になり、半月ほどして城山裏の杉林の中で、餓死しているのが発見された。牢破りの獄門の松造はついに捕えられずに終り、十二月になって宗兵衛と津留との婚約披露があった。――そして、平左衛門はいま再び伜を江戸へ追い払おうとして、よりより老臣の間を奔走している。

（『講談雑誌』一九四八年一〇月）

ゆうれい貸屋

一　怠け者にも云えば理はあり

江戸京橋炭屋河岸の「やんぱち長屋」という裏店《うらだな》に、桶屋《おけや》の弥六という者が住んでいた。弥六は怠け者であった。それも大抵なくらいのものではない、人を愚する程度でもない。もっとずっとひどい怠け者であった。

「あいつはしようがねえ、弥六のやつは」

家主の平作老人は歎息し次のように折紙を付けた。

「ああいうのを、底抜けってえんだ」

これに対して反対する者は一人もなかった。そればかりでなく「底抜け」という折紙は、そのまま弥六のものになった。

弥六の父は弥八といって、これは評判の働き者であった。やはり桶屋職人で、酒も煙草も賭博も遊蕩も嫌いであり、食うのと寝る時間のほかは働きどおしに働いた。弥八が四十六で死んだとき、弥六は二十一であった。律気な父親の仕込みで、彼も桶屋としてはかなりな腕をもっていたし、親の顧客をそっくり引継いだし、母親は丈夫でいたしというわけで、生活はまあまあ楽であった。

彼は二十四で嫁を貰った。すると母親が死んだ。まことにあっけないもので、三人で晩飯を食べているとき、彼女はとつぜん茶碗と箸を抛りだして、仰反《あおむけ》さまにひっくら返った。ふざけているようにもみえたが、ともかくも寝床を敷いて寝かした。彼女は夜中まで鼾《いび》きをかいて眠っていて、それから眼をさまして、「ぼんのくぼで、蟻が行列をやっている」などと云いだした。追っぱらってくれと云うので、よく見たが蟻などはいなかった。

「いないことはないよ、よく見ておくれよ」

母親は子供のむずかるようにせがんだ。

「ほらほら、ぼんのくぼから頭へ行列してるじゃないか、ほら髪毛の中へぞろぞろはいってゆくよ、ああいやだ、追っぱらっとくれよ、額のほうまで行列して来るよ」

そしてほどなく、うーんと唸った。気持のよさそうな、ああいい心持だというような唸り方であった。それが死ぬ合図であった。

弥六はもとから、勤勉とはいえなかった。だが母親が亡くなると、初めて本性を現わした。仕事をすれば慥《たし》かな腕をみせるが、だんだん仕事をしなくなっていった。そうかといって、道楽をするわけでもなかった。父親と違って彼は酒を飲むし煙草もすう。おんなあそびも避けはしない。だが、無ければ無いでも済んだ。

「浮かない顔をしてるわね、あんた、お酒でも買って来ようか」

女房がそう云うと、彼は欠伸《あくび》をする。

「うん、酒か、そうさな」そしてだるそうにどこかを掻いて云う「まあそんなことにでもするか」

酒を買って来て、燗をして出してやれば、出してやるだけ飲む。黙って飯にすれば、彼は黙って飯を食う。もう一本つけろとか、これでやめようなどと云うことは決してない。煙草も同様であり、遊蕩も同様であった。

「仕事はどうするのさ、仕事をしてくれなくちゃ困るじゃないか、伊勢屋さんからせっつかれて、あたしゃ返辞のしようがありゃしない、いったいあんたどうする気なのさ」

「どうもしねえさ」弥六は欠伸をする、「どうもしねえし、またしたくもねえさ」

仕事をしなければ、顧客は減る。しぜん収入がない。夫婦の情愛で、女房が賃仕事などをして二年ばかりはその日をしのいだ。けれども情愛は無限大ではない、女房は飽きてきた。

そうして家主の平作老に相談した。

「そうだろうね、無理はねえ、無理はねえと思うが」と家主はさすがに、年だけの分別はみせた「ともかくおれがいちど意見をしてみよう。それでいけなければしようがねえが、まあいちおうそのようすを見てからにしたらいいだろう」

平作老は、意見をしにでかけていった。ところが弥六はふまじめな恰好で、寝そべったままで、それで達観したようなことを云った。

「そう仕事仕事ったってしようがねえ、おれの親父なんぞは寝るまを惜しんで仕事をした、大家さんなんぞも褒めていたから知ってるだろうが、まるで仕事の亡者みてえに稼いだもんだ、それでどうしたかってえば、やっぱり年中ぴいぴいだったからね、酒も煙草ものまねえ、これが楽しみってえことをなんにも知らず、くそ働きに働きどおしで、それでも貧乏からぬけることができねえで、そうして四十六なんて年で死んじまったからね、……おんなじこったよ大家さん、せいぜい稼いだところで、また稼がねえでいたところでよ、どうせぬけられねえ貧乏なら、あくせくするだけ損てえ勘定さ」

それからだるそうに、大きな欠伸をした。

「おらあこれでいいのさ、これが極楽さね、うっちゃっといてくんねえ」

結果は、判然たるものであった。女房のお兼は実家へ帰り、彼はおいてきぼりをくった。出てゆくときはお兼は泣いて、

「あんたが人並な気持になる日を、あたしゃ実家で待ってるよ、憎くって別れるんじゃないからね、あたしゃ待ってるからね、どうか早く帰れるようにしておくれよ」

こうかきくどいて、ひとしきりまた泣いた。

二　出る幽霊の身に都合あり

女房においてきぼりをくって二年、家主の家からときどき米とか味噌を届けて来るのと、ある物を端から売りとばすのとで、弥六はいっそ気楽そうにくらして来た。

「お兼さんは実家で待ってるんだぞ、可哀そうたあ思わねえのか」平作老はおりに触れてそう小言を云った、「いい腕をもっていて、てめえのようなやつもねえもんだ、まだ眼がさめねえのか」

弥六は、けげんそうな眼をするのであった。

「ああ、誰かと思ったら、大家さんか」

それから手足を踏み伸ばして、大欠伸をし、

「あっあーっ、ふう、なにか用かい」

しぜん平作老も、黙って帰るわけだった。

夏六月。というと今の暦にして七月のことであるが、宵のくちから小雨になって、それが夜半になってもやまない。気温も下って、ちょっと肌寒いくらいであった。蚊帳も吊らず寝床も敷かぬまま、ごろ寝をしていた弥六が、ふと眼をさました。……蚊遣りの火がなくなっていた。だがその火を作るより、蚊にくわれたほうが彼には安楽であった。

「まだ降ってやがる、根気のいい雨だ、飽きねえものかしら」彼は首筋や脛などをぼりぼり

掻く、

「へんにぞくぞくするじゃあねえか、それになんだか、ひどく陰気な晩だぜ、まだ夜明けにゃまがあるのかな」

独り言をぶつぶつ云っていたが、そのときかなりけぶ*なことが起った。寝ころんでいる弥六の前方、剝げちょろけの壁のところが、ぼうと仄かに明るんで来た。ごくかすかに、青白くおぼろげに明るんで来たのである。そしてその薄い光暈《こううん》のあいから、

「う……ら……め……し……や……なあ」

こういう、あわアれな声が聞えた。弥六は寝ころんだまま、そっちを見ていた、隣りは鉄造というぼて振で、夜中になると女房がうなされるとみえて、よく妙な呻きごえをあげる。お勘といってもう三十八になり、脂っけのぬけた、ひすばった**ような女房であるが、またその女房がうなされたのかと思った。……するとこんどはまえよりもはっきりと、やっぱりひどく哀れな声でこう云うのが聞えた。

「うウら……めエしや……なア」

そしてさらにけぶなことには、壁のところの明るみが少しずつ強くなり、やがてぼんやりと一人の女の姿が見えてきた。

「なんでえこれあ、妙な者が出て来やがったが、夢かな」

「あアら、うらめしや……くちおしや……なア」

こう云いながら、女の姿はしだいにはっきりしてきた。寝衣のような物を着て細帯で、さんばら髪で、両手をこう前へ垂らし、のめるような姿勢で、凄いような眼で、じいっとこっちを見た。

「へんな声をするなよ、ゆうれえみてえな恰好して、おめえいってえなんだ」

「見ていてわからないの」相手は少しむっとしたようであった、「みたいな恰好だって、恰好つけるんじゃない、本物のゆうれいよ」

「へえ本物かい、すると誰のゆうれえだ、お兼か」

「とぼけないでよ」

ますますむっとしたふうである、「お兼なんてひと、知りゃしない、あたしゃ染次って、これでも辰巳《たつみ》の芸妓***だよ」

「おらあ、辰巳に借りはねえ筈だがね」

「勘定取りに来たわけじゃないよ、ばかばかしい、あたしゃゆうれいだって云ってるじゃないのさ」

「それあわかってるが」

弥六はそこで欠伸をし、拳骨で涙を拭いて、まじりまじり相手を見た。

「そんならよ、辰巳芸妓のゆうれえが、どんな因縁でおれんとこへなんぞ出て来たんだ」

＊けぶな＝ふしぎな。＊＊ひすばった＝干からびた。＊＊＊辰巳の芸妓＝江戸深川あたりの芸妓。

「そこはあたしだって、都合があるじゃないの」
「それあ誰にだって都合はあるだろうが、ほかの事とは違ってゆうれえだからな、そっちの都合ばかりで出るてえのは、おめえ、ちっとばかり勝手すぎやしねえか」
「あんたはわけを知らないから、そんな薄情なことを云うんだわ、男ってみんなそうよ、みんな薄情の不人情のけだものだわ」
「怒ったってしようがねえ、おれに怒ったってよ、……おめえ誰かに騙されたてえわけか」
「騙されたもなにも」
ゆう女はこう云いかけてそこへ坐った、「口惜しくって、口惜しくって、男なんて本当にみんな、不実でろくでなしで浮気者で、ひいっ畜生、どうしてくれたらいいだろう」
「それあおめえ、なんだ、そんなに口惜しかったらおめえ、その相手の所へばけて出てよ、そいつをとり殺すなりなんなり」
「やったのよ」
ゆう女は身もだえをした、「云われなくったってそのくらいのことはやったわよその男をとり殺したばかりじゃなく、その男の一家一族みんなとり殺してやったわ」
「そんならなにも、それでいいじゃあねえか、それで文句はねえ筈じゃねえか」
「文句なんかありゃしないわ、文句なんかないけれど、もうとり殺す相手はないし、あたしは怨念のゆうれいだからうかばれないし、宙に迷ってゆきばがなくなっちゃったのよ」

三　夜なかの宴に酒と蒲焼

「なるほどね、へえー、そんなぐあいのもんかね、ふう、そいつはその、ゆきばがないとは、おれも知らなかったなあ」

「あんたは死んだことがないから、そんな暢気《のんき》なこと云ってるけど、にんげん死んだからって誰も彼もゆくとこへゆけるもんじゃなくってよ、地獄へでも入れて貰えばまだしも、うかばれないで宙に迷ってる者がたくさんいるのよ」

「おどかしちゃいけねえ、へんなこと云いっこなしにしようじゃねえか」

「あら本当よ、嘘じゃなくってよ」

染次姐《ねえ》さんは横坐りになって、さんばら髪をうしろへ搔きあげながら云った。

「なかでも成仏できないのは、人を恨み死にに死んだ者、そういうのは瞋恚《しんい》*といって、どんな名僧知識の供養でもだめなの、極楽はもちろん地獄へもゆけないで、自分の怨念に自分で苦しみながら、未来永劫、宙に迷っていなければならないのよ」

「そいつあひでえ仕掛だ、死んでまでそんな苦労があるたあおどろきだ、そうとすれあ、おれも考えなくちゃあならねえ」

弥六は起きなおった、首筋と脛をばりばりひっ搔いて、それから念を押そうとして相手を

*瞋恚＝仏語。自分の心にかなわないことに対して憎しみ憤る心作用。

見て、いちどその眼をそらしたが、こんどはびっくりしたように見なおした。

「どうしたのよ、なにをそんなに見るの」

「へえー、ふーん、こいつあなかなか」

彼はなお相手を眺めながら、「こいつあどうして、おめえなかなか女っぷりがいいじゃねえか」

「あらいやだ、よして頂戴よ、そんな」

「なにそうでねえ、おれも辰巳じゃあ五六遍遊んだことがあるが、おめえみてえな粋《いき》な姐さんにゃおめにかかったことがねえ、ゆうれえでなけれあ、唯はおかねえところだ」

「あらあんた、うまいこと云うわねえ」

染次姐さんの幽霊は上半身をくねらせ、こっちを斜交《はすか》いに睨み、そうしてなまめかしく袂《たもと》で打つまねをした。

「おらあ世辞を云うなあ、嫌いだよ」

「そんならあたしを、おかみさんにしてくれるウ」

「ゆうれえでなけれあな」

「いいじゃないのゆうれいだって、昼間はだめだけれど、夜だけなら煮炊きだって洗濯だって出来るし、そのほかにも世間のおかみさんのすることなら、たいていなことはしてあげるわよ」

「うめえような話だが、まさかね」

「疑うんなら、今夜ためしてみたらいいじゃないの、お酒の支度もしてあげるし、お肴《さかな》も作ってあげるわ」

弥六は頭を掻いた。姐さんを見て、また頭を掻いて、ものはためしか、などと呟いたが、そこで急にがっかりして首を振って、

「そいつあいい、が、あいにく米も味噌もきらしてるし、酒もねえし、なにしろ先立つ物がすっからかんときてるんでな」

「しけてるのねえ、あんた」

姐さんのゆう女は、こう云ったが、

「いいわ、今夜のところはあたしがなんとかするわ」

「なんとかって、どうかなるのか」

「亭主になるかもしれない人のためだもの、あたしだって実のあるところをみせたいじゃないの、ちょっと待ってらっしゃい」ゆう女はすうっと立った、

「いまなにか持って来てあげるから、寝ちゃっちゃだめよ、起きてるのよ」

そして上り框のほうへいったと思うと、障子の隙間から煙のように出ていった。弥六は気のぬけたような顔で、なにか口の中で呟いていたが、やがてふっと眉毛へ唾をつけた。

「夢でなけれあ狐か狸に違えねえ、……だが京橋のまん中に狐や狸のいるわけあねえし、

……すると夢かな」

独り言を云っていると、表の戸の外で女の声がした。

「ちょいとあんた、すまないけれど戸をあけて頂戴、持ってる物があるのよ」

弥六は返辞をして、もういちど眉毛へたっぷり唾をつけて、それから戸をあけに立っていった。姐さん幽霊は岡持を提げて、ああ重かった、などと云いながら上へあがる。弥六はうしろから尻尾《しっぽ》のないことを慥《たし》かめ、そうしてともかくも元の所へ坐った。

「冷めてるけどしようがないわね、急のまにあわせだからがまんして、明日の晩はもっと御馳走するわ」

ゆう女は、岡持をあけてみせた。みごとな蒲焼の皿と燗徳利を三本、盃から箸まで揃っている。

「これあおどろきだ、大串《おおぐし》のてえした鰻じゃあねえか、ずいぶん久しく食べねえから、見たばかりで腹が鳴りあがる、おっとおれが膳を出そう」

「いいから坐ってらっしゃいよ、そんなことは女房の役、男が手を出すもんじゃないの」

ゆう女は隅から蝶足《ちょうあし》*を出して、手まめに岡持の中の物をそこへ並べて、そして差向いに坐り、徳利を持ってにっこり笑いながら、

「はいお一つ、冷でごめんなさい」

「どうもこれあ済まねえが、それじゃあ貰うか」

「遠慮することはなくってよ、おかみさんにしてくれればこのくらいのこと、毎晩だってしてあげるわ」

「それが本当なら願ってもねえが、まあおめえにも一ついこう」

「あら済みません、頂きます」

「思いざし**だぜ」

「嬉しいことを云うわねこちら、それじゃあおかみさんにしてくれるの」

「そのつもりでさした盃よ」

「本気にすることよ、よくってこちら」

彼女はまた斜交いにこっちをじいっと見て、その艶然たるながしめのまま盃を唇へもっていった。さすがに辰巳の姐さんである。身ごなし眼もとの色っぽさ、つうと云えばかあとくる調子、すべてが職業的に洗練されていて、とうていお兼なんぞの比ではなかった。弥六はどうやらのぼせてきたようすで、へんにむきに坐りなおした。

「むろんこっちは本気なんだが、こちらてえのは具合が悪いなあ、おらあ弥六ってえ者だ、これからあ、そう呼んで貰えてえ」

「あらいやだ、女房が亭主の名を呼ぶ者があるかしら、御夫婦と定《きま》ればあなたアって呼ぶわ、

＊蝶足＝蝶足膳、足の末端がチョウが羽を広げたような形になっている。＊＊思いざし＝その人にと思う心があって、酒をつぐこと。

そう呼ばせてくれるウ」

「うふふふ、なんだかぞくぞくしてきやあがる」眼尻を下げてだらしなく笑い、「するってえと、おれはおめえをなんて呼べばいいんだ」

「おまえでもいいけれど、本名はお染っていうの、あたしお染って呼んで貰いたいわ」

「だっておめえ呼び棄てってわけにあいかねえやな」

「あたしが頼むんだからいいじゃないの、ねえ呼んでエ」

「そうか、それじゃあ、お、お染……さん」

「さんなんて付けちゃだめ、そしてもっときつく、お染ッて呼ぶの、ねえ呼んでみて」

「それじゃあ、その、お染ッ」

「ああ嬉しい、あなアたア、もういちど」

さしつ押えつ、蒲焼を肴に飲みだした。幽霊でも酔うものだろうか、お染の蒼い顔がいつかぽっと赤くなり、眼にうるみが出て、身のこなしがますます嬌《なま》めかしくなってきた。

「あなたア、あたし酔ったわア、酔ってもいいわね、堪忍してくれるわねッ、御夫婦のかための盃ですもの、そうでしょッ」

「そうだとも、うんと酔いねえ、酔ったらおれが介抱してやらあ」

「まあ嬉しいッ、こうなったら側へいくわよ」

立って来て、しんなりと弥六にもたれかかり、ぐいと肩で押しながら鼻声をだした。

「ねえあなたア、断わっておくけれどあたしとっても嫉妬《やきもち》やきなのよ、もしも浮気なんかしたら、とり殺すことよ、よくって、あなた」
「おどかすなよ、大丈夫、おらあ浮気なんかしねえから」
「おどかしじゃないわ、さっきも話したとおり、あたしあの薄情者をとり殺して、あいつの一家一族ぜんぶとり殺したんだから、とり殺すあてが無くって宙に迷ってるんだから、もしもあんたが浮気なんぞしたら、そのときはあたし」
「わかった、もうわかったよ、決して浮気なんざしやしねえから、そのとり殺すだきゃあ勘弁してくれ」彼は話を変えたくなったとみえて、「だがおめえこいつは、この鰻や酒なんぞは、どこでどうしたんだ」
「三十間堀の田川から持って来たの」
「持って来たって、そんなことして大丈夫か」
「大丈夫よ、田川くらいの店で、焼き残りに燗ざましの二本や三本なによ、それよりみんな寝ちゃってたから、これを持って出るのに苦労しちゃったわ」
「おめえ隙間から、出入りするじゃねえか」
「あたしは針の穴だってぬけられる、でも岡持だのなんだのはだめ、だってこういう物は、ゆうれいじゃないんですもの」
「なるほど、そういう理窟か」

「あらもうおつもりだわ」ゆう女のお染は徳利を置いた、「あたし一人で飲んじゃったのねえ、もう少し取って来ましょうか」

「おらあもういい、おらあ強かあねえんだ」

「じゃあ明日の晩として、……ねえ、あなたア、うふン、あたし酔っちゃったわよう、ねえエ、お床敷いてエ」

そして夜が明けた。

夜は明けたが、弥六の起きたのは午後であった。これは稀《まれ》なことである。怠け者に似合わず彼は早起きだった。朝早く起きれば、一日ゆっくり怠けられる——というのが彼の存念であった。こんなに寝過したのは、生れて初めてだろう——弥六は起きて、ぼんやり部屋の中を眺めまわした。裏店のことで隙間だらけだから、外の光はむやみなくらい射し込んで来る。

「おっ、あるぜ、鰻も、酒も、岡持も」

弥六はそれらの物を、ついそこに認めた。

「するてえと、夢じゃあねえんだね」彼は頭を振り、ふと勝手口のほうへ向って呼んだ、「おめえいるか、おい、……お染」

もちろん、返辞はなかった。路次で騒いでいる子供たちの声が聞える。弥六は体のそここをぼりぼり掻き、それから独りでつぶやいて云った。

「そうか、ゆうれえだから、昼間はだめか」

四　これは乙なり夜だけの妻

夫婦がための盃をした証拠はある。明け方まで続いた、濃艶な契情《けいせい》**の記憶もあざやかだ。また晩にねと、約束もした。

しかし本当だろうか、来るだろうか。いや来やあしまい、あんまり話がうますぎる。たぶんこれっきりのこったろう。そうとすれば惜しいもんだが、しかし、ことによると来るかもしれねえ、なにか来るようなくふうはねえものかしら。

二年間のやもめぐらしも、そろそろ飽きてきた。膚《はだ》さみしくもなってきた。そこへこの幸運である。しかも粋な辰巳の姐さん、稼げ稼げと云わないばかりか、向うで酒肴《しゅこう》を持って来る、たとえゆうれえでもなんでも、こういうのをのがす手はない、まして閨中《けいちゅう》***のあの情のこまやかさ。

「こいつあ逃せねえ」弥六は珍しくいきごんだ、「なんとか法はねえかな、なんとかその、ゆうれえのきげんを取る法は、……うん、うん、いやいけねえ、そいつはだめだ、そいつは」

彼は考えた。考えなおした。それからようやく思いつき、久しくあけたことのない仏壇をあけた。中には父母の位牌がある、そのほか貧しいけれども仏具がひと揃い、めくら書きの

*おつもり＝その盃かぎりでおしまいにすること。＊＊契情＝傾城の当て字。美女の色香に迷うこと。＊＊＊閨中＝寝室、寝床の中。

ハンニャ経などが埃にまみれている。埃を払うのは面倒くさい、彼は残っている小蠟燭をともした。線香のかけらに火をつけた。

「なにしろ死んだ者には、お経がなによりのくどくだてえからな、これならあいつも喜ぶだろう」

御存じがないかもしれない。めくら経文というのは判じ絵のようなもので、経文がみんな絵で画いてある。ハンニャハラミタ、これが絵解になっているので、——見本がないとおわかりがないかもしれないが、——仮名も読めない人に読むことができるわけだ。弥六は仏壇の前に坐って、亡くなった母親の読みぶりを思いだしながら、このめくら経をつかえつかえ読みだした。

怠け者の彼としては、よほどしんけんだったわけだが、ところでそれがいけない、全然いけないのである、自分では経文を読むつもりなのだが、口から出る言葉はまるで違う、お経文などとは縁もゆかりもない言葉が出てくる。

「——さまと寝る夜は、片手が邪魔よ」

こういうことになる。弥六はびっくりして、眼をこすって、咳をして読みなおす。

「たまに逢うのにくぜつはやぼよ、……えへん、たま、……えへん、おかしいな、……だ、えへん、抱いておくれよしっぽりと、ああこりゃこりゃときた」

どうしても、こうなってしまう。いくらやりなおしてもだめなので、ついに弥六はうんざ

郵　便　は　が　き

料金受取人払郵便

小石川局承認

9954

差出有効期間
2023年9月14
日まで
（切手不要）

1 1 2 - 8 7 9 0

101

東京都文京区水道2-10-9
板倉ビル2階

（株）本の泉社　行

1 1 2 8 7 9 0　　101

フリガナ お名前		年齢　　歳 性別（男・女）
ご住所　〒 電話　（　　　）　　FAX　（　　　）		
メールアドレス		
メールマガジンを希望しますか？（YES・NO）		

読者カード

■このたびは本の泉社の本をご購入いただき、誠にありがとうございます。

ご購入いただいた書名は何でしょうか。

(　　　　　　　　　　　　　　　　　　　　　　　　　　　　　　　　　　　)

■ご意見・感想などお聞かせください。なお小社ウェブサイトでご紹介させていただく場合がありますので、匿名希望や差し障りのある方はその旨お書き添えください。

■ありがとうございました。

※ご記入いただいた個人情報は正当な目的のためにのみ使用いたします。

また、本の泉社ウェブサイト（http://honnoizumi.co.jp）では、刊行書（単行本・定期誌）の詳細な書誌情報と共に、新刊・おすすめ・お知らせのご案内も掲載しています。ぜひご利用ください。

りして、経文を抛りだして寝ころんでしまった。

「ばかばかしい、どうにでもしやあがれ」

やけになって、そのまま眠ってしまったらしい。どのくらい眠ったものか、枕元で皿小鉢の音がするので、ひょいと眼をさました。するとそこにゆう女がいて、

「よく寝てたわね、眼がさめて」

こう云ってにっこり笑った。

「おめえ、……おめえ来てくれたのか」

「いやなことを云うわね、あたしあなたのおかみさんじゃないの、ずっとここでいっしょにいたわよ」

「だっておめえ、おれにあ見えなかったぜ」

「それは初めに云ってあるでしょ、ゆうれいは晩だけ、昼間は見えないの、あんた自分でさっきそ云ってたじゃないの、ああそうそ、さっきで思いだしたけれど、あんた今日たいへんなことをしてくれたわね」

「たいへんなことって、おれがか」

「おれがかじゃないわよ」お染ゆう女はきっと坐りなおした、「あんた仏壇をあけて、般若心経を読もうとしたでしょ」

「いや済まねえ、あれを聞かれちゃあ合わせる顔がねえ」弥六は頭を掻いて閉口した、「おら

あちゃんと読むつもりだった。おふくろのを聞き覚えていたし、読まされたこともある、読めねえ筈はねえんだがいけねえ、どう読んでも妙竹林な端唄みてえな文句になりあがる、面目ねえ、勘弁してくれ」

「そうじゃないの、あれはあたしがしたの」

「おめえがしたって、なにを」

「読めないように邪魔をしたのよ、だってあんたに般若心経なんか読まれたら、あたし成仏しちゃうじゃないの、成仏すればゆくとこへいっちまって、もうあんたに逢えなくなるわ」

「へえ――成仏するのかい、お経を読むと」弥六は妙な顔をした、「だっておめえ、憚かしん、い、にゅうとかしんべえとかいうもので、どんな偉え坊主が供養してもうかばれねえって」

「いやあねえ、しんにゅうだのしんべえだのって。しんい、瞋恚《しんい》っていうのよ、そして名智識じゃだめだけれど、あんたのような身内の者に供養されるとうかばれるのよ」

「危ねえなあ、そいつあ」彼は少しばかり、ぎょっとした、「そいつあ、うっかりできねえ、ここでうかんじまわれちゃあ、たいへんだ」

「それでも、あんたが鉦《かね》を叩かなかったから、よかったのよ、鉦を叩けば仏さまが出て来るから、そうすればお経の邪魔をすることが出来なかったの、あたし本当にひやひやしたわよ」

「そうか、そういうわけか、そうとは知らねえもんだから、いきなりこりゃこりゃなんてとびだすには、びっくらした」

「これからは気をつけてね、さあ起きて湯へでもいってらっしゃい、あたしそのあいだにこの支度をしとくから……はい手拭」

銭湯で汗をながして、さっぱりして帰ると膳拵《ごしら》えが出来ていた。鯵の酢の物にもろきゅう、烏賊《いか》さしにさよりの糸作り、そして焜炉《こんろ》には蛤鍋《はまぐりなべ》が味噌のいい匂いを立てていた。

「これあどうも、こいつあたいそうな御馳走じゃあねえか、おめえにこんな散財をさせちゃあ済まねえ」

「散財なんかしやしないわ、これみんな金田屋から持って来たのよ」

「えっ、金田屋、……二丁目のか」

「そうよ、板場で拵えたばかりのを持って来たのよ、お酒もたっぷりあるから、今夜はあんたも酔ってね」お染ゆう女は、例の眼で斜交いにこっちを睨んで、「あんたはいくらなにしても、すぐおじぎしちゃうんだもの、あれじゃあっけなくてつまんないわ、今夜は酔うのよ、酔えば息が長く続くから」

「そのことなら安心しねえ、ゆんべは遠慮があったし、二年ぶりのなんだったからよ、そうわかれあ、へっ自慢じゃあねえけれども、おめえなんざあ十日と経たねえうちにげっそりして、へとへとのゆうれえみてえに……ああいけねえ、おめえは今でもゆうれえだからな、するてえと、どんな寸法になるんだ」

「あたしのことはいいの、あたしはどんなにせえだしたって身にこたえるってことがないんだから、あんたの考えなければならないのは、自分のことよッ」

「おれなら金の草鞋《わらじ》さ、うッ、さすがに金田屋だ、これあ生一本だぜ、まあ一つ」

「はばかりさま、御亭主にお酌さして罰が当りゃしないかしら」

「当ったら、半分はおれが背負わあな」

「ころし文句がうまいのね、その口でさんざ女を騙して来たんでしょッ、もしこれからそんなことしたら」

「おっとそのへんでやめにしよう、とり殺すが出ると酔がさめていけねえ、ええ畜生」彼はしきりに太腿《ふともも》や腕などを叩きながら、「今夜はまたばかにひでえ蚊だが、おめえちっともくわれねえようだね」

「ばかねえあんた、ゆうれいが蚊にくわれるわけがないじゃないの、そんなだったら夏の晩に柳の下なんぞへ出られやしないわ」

「それあまあそうだ、ゆうれえが蚊にくわれて、腿ったぶなんぞぼりぼりひっ掻いてたひにあ、睨みがきかねえからな、世の中なんてものあこれでそつのねえもんだな」

二人でいい心持に酔って寝た。

夜が明けると、ゆう女の姿は見えなくなる。日が昏れて九時頃になると現われる。毎晩どこかから料理と酒を持って来て、勝手なことをしゃべりながら飲んで食べて、それから外の白みかかるまで、身にこたえないのと金の草鞋がせえをだす。これが連日続いた。

「明日の晩は橋善のてんぷらといくか、それに長寿庵の小田巻なんぞ悪かあねえぜ」

どの店のどんな料理でも望みしだい、おまけに唯ときているから好きなことが云える。かてて加えてお染ゆう女、粋で利巧でてくだがあって、仕事をしろなぞとは決して云わない。

「夢ならどうかさめねえでくれ」

極楽でもこうはゆくまいと、弥六はほくほくと喜んでいた。近所の者は誰も気がつかない、いちど隣りの女房のお勘が、心配そうな顔をして次のようにきいた。

「弥六さん、このごろ毎晩ひどくうなされるようだけれど、どこか体でも悪いんじゃないのかえ」

「そうかい、うなされるかい」彼はにやにや笑いながらそう答えた、「それじゃあきっと、あれだ、お勘さんが毎晩うなされるんで、そいつがおれにうつったに違えねえ」

お勘は赤くなって、あらいやだ、などと云って逃げだしたが、それからは彼女もなんにも云わなくなった。家主からは相変らず米や味噌を届けて来る、小銭を置いてゆくこともあるが、来れば必ず小言であった。

「まだ性がつかねえか、どうするんだ、待っている人を可哀そうたあ思わねえのか」

これまではただ恐れ入って、へい済みませんくらいの挨拶はしていたが、お染ゆう女なる者が来てからは気が強くなり、ある日ついに家主へ返答をした。

「おらあこれが勝手なんだ、これが性分なんだからうっちゃっといてくれ、待ってるなんてどこの誰だか知らねえが、自分からおん出ていった者を、可哀そうもへちまもありあしねえ、ふざけたことを云われねえで貰えてえ」

「な、な、なんだと」

平作老は怒った。

「なにがふざけたってんだ、なにがへちまだ、仮にも家主に向ってなんてえ口をきくんだ、てめえがいくら底抜けでも、それじゃあ済まねえぞ、お兼さんが出ていったなあ自分が可愛いからじゃあねえ、てめえの身を思えばこそ、てめえを人なみの者にしてえからこそ、泣きの涙で実家へ帰ったんだ、帰るときお兼さんが、泣きながら云ったことを忘れやしめえ、あんたがまじめな気持になったら、すぐに帰って来る、どうか早く帰れるようにしておくんなさい、こう云って泣いたのを覚えているだろう」

五　世に例なき商売のこと

「そればかりじゃあねえ、お兼さんは実家へ帰ってからも、一日だってやくざなてめえのことを案じねえ日はねえんだぞ」

怒っている家主の眼に、そのときふっと涙が溢れ出て来た。それを手の甲で拭き、よろめくような声で、平作老はなおこう続けた。

「てめえは底抜けのおたんちんだから、そんなごたくをぬかしてるが、二年このかた米味噌から小遣銭、不自由がちでもともかく生きて来た、いってえそれを誰のおかげだと思ってるんだ」

「それあまあ、それを云われるとなんだが、そこはおれだって大家さんの恩は」

「ざまあみやがれ、てめえの眼はそのくれえのもんだ、ここへ運んで来たなあおれに違えねえ、だが本当の主はお兼さんだぞ、縫い解き洗濯、仕事を選ばず夜も日も稼いで、てめえがまじめになるまではと、……稼ぐだけみんな、てめえに貢いで来たんだ、大家さん、どうかあたしからだとは云わないで下さい、これがわかって、またのんきな気持になられでもしたら、あたしの帰る日が延びるばかりです、お願いですから内証にして下さい、……おらあ涙がこぼれた、ばあさんなんぞ水《みず》っ洟《ぱな》あたらして泣いたぞ、……夫婦は二世といってたって、縁が切れれば他人だ、てめえなんぞはのたれ死にをしたっていい人間だ、それをお兼さんはこんなに、こんなにまで蔭で実をつくしてる、……夫婦の情だ、てめえを亭主と思えばこそだ、それをてめえはなんだ、なんてえごたくをつくんだ」

家主の怒りは、頂点に達したらしい。

「そんな人情を知らねえやつは、顔も見たかあねえ、お兼さんにあ気の毒だがおらあ手を引く、米味噌も小遣もこれっきりだ、もう店賃もお兼さんからは貰わねえ、断わっとくが一つでも店賃を溜めたら敲《たた》き出すぞ、こんだあ承知しねえから、そのつもりでいろ」

かんかんになって、帰っていった。

弥六も、さすがにものが云えなかった。鼻が酸っぱくなるような気持だったが、しかしお染ゆう女を思い、ゆう女との夜毎の楽しみを思いだして、やがてふんと鼻先で笑った。

「へっ、なにょう云やあがる、大家だと思って、へっ、そうでございますかだ」

そして欠伸をして、ごろっと寝ころんだ。

その晩のことだ。お染ゆう女はすっかり聞いていたらしい、例のとおり現われると、いきなり弥六の胸ぐらへ摑みかかり、「この大嘘つき」「ろくでなし」「恥知らずのぺてん師」「おっちょこちょい」「唐茄子野郎」など、凄まじい勢いで罵しりたてた。

「まえの女房は追い出した、縁は切れたと云ったじゃないか、それをこの南瓜《カボチャ》は」

「縁は切れてるんだ、嘘じゃあねえんだ、おれの知ったこっちゃあねえんだから」

弥六はけんめいに陳弁した。なにしろとり殺す一件があるから怖しい、汗だくになって説明し釈明した。お染さんも家主の捨てぜりふは聞いていたので、どうやら納得をしたらしく、やがてそこへ坐って、ほっと溜息をついた。

「そういうことなら、こんどだけは信用してあげるわ、だけど、……大家さんにああ云われてみれば、あたしたちもなんとか考えないといけないわね」

「かんげえるって、なにをよ」

「食べ物くらいは持って来られるけれど、まさかお金まで取るわけにはいかないわ、あんただってあたしに泥棒をさせるつもりはないでしょ、だとすれば店賃やなにか、どうしたって少しはお宝が要るじゃないの」

女は幽霊になっても女であった。弥六はいやな顔をした。またしても稼げと云われるはめか、こう思ったのであるが、ゆう女は辰巳の出身だけにやぼなことは云わなかった。

「そうだ、いいことがあるわ、あんた」

「断わっとくがおらあ働くのあいやだぜ」

「あんたは坐ってればいいの、まあ聞いて頂戴、こうなの」お染はいきごんだ顔で、「つまりひと口に云うとね、ゆうれいを貸す商売なのよ」

「ゆうれえを貸すって」

「世の中には、死ぬほど人を怨んでる者がたくさんいるわ、金の恨み恋の恨み、いろんな恨みからいっそ化けて出てやりたい、怨みのほどを思い知らせてやりたい、そう考えてる人がたくさんいるでしょ、そういう人にゆうれいを貸してやるの、借りた人は自分の代りにそのゆうれいを先方へやって、怨みたいだけ怨むことができるわ、これなら自分で死ぬ必要がないし、相手の苦しむのを見ることができるんだから、それこそ一挙両得じゃないの」

「なるほど、そいつはいけそうだ」弥六ものり気になった、「そいつはものになりそうだが、しかし、その役はおめえがやるのか」

「あたしもやるけれど、それだけじゃだめ、お客が来るとすれば、いろいろ註文があるでしょ。だからもう五六人ゆうれいを伴《つ》れて来るわ」

「そう云ったって、そんなにゆう的がいるのかい」

「このあいだそ云ったじゃないの、ゆくとこへゆけなくて宙に迷ってる者が大勢いるって、口をかければ、五人や十人すぐに集まって来るわよ」

六　世間に楽な業《なりわ》いはなし

話はちょいとしたものである。商売になるかならぬか、とにかくやってみる値打ちはありそうだ。そこで弥六も坐りなおし、二人で商売上のこまかい点を相談し合った。客を呼ぶにはどうするか、派出代金はどれくらいが適当か、いろいろ検討してみた結果、これは相当なものになるというみとおしがついた。

「こいつあいい、こいつあ乙なもんだ、元祖ゆうれい貸屋、きっとひとしんしょう出来るぜ」

弥六はこう云って悦喜した。

その晩はまえ祝い、お染はすぐさま幽霊の募集にかかり、入念に物色して六人の男女を雇い入れた。男二人、爺さんと婆さん、娘二人という顔触れである。これだけ抱えていれば、まず大抵の註文は引受けられるだろうが、お染はこれにはずいぶん苦心したと云った。……幽霊はいくらでもいるけれど、いざ商売となると、誰でもいいというわけにはいかない。まず正直でおとなしく、凄みがあって眼鼻だちのいい者、これだけの条件は必要だった。

「だってそうでしょう、正直者でないと客と馴れ合ったり、出先で間違いを起す心配があるし、気の荒い者だと組合なんか作って、すぐに賃上げストなんか始めるわよ」お染はこう説明した。

「縹緻《きりょう》だってそうよ、先方へいってうらめしやをやるのに、おかめやひょっとこみたいな顔じゃあ、相手は怖がるどころかふきだしちまうわ」

実にゆき届いたものである。また募集に当って困ったのは、例の四谷怪談のお岩さんとか船弁慶でお馴染みの平知盛さんとか由比正雪さんとか皿屋敷のお菊さんなどというのが来て、雇ってくれと強引にねばられたそうである。

「へえー、そんな連中がまだ宙に迷ってるのか」

「お岩さんなんか、とっても執念ぶかいの、そのうちここへ押掛けて来るかもしれないわ」

「じょ、じょ、冗談じゃあねえ、とんでもねえ、お岩さんなんぞに来られて堪るものか、そいつだけあ断わってくれ、聞いただけでも肝が縮まあ」

弥六の震えあがるのを見て、お染は笑ったが、ふと思いだしたような眼つきになって、「念を押しておくけれど、こんだ抱えた娘の若いほうね、あの娘にはあんた気をつけて頂戴よ」

「あの娘になにかわけでもあるのか」

「あるのよ、あの娘は前世でたいへんな浮気者だったの、縹緻はそれほどでもないけれど、体や性分がそう生れついたのね、あの若さで三十幾人かの男を騙して、その恨みで男のために殺されたのよ、今だって男のゆうれいさえ見ればくどくんだから、それがまたとっても色っぽくて上手なんだから、いいこと、……気をつけてひっかからないようにしないと、もしあたしに嫉妬をやかせでもしたら、わかってるわね」

「なんだ、そんなことか、それなら念にあ及ばねえ、おめえ一人でもて余してるくれえなんだから、浮気なんてとんでもねえ」

彼はこう云って、眉をしかめてみせた。

ここで六人の幽霊を紹介するわけだが、お話の先をいそぐので、すぐに商売へとりかかることを許して頂く。

……かくて、ゆうれい貸屋は、陰々と開業された。爺さん婆さんを除いたほかの四人が、八方へでかけてまず客を捜す。つまり、死ぬほど人を怨んでいる人間、畜生ッ化けて出てとり殺してやりたい、などと怨み呪《のろ》っている者を捜し、捜し当てたら、「炭屋河岸へおいで」と耳うちをするのである。

「やんぱち長屋の弥六の家へおいでなさい、ごくお安くあなたの怨みをはらしてあげます」

これを暗示的に何回も繰返すと、なにしろ相手は怨恨のためにとり乱し、精神の平衡を失っているので、ついふらふらと暗示にかかるらしい、開業五日めに早くも客がやって来た。

……この応対問答も面白いのだが、話をいそぐ必要から略すとして、依頼は恋の恨み、先方は人の女房ということだけ記して置く。

六日め七日めと、客はしだいに殖えた。十日めには七人もやって来たし、さらに多くなるもようであった。

「当ったなあ、お染、見ろ、もうおめえ三両ちかく儲かったぜ」

「それっぱっちなによ、いまに千両箱を積んでみせるわ」

「この調子だと、そんなことになるかもしれねえ、だがなんだな、おらあつくづく思うんだが、世間にあずいぶん人を怨んでる者がいるんだなあ」弥六は感じ入ったふうで、「それも聞いてみれば尤もなのもあるが、まるっきり逆怨《さかうら》みてえのもだいぶある、てめえが悪くっていて人を怨んだり呪ったり、他人のおれが肚《はら》の立つような勝手なのがいるぜ、……誰がどこでなにをかんがえてやがるか、ひと皮めくってみなけれあ人の心なんてもなあわからねえ、人間がこんなにあざといもんたあ知らなかった」

「悟ったようなことを云うんじゃないの、だからこそあたしたちが儲かるんじゃありませんか、大きく稼ぐには人間の弱味を摑むに限るよ、さあ商売商売」

七　貧乏人は三界が苦

だがなにもかもが、順調というわけにはいかなかった。ある夜、中年男の幽霊の一人が、派出先で思わぬ奇禍にあい、額に大きな瘤《こぶ》をだして、ひどく立腹して帰って来た。事情を聞くとこうである。

そのとき依頼された件は情痴関係のもので、妻が愛人を家へひきいれたので、自分のほうで家を追ん出た良人《おっと》が、妻に怨みのほどを思い知らせたいという、気の弱そうな当の良人の頼みであった。

「あっしあ、その家へいきやした」

その担当幽霊は、こう報告をした。いってみるとその女房は問題の男と寝間の中で、お互いに擽《くす》ぐったりつねったりして、きゃあきゃあ遊戯に耽《ふけ》っていた。定刻の丑満《うしみつ》になり、ようやく男のほうは疲労のうえ鎮静した。だが女房はまだふざけ足りないとみえ、「うん、つまんない」とか、「ねえ起きてよ」とか、「あんた弱くなっちゃったのね」とか、「起きないと擽ぐるわよ」とか絡みかかっている。察するところきりがなさそうなので、担当幽霊はごうをにやし、作法どおり行灯の火をぽわぽわと暗くしたうえ、形式にしたがって女房の前へ現われた。しかるところ、その女房は意地悪にも、いきなり「おまえさん誰だい」とけんのみをくわせたそうである。

「あっしあむっとしやした」担当幽霊は、こう続けた、「ゆうれいに向っておまえさん誰だいなんて、そんなあなたいきなり人の気を悪くするようなことを云わなくてもいいでしょう、あっしゃあむっとしやした、むっとしたが商売でやすから、ぐっとがまんをして、おまえの亭主のゆうれいだって云ったんで、するといやにじろじろ見ていやしたっけが、あたしの亭主なら尻っぺたに痣がある筈だ、尻を捲って痣があるかないか見せろってんでやす」

「はっきりした阿魔《あま》だな、それでどうした」

「どうしたってあなた、まさかこっちはゆうれいですからね、それも前世でかげま*かなんかしたってんなら別でやす。それなら尻くれえ見られる咎はあるかしれねえ、けれどもあっしあ、こうなれば云うけれども紙屑買いでやした、まっとうな紙屑買いをしていて、そうして今は仮にもゆうれいであって、それであなた、いかに商売とは言いながら、尻を捲って痣の有る無しを見せる、……ほほほほ」

「ここで泣くこたあねえやな、そんなふてえ阿魔なら、横っ面の一つもはり倒してやるがいいじゃあねえか」

「そう思ったんでやす、けれどもいけやせん、ひどくまた気の荒い女とみえまして、ぽンぽンぽンぽンと早っ口でどなりやした、あんまり早っ口でよくわからねえが、わかるところだけでもこっちの顔が赤くなるような、つまりは男を裸にした嘲弄なんで、あっしゃあここだから云うんでやすが、恥かしさも恥かしいし、だんだん怖くなってきやして」

「ゆうれえのほうで、怖くなっちあしようがねえな」

「体がこう総毛立ってきやしたんで、そういうことならまた出なおすから、今夜のところはこれで御無礼をするから、こう云って出ようとしたんでやす、ところが相手はぱっと立ちやした、早いの早くないの、あっというまもねえ、勝手から擂子木《すりこぎ》を持って来やして、いきなりぽかっとここを、……見ておくんなさい、これこの瘤の大きいこと、……二度と来てみや

*かげま＝男娼の俗称。

がれ嚙ッちゃぶいてやるからってんで、ほほほほ」担当幽霊は拳で眼を拭いた、「あっしあ前世では、まっとうな紙屑買いでやした、浮世というところは正直者や弱い者、まっとうな人間が苦労をする、汗水たらし骨身を砕いて、肩腰の歪むほど働いて、それで満足に食うこともできやせせん、ぼろをさげた女房に浴衣一枚が買ってやれず、子供がよその子の食べている菓子を欲しがれば、叩いてごまかすよりしようがねえ、悪い事をしてせせら笑ってるようなやつを旦那と奉り、御政治がどんなにあこぎでもおそれかしこんで、なあに、天道さまが見ておいでなさる、天道さまはみすてやあなさるめえ、この世ではむくいがこなくとも、あの世へゆけばお釈迦さまもいらっしゃることだ、きっといいことがあるに違えねえ、……こう思って辛抱していやした、ところがいけねえ、とんでもねえ、やっぱり同じこってやす」

前紙屑買いはやや昂奮して、だが腰の低い調子で訴えるように続けた。

「浮世も金、あの世も金、浮世でどんな悪辣な事をした人間でも、寺へたくさん金を納めれば大手を振って成仏する、極楽へでもどこへでも好きなとこへゆけやす、だが貧乏人はろくな葬式も出来ず、お布施もたんとは出せねえ、だから坊主はてんから見下げたもんで、……今だから申しやすが、あっしの死んだとき来た坊主なんぞはあなた、引導にこんなことを云いやした。

——ヤンコノセーフーモン一カモン二カ。

喝《か》ッてんでやす。その場にいた者にゃちんぷんかんで、みんな有難そうな顔をしていやした、けれどもあっしはもうたましいだからわかりやした、ヤンコは今夜でセーフーはお布施で、つまり今夜のお布施は一文か二文かってんでやす、……ほほほほ、これが引導でやす、あなた、これで成仏ができると思いやすか」

「そいつは本当とすれば、ひでえ坊主があったもんだ」

「坊主がこのとおりだとすれば、仏さまはその元締でやすからな、あっしらがどんな扱いを受けているかおわかりでやしょう、……正直者や弱い者やまっとうな人間は、この世でもあの世でも同じこってやす。天道も仏もなんにもしてくれやしねえ、苦しむのはやっぱり貧乏人でやす」

ここに到って、前紙屑買いは叫びだした。

「あっしゃあ云うでやす、人間は生きてるうちのこった、あの世を頼みに歯をくいしばっていたって、あの世にも決していいことはねえ、なにもかにも、生きてるうちのこってやす。悪辣な野郎とわかってる者を旦那とたてちゃあいけねえ、非道な御政治に眼をつぶっちゃあいけねえ、ただ正直なだけではだめだ、弱い者は強くなり、貧乏人でも女房子の仕合せは護らなくちゃあいけねえ、生きてるうちにそうしなくちゃあならねえでやす、生きてるうちにでがす」そして彼は額の瘤を撫でた、「現の証拠はこのとおり、ゆうれいになってもあっしのような男はこのとおりでやす、見ておくんなさい、このでけえ瘤を、もうたくさんでやす、ほほほほ、たくさんでやす」

また爺さん婆さんの幽霊は、寝てばかりいた。爺さんは疝痛《せんつう》*持ちだし、婆さんは喘息で、今夜は冷えるとか、湿気が強いとか風邪けだとか云って、依頼者があってもなかなか動かないのである。娘の幽霊の一人は実直者で、いちばんよく働いたが、これは半月ばかりすると、「身内の者が供養をしてくれて、こんど成仏することになりましたから、わたしはこれでお暇を頂きます」

こう云って消えてしまった。

そのすぐあとのことだったが、前紙屑買いでないほうの男の幽霊が、派出先から声をからして、ふらふらになって帰って来た。ぜんぜん声がかれてしまって、云うことがよくわからない、手と首をしきりに振って「もう御免だ」という表現をした。

「いってえどうしたんだ、なにがあったんだ」

「ゼエゼエ、……ゼエゼエ、……ゼエゼエ」

まるっきり、やにの詰ったきせるであった。弥六が彼の口へ、耳をくっつけて聞いたところによると、先方は肥えた五十男だったが、ぐうぐう鼾をかいて熟睡、いくら「うらめしや」とやっても眼をさまさない、絶対に反響がないのである。

「そのまた鼾《いびき》がです」担当幽霊はゼエゼエ声で云った、「とほうもない番外の大鼾で、こっちの耳がもうがんがんしてきて、だからこっちも大きな声をだすというわけで、もう凄みとかなんとか、そんななまやさしいばあいじゃありません、ひと晩じゅう声の出しっくらで、気がついたら夜が明けちまって、あたしはこんな声になっていました。こんな声に、ゼエゼエゼエ、……もう懲り懲りです、あたしはお暇を貰います」

これもそれっきり消えてしまった。

そのほかにも二三の故障はあったが、商売はますます繁昌、人手が足りないからお染姐さんも派出に出る。こうしてちょうど開業十七日めのことだったが、珍しく爺さんや婆さんもでかけ、前紙屑買いも、例の浮気娘もお染もでかけ、弥六が一人で留守番をしていた。

「生きてるうちのことか、なるほど」

彼は久方ぶりに独り寝ころんで、欠伸をしながらそんなことを呟いた。……天道も仏もない、あの世へいってもいいことはない、人間は生きてるうちに生き甲斐のあることをしなければならない。前紙屑買いの言葉が、へんに弥六の頭にひっかかっていた。

「死んじまえばおしめえ、なにもかも生きてるうち、そうかもしれねえ」

「なにをそんなに感心してるのよウ、このひと」

とつぜんこう云って、例の浮気娘の幽霊が現われた。まるぽちゃの、色こそ青いけれども、片眼がちょいと藪睨みで、おちょぼ口で、体じゅうにいろけが溢れている感じだ。

「どうしたんだ、もう済まして来たのか」

「そんなことといいじゃないの、それより、ねえエこのひとウ」

＊疝痛＝腹部の疼痛、差し込み。

「おう変な声を出すな、そしてそんなに側へ寄っちゃあいけねえ、もっとそっちへいってくれ」

「いいじゃないの、なにさこのひと」ゆう娘は、弥六にしがみついた、「あんたお染さんが怖いんでしょ、知ってるわよ、いくじなし、男のくせにあんなおばあちゃんの尻に敷かれて、浮気もできないなんて恥かしくないの、このひと」

「うう、放してくれ、頼む、こ、この手」弥六はもがいた、「頼むから放してくれ、もしあいつが帰って来てみつかったら」

「とり殺されるってんでしょ、いいじゃないのさア、とり殺されたらされたで、あんな人と別れて、あたしと御夫婦になりましょうよ」

「ひとのことだと思ってよせやい、おらあまだ死にたかあねえ、頼むから勘弁してくれ」

「大丈夫だったら、あの人は朝までは帰って来やしないわよ、ねえン、そんなに薄情にしないでぎゅっと抱いてようン、あの人どんなだか知らないけど、あたしのは万人に一人の別誂《べつあつ》らえよ、さあおとなしくして、これをこう、ねえン」

「ひひひ、よしてくれ、ふふふ、擽ぐってえ、へへへへ、待ってくれ」

身もだえをして、絡み合っているところへ、その二人の眼前へ、なんと、当のお染ゆう女がおどろおどろと現われた。

「あっお染、お、おめえ……」

弥六は、仰天して叫んだ。浮気娘の幽霊は、よっぽど驚いたとみえ、ひと光り青く光ったと思うと、

「お姐さん、味をみさせて貰いましたよ」と、当てつけのようなことを云って、消えてしまった。

八　元におさまる般若心経

「おまえさん、とうとうやったね」お染さんは、静ウかな、そして骨まで凍るような声で、弥六の顔をこう覗きこみながら云った。

「あたしゃ見たよ、この眼でね、ちゃんと見たよ」

「ち、ち、違う、違うんだ、と、とんでもねえ、あれあでたらめだ、嘘っぱちだ」

「あたしのことを、おばあさんだってね、おまえを尻に敷いているってね、とり殺されたらあの娘と夫婦になるってね、おーまーえさーん」

「た、た、た、そいったあれが、あいつが」

「あれがねェ、あれがおまえに抱きついて、手足を絡んで、云ってたーねー」

そしてお染ゆう女は、悪鬼のように伸びあがり、総髪を逆立て、歯を剝きだして陰々と笑った。

「あーらうれしや、これで怨念の相手が出来しぞ、とり殺す相手が出来たるぞ、うれしやう

れしや、これよりは九百九十九夜、夜毎日毎に枕辺へあらわれ、塗炭の苦しみを嘗《な》めさせて、うーらーみ……はーらーさーでえ……おーくーべーきい……かー、あーらうらめしやな……」

「助けてくれ、このとおりだ」

弥六は平伏し、叩頭《こうとう》しながら叫んだ。

「おらあ死にたくねえ、助けてくれ、死ぬなあいやだ、勘弁してくれ、人殺し」

「弥六、どうした、弥六、しっかりしろ」

背中をどしんと叩かれた。弥六は悲鳴をあげ、とびあがると、誰かの頭とこつんこをし、眼からちかちかと光が飛んで、そうしてまた背中をいやというほど殴られた。

「こんな時刻まで寝こんで、なにをうなされてやがるんだ、ふざけるな、眼をさませ、どうしやがった、弥六」

「はア、……はア、……」

弥六は、ぽかんと振り向いた。家主の平作がそこにいた、戸があけてあり、外は夏の明るい日がいっぱいに漲《みなぎ》っていた。弥六は「ああ大家さん、大家さんだ」こう云うと、いきなりとび立って仏壇をあけて、口の中で念仏のようなことを云いながら、震える手で屑蠟燭へ火をつけ、欠け線香を立て、そしてちんちんと鉦を鳴らしたが、その早いのと、慌てたさまと、これらの訝しい動作を見た平作老は、彼が気違いになったと思ったのだろう、腰をあげて逃

げだそうとした。それを弥六がとびかかって、

「大家さんお願えだ、どうかお経を読んでくんなさい、般若経をいちどでいい、あっしを助けると思って」

「読めってえなら読むが、しかし急にどうしたんだ」

「眼がさめました」弥六は泣きだして、「こっちの眼もあっちの眼もさめました、へい、これから働きます、仕事をします」

「おめえ、それあ本気で云うのか、まだ寝呆けてるんじゃあねえのか」

「本気にならなけれあとり殺されるんで、いいえ本気です、これから腕っ限り仕事をし、お兼も呼び返して、まじめに精いっぱい稼ぎます、ですからどうか早くお経を」

「それが本心ならめでてえが、なんでまたそのために経を読むんだ」

「それあお染……いいえまあ、それは、おやじにも、おふくろにも、このとおりだというところをみせて、安心してゆくとこへいって貰えてえんです」

「よく云った、そいつあ本物だ」家主は横手*というものをぽんと打った。

「亡くなった父母に見て貰おうてえのは冗談ごとじゃあねえ、弥六、おめえよくそこに気がついてくれた、おらあ嬉しいぜ」

「あっしのほうが、よっぽど嬉しい」


*横手を打つ＝感心したり、思い当たったりしたときに、思わず両方の手のひらを打ち合わすこと。

「これで、弥八もおふくろもうかばれる。お兼さんにもすぐ知らせよう、お兼さんがどんなに喜ぶか、……きっと泣きながらとんで来るぜ、泣きながら」

平作老は眼をこすった、「いいか弥六、こんだあぐれるなよ、お兼さんを大事にするんだぞ、いいか、ああ読んでやる、読んでやるとも、おれの一世一代だ、十万億土*へ響きわたるくれえ立派に読んでやる」

家主の平作老は、仏壇の前へいって坐り、もういちど鉦を鳴らし、やがて静かに般若心経を誦し始めた。

「これで成仏してくれお染」弥六も合掌しながら、心のなかでこう云った。「紙屑買い屋も爺さんも婆さんも、浮気娘もついでに成仏してくれ、頓証菩提《とんしょうぼだい》**、なむあみだぶつ」

ゆうれい貸屋という、前古未曽有な、しかもすばらしく有利な事業は、こうして不幸にも創業まもなく解消した。世に有難きは女のまことであり、恐るべきは女の嫉妬である。

今に至るも、この商売は絶えて行なわれないが、誰か開業のお志のある方はないか。

（『講談雑誌』一九五〇年九月）

＊十万億土＝極楽浄土。＊＊頓証菩提＝仏語。死者の供養などのときに極楽往生を祈って唱える言葉。

よじょう

一

肥後のくに隈本《くまもと》城の、大御殿の廊下で、宮本武蔵《みやもとむさし》という剣術の達人がなにがしとかいう庖丁人を、斬った。さしたることではない。庖丁人は宮本武蔵の腕前をためそうとした。名人上手といえども暗夜の飛礫《つぶて》は避けがたし、そんなことはない。論より証拠ということで、ちょうど宵のことだったが、暗い長廊下を宮本武蔵がさがって来ると、その庖丁人が待伏せていて、襲いかかった。すると宮本武蔵のほうでは、声もあげずに、ただ一刀でこれを斬り倒した。さしたる仔細《しさい》はない、それだけのことであった。

二

同じ日の、その出来ごとより二時間ばかりまえだったが、城下の京町にある、伊吹屋という旅館の女中部屋で、女中おきたと、訪ねて来た岩太という若者が、話をしていた。

料理場のほうから、魚菜を焼いたり煮たりする美味そうな匂いがながれて来る。また、膳や皿小鉢の音、忙しげな人の足音や呼び声などが、いかにも旅館のじぶんどきらしく、賑やかに聞えて来た。この部屋へもときどき女中たちが出入りした、なにかを取っていったり置いていったりするのだが、こちらの二人には決して眼を向けない。おきたはにらみが利くのである、おきたにはいい客が付いていたし、また伊吹屋の女中がしらであった。

年は岩太より三つ上の二十六歳、眼鼻だちのきりっとした、かなりいい縹緻《きりょう》である。ばかに黒子《ほくろ》が多いし、たっぷりした顎と鼻の頭が、ちょっとしゃくれているが、却って顔つきに愛嬌を添えていた。

「そんなことまっぴらよ」

おきたが云った。すんなりした白い手を反らせて、結い終った髪のあちらこちらを直す、前髪と鬢《びん》のところが気にいらないらしい、鏡架から鏡を取って、いろいろな角度から写してみる。岩太は濡縁《ぬれえん》に掛けていた。横向きに、片方の膝を曲げて、その膝で貧乏ゆすりをしながら、哀願するようにおきたを見た。

「薄情なことを云うなよ、頼んでるんじゃねえか、おらあ頼むと云ってるんだぜ」

「まっぴらですよ、そんなこと」

「くれってんじゃねえぜ、儲けたら返すんだ、今夜は儲かるって勘があるんだ、こんなにはっきり儲かるって、勘のはたらいたこたあねえんだ」

「まっぴらだって云ってるじゃないの」

おきたは鬢を撫でる。

「……儲けたら返すって、儲けたらってのは儲けたことのある人が云うものよ、わる遊びを始めてからあんた一遍でも勝ったためしがあって、いつでもみんなのいい鴨じゃないの」

「知りもしねえでえらそうなことを云うない」

「いい鴨じゃないの、いつでも」念を押すように云った、「――角さんが云ってるわ、あんたはしんから性に合わないって、勝負事が性に合わないからだめなんだって」

「角さんたあどの角さんだ」

「あんたは好きでもないって云ったわ、勝負をしながら頭はそっぽを向いてるし、夢中になるってこともないって、まるでお金を捨てにいくようなもんだって云ってるわ」

「角さんたあどの角さんだ」

おきたは答えない。岩太は悄気《しょげ》て、それからむっとして、立ちあがる。

「じゃあ、どうしてもだめなんだな」

「淀屋へでもゆくつもりなら、よしたほうがいいわよ」

おきたは鏡を覗きこむ。

「――橋本のお米《よね》さんも、花畑のひともよ」

岩太は少なからずぎくりとした。

「なにが、どうしたって」

「あんたいつか笄《こうがい》＊を買ってくれたわね、それから釵《かんざし》を貸してくれって持ってったわね、着物を買ってくれた代りに、帯を持ってったこともあるわね」

「そりゃあおめえ遊びの元手に」

「嘘おつきな」おきたはふり向いた、「——買ってくれたという笄は淀屋のお半さんのものじゃないの、お半さんのとこから持って来た笄をあたしにくれて、あたしんとこから持ってった釵をお半さんに遣ったんじゃないの、着物だって帯だって、お半さんでなければ橋本のお米さんか花畑のひとか、四人順繰りにこっちの物をあっちへ遣り、あっちの物をこっちへ遣り、……あまりばかにしないでよ」

「そんなおめえ、こっちはおめえ」

「帰ってちょうだい、すっかり底が知れたんだから、もう来ないでちょうだいよ」

「勝手にしゃあがれ」

脈は切れた。疑う余地はなかった、岩太は肩をすぼめて、木戸から外へ出た。

「——へ、ざまあねえや」

表通りは人の往来が多かった。彼は路地を裏へぬけて、坪井川のほうへ、しょんぼりと歩いていった。めくら縞の布子に三尺帯＊＊、すり切れた藁草履をはいて、ふところ手をして、前踞《かが》みに歩いている恰好は、羽の抜けた寒鴉《かんがらす》といったふうである。月代《さかやき》も髯も伸びているが、おもながで色が白く、眼や口もとに子供っぽい感じがあって、いかにも年増に好かれそうな顔だちにみえる。

「——ひでえことになりやがった」泣きそうな表情で呟いた、「——まったくの八方ふさがりだ」

黄昏《たそがれ》のいやな時刻だった。夕やけの色もすっかりさびたし、本妙寺山も霊樹山《れいじゅざん》も暗くなっていた。靄のたつ畠で、まだ鍬を振っている農夫がいるが、それは夕ざれた景色をいっそうもの哀しくみせるようだ。

「八方ふさがり、ぺしゃんこだ」

彼は坪井川のふちへ来て立停った。川の水は光っていた、流れながら光っていた。もう三月のことで、水はぬるんでいる筈であった。しかし、ひどく冷たそうにみえた、流れの条《すじ》なりに光る鋼色《はがねいろ》の光りは、身にしみるほど冷たそうであった。……彼はそれを眺めていた。しょんぼりと立って、ながいこと眺めていた。足のほうから寒さがしみ上ってきて、しぜんと胴ぶるいが起こった。そこで彼は勇気をつけようと思った、彼は明るい灯火と熱い酒の香を想像した。温かな明るい灯火と、熱くて咽《む》せるような濃い酒の香。咽喉《のど》を下がってゆく時の、やけるような舌ざわりを……効果はてきめんであった。腹の中でくうくうという音がした、彼はにやりと笑った。「へ、なにょう云やあがる」

＊笄＝女性用髪飾りの一つ、棒状で髷に差した。＊＊布子＝綿入れ。

せせら笑って、彼は歩きだした。

「こっちの物をあっちへ、あっちの物をこっちへか、四人順繰りにときやがった……どうして知れやがったか」

彼は赤くなった。

「——もう来てくれるなってやがる、あの黒子づらめ、誰がいってやるもんか、こっちあ岩さんのあにいだ、舐《な》めるなってんだ」

しかし八方ふさがりだということに変りはなかった。岩太はやくざのつもりだった。世間でもそう見ていた。借金だらけ、不義理だらけ、それがどうしたと思うのだが、ふしぎなことには、やくざなかまでも借金や不義理は通用しないのであった。彼は好きでやくざになったのではなかった。今でも好きではなかった。ほかにどうしようもなく半分はやけくそでぐれたのだが、一年と経たないうちにゆき詰り、借金や不義理が通用しないとなると、やくざもばかげたつまらないようなものであった。

「いっそ乞食にでもなってくれようか」

岩太は、こう呟いた。そのとき白川のふちへ出たので、彼は千段畑のほうへ曲った。

三

うす汚ないうどん屋の隅で、岩太は酔っていた。もう九時ごろであった。そこは千段畑の町はずれで、馬子や駕籠かきや、行商人などが、ひとくち飲んで弁当を使うくらいの、ごくざっとした店であった。だが夜になると奥の部屋が博奕場になり、そういうなかまが毎晩のように集まった。

今も奥では勝負が始まっていた。勝負している物音や笑い声が聞えて来る。この店は角さんの息がかかっているので、博奕場としては安全であった。角さんは長岡佐渡《ながおかさど》さまの槍持ちだったし、佐渡さまは藩の老臣であった。

奥は賑やかであるが、店はうす暗くひっそりしていた。岩太のうしろの柱に、煤けた掛《かけ》行灯《あんどん》が一つ、ぼんやりと、うしろから岩太を照らしていた。

「女の三人や五人なんでえ」彼は呻く、「――女なんて、へ、掃いて捨てるくれえあらあ、知られえな、やろう」

彼はすっかり酔っていた。飯台へ頬杖をついて、片方の手で酒を注いだり、飲んだりするが、注ぐにも飲むにも、酒をだらしなくこぼした。顔は蒼くなり、眼がくぼんで、口の端から涎が垂れていた。

「おう、角さんのあにきを呼んでくれ」

岩太はとつぜん喚いた。誰も答えなかったが、閉めた雨戸のくぐりをあけて、六尺棒を持った男が入って来た。見廻りの下役人である。店に続いた釜場《かまば》から、この家の女房がとびだして来た。

「これは旦那、御苦労さまでございます」

「なにも変りはないな」

下役人は奥のほうを見た。

「はい、もうこのとおり閉めたところでございます、どうぞちょっとお掛け下さいまし、お茶をひとくち」

「そうしてもおられぬが」

下役人は上り框へ腰を掛けた。女房は釜場へ戻った。下役人は六尺棒を脇へ置きながら、そこに岩太のいるのをみつけ、渋い顔をしてそっぽを向いたがすぐ吃驚《びっくり》したようにふり返った。

「おまえ鈴木殿の岩太じゃないか」

岩太は眼をあげた。

「こんな処でなにをしている」

下役人はせきこんで云った。

「――家《うち》ではおまえを捜しているじゃないか、こんな処でのんだくれているばあいじゃない、すぐ家へ帰れ」

「なにょう云やがる、おめえは誰だ」

「すぐ帰れ」

下役人は云った。

「――作間武平に聞いたと云うんだ、見廻りの作間武平だ、こんな処でのんだくれていて、家はたいへんな騒ぎだというのに、世間の鼻つまみじゃないか、さあ早く帰れ」

女房が大きな湯を盆にのせて来て、あいそをいいながら差出した。下役人は湯呑だけ取って、ひとくち飲んで、咽せた。

「頼むから角さんのあにきを呼んでくれ」

岩太がまた喚いた。作間武平はちょっと考えて、ひとくち飲んで、首を捻った。

「そうだ、しょびいてゆこうじゃないか」

武平は湯呑のものをすっかりあおった。すると待っていたように女房がもう一つ湯呑を持って来た。春だけれどもこの寒さはどうだとか、さりげなく云って、盆のままそこへ置いていった。武平は横眼で見て、湯呑のほかに小皿ひとつないので、渋い顔をした。

「よしそうしてやろう」

武平は呟いた。

「――ひとつしょびいていってやろう、まんざらむだ骨にもなるまいじゃないか」

部屋のほうで人の声がした。障子をあけて、三十四五になる男が店へ出て来た。

「おう作間さんかい」

下役人はふり返って、ばつの悪いようなあいそ笑いをし、なにか云いそうにしたが、男はもう岩太のほうへ近よっていた。

「どうした岩さん、やってるのか」

「おう、あにき」

岩太は手を伸ばした。

「――来てくれたか、角さんのあにき、おらあおめえを待ってたんだぜ」

「いま来たところだ」

「おめえを待ってたんだ、おらあもう、済まねえがちょいとつきあってくんねえ、あにき、おらあもう死んじまいたくなってるんだ」

「まあ待ちねえ、おめえ家へ帰らなくちゃあいけねえんだ。しかしこいつは、ひどく酔ってやがるな」

角さんは独り言を呟き、それから「おかねさん」と釜場のほうへどなった。

「おれの草履が裏にあるからまわしてくれ」

こうどなると、作間武平が脇から云った。

「私もいま云っていたんだが、この男に家へ帰れと云っていたんだが、それは見廻り組へ鈴木殿から人がみえてみつかったら知らせてくれということだったので」

「こう酔ってちゃあしょうがねえ」

角さんは独り言を云った。骨の太そうな逞しい軀《からだ》つきである。肩も腰もがっちりしていた。

色の黒い、顎の張ったいかつい顔だが、額にかなり大きなかたな傷の痕があるので、いかついうえ凄みがあった。槍持ちは下郎にすぎないが、この向う傷のために、彼は主人の長岡佐渡に愛されていたし、またなかまのあいだにも人望があった。角さんは弱い人間にはやさしかった。作間武平のような下役人は嫌いだったが、岩太のような者には特にやさしかった。こんな若僧のなっていない彼をさん付けで呼ぶのは、今では角さんだけであった。

「さあ立つんだ岩さん」

女房の持って来た草履をはいて、角さんは岩太の側へいって肩を叩いた。岩太はぐずって、飯台へかじりついた。角さんは岩太の耳へ口を当てて、なにか囁いた。岩太は唸って、首をぐらぐらさせた。角さんはもういちど囁いた。するとこんどは、岩太はだらんと唇を垂れ、眼をしかめて角さんを見あげた。

「さあ送ってやる、しっかりしねえ」

角さんは腕を出した。岩太は立った。外へ出るとあたりはまっ暗であった。陽気が変って、雨にでもなるのだろう、なまぬるい南風が吹いていた。角さんは片手に提灯を持ち、片手で岩太を支えながら歩いた。

「おらあ屋敷の伊能てえ人に聞いたんだ」角さんが云った、「――伊能てえ人はお城で現場を見たというから間違《まちげ》えはねえだろう」

「おれにゃほんとたあ思えねえが」

岩太は首を振った。

「――いったいどうしてそんなことになったろう」

「それがさ、詳しいこたあ知らねえが、千葉ノ城の人をおめえのおやじさんがためそうとしたらしい、千葉ノ城の人の腕前をためそうとして、長廊下に待伏せていて、暗がりからとびだしたんだそうだ」

「冗談じゃねえ、そんなばかなことを」

「相手はおめえ名人だ、ものも云わずに、……わかってらあな、おやじさんは侍とはいいじょう台所の人だ、もともと庖丁で扶持《ふち》を貰ってる人なんだから、まるで金剛力士が赤ん坊を踏み潰すようなものさ」

「ほんとたあ思えねえ、そんなばかなことがあろうたあとても考えられねえ」

「よしゃあよかったんだ、千葉ノ城の人にはちょっかいを出しちゃいけねえんだ」

角さんは云った。

「――あの人が小倉からこっちへ来た当座のことだ、屋敷の旦那（長岡佐渡）の話なんだが、或るときお城の広間で酒宴があった、殿さまの御前だったかどうか、そのうちに重役の一人が巌流島の話をもちだした、例の佐々木小次郎との決闘だろう、……自分が聞いたところによると、その重役が云った、あのとき小次郎の太刀が、貴方の頭を僅かに斬ったそうだが、事実であるかどうか、……ほんの座興で訊いたんだろうが、千葉ノ城の人は凄い形相になった、凄い形相になって、側にあった燭台を持って、その重役の前へいった、そうして、自分は幼少のころ頭に腫物《はれもの》ができて、このとおり今でも総髪にしている、だから頭に腫物《はれもの》の痕はあるが、かたな傷というものは兎《う》の毛ほどの痕もない筈だ、よくしらべて貰いたいと云ってあの総髪を自分の手で掻き分けて、重役の前へつき出した、その形相の凄いのなんの、……重役は蒼くなって、よくわかった、自分の聞いた話は間違いであろう、と云ったが、あの人は承知しない、燭台を取って面《おもて》をつきだして、よく見もせずにわかる筈がない、さあ篤《とく》と見てくれ、よくよくしらべてくれ、こう云って詰寄った、そのようすのもの凄さは人間とは思えないくらいで、みんなぞっと震えあがったそうだ」

「ほんとたあ思えねえ」

岩太はまた首を振った。

「——だがほんとかもしれねえ、おやじとくるとすぐむきになりやがるからな、つまらねえことにすぐかっとなりやがるから」

「千葉ノ城の人はそういう人なんだ、あの人にちょっかいを出しちゃいけねえんだ、おめえのおやじさんは、よしゃよかったんだ」

角さんはふと空を見た。額へ雨が当ったのである、額のかたな傷のところへ、ぽつっと雨の粒が当ったのだ、雨が降りだしたのであった。

四

部屋の上座に遺骸が寝かせてあった。

香の煙がもうもうとして、燭台の火がぼうとかすんでいた。部屋の中はすっかり片づけられて、遺骸の頭の処にある経机のほかには道具らしい物はなにもなかった。経机の上にはひと枝の樒《しきみ》と、煙をあげている香炉が載っていた。香炉は大きすぎるようだし、焚く香も多すぎた。部屋の中は息詰るほどけぶっていた。それは遺骸の血の匂いを消すためのようであった。

岩太は父の遺骸を見まもっていた。それは新しい蓆《むしろ》の上に寝かせ、紋付の着物が掛けてあった。枕がないので頭が反り、尖った顎がつき出てみえた。顔は眠っているようで、苦悶の色などは少しもなかった。鼻のわきや額に紫斑《しはん》ができ、唇の間から歯が覗いていた。皮膚は乾いていやな色をしているが、苦しんだような色はどこにもなかった。……岩太の右に兄の数馬がいた。紋付の小袖に袴をはいて、その袴をきちんとさばいて、坐っていた。

数馬は二十五歳だった。顔だちは父に似て、色が浅黒く顎が尖っていた。眉が寄ってそこに深い皺があった。父親と同じように、癇の強い直情な気性が、その眉間の皺とするどい眼つきによく表われていた。

「ひどいことをしやあがる」岩太が云った、「――なにも斬ることはないだろう、向うは仮にも名人とか上手とかいわれてる人だ、こっちはたかが庖丁人じゃないか」

「剣の道はきびしいものだ」

「あの人は仮にも名人とかなんとかいわれてるんだ、弓や鉄砲で囲んだわけじゃあなし、たかが一人の庖丁人が腕だめしをしようとしただけで、軀を躱《かわ》して済むことだし、投げとばしていったっていい筈だ、いきなり斬り殺すという法はないだろう」

「宮本殿の気持がおまえなどにわかるか」数馬が冷たく云った、「——剣の道はきびしく、おごそかなものだ、父上はその尊厳を犯した」

「あの人の気持がおれにわからねえって」

「宮本殿は剣聖といわれる方だ」

「おれにあの人の気持がわからねえって」

岩太が云った。

「——冗談いうない、名人だか剣聖だか知らねえがおれに云わせりゃあただの見栄っぱりだ、かんかちの見栄っぱりで、見栄で固まったきちげえだ」

岩太は角さんから聞いた話をした。頭にかたな傷があるかないか、しらべてみろといった話である。うわのそらで聞いたから多少は違うかもしれないが、凄い形相で詰寄ったという印象は、鮮明に残っていた。

「この話もそうだ、それは間違いだと云って済むところを、見栄っぱりだから、それじゃ済まねえ、燭台を持って頭をつきつけてしらべろという、そうしなくちゃあ見栄が承知しねえんだ、おやじを斬ったのもその為よ、尊厳もくそもありゃしねえ、おやじなんぞにとびかかられてかっとなったんだ、かっとなって、名人とかなんとかいわれる見栄が承知しねえから斬ったんだ、あいつは刃物を持った見栄っぱりのきちげえだ」

「下司《げす》の知恵は下司なものだ」数馬は冷笑した、「――父上は粗忽《そこつ》なことをなすったが、さすがに剣の精神は知っておられた、きさまなどにはわかるまい、父上は斬られたとき、駆けつけた人に向って、自分はこれで満足だと云われたそうだ」

「これで満足だって、おやじが」

「父上は同僚の人たちと、宮本殿の技倆《ぎりょう》について論をされた、いかに宮本殿でも不意打ちは避けられまい、避けられるという者が多かった、それで父上がためすために出られた、そうして宮本殿の真の技倆がわかったのだ、それがわかれば、たとえ身は斬られても父上には御満足だったにちがいない」

「ほんとにそう云ったのかい、満足だって」

岩太は父の遺骸に向って、鼻に詰るような声でそう云った。

「ほんとうに満足だったのかい、おやじ、可哀そうな人だなおめえは、たかが剣術の上手下手のことでそんなふうに斬られて口惜しくもねえ、満足だと云って死ぬなんておめえそんな可哀そうなお人好しだったのか」

「もう立て」数馬が云った、「——きさまの下司な口は父上を汚す、お別れを申上げて帰れ」

「まだ誰にも逢ってねえぜ」

「きさまを呼んだのは御遺骸の前で勘当を申し渡すためだ、勘当を申し渡したからにはもう用はない」

「おっ母さんにも逢えねえのか」

「母上はもちろん小藤《こふじ》にも逢わせぬ」

「おっ母さんが逢わねえというのか、おめえが逢わせねえのか」

「理由はきさま自身に訊け」

数馬はするどい眼で睨んだ。

「——鈴木の家には、乞食にも劣る人間の親やきょうだいはおらん」

「乞食、……乞食にも劣るって」

岩太はけしきばんだ。拳を握ったが、よしと云って、頷いて笑った。

「そこまで云われりゃさっぱりする、ちょうど乞食にでもなろうかと思ってたところだ、ほんとだぜ、暮れ方に坪井川のふちを歩いていて、ほんとに乞食にでもなろうかと思ったんだ、ひとつさっぱりと乞食になるか」

「むだ口は外でたたくがいい、帰れ」

「そうだ、ひとつさっぱりと乞食になってやろう」

岩太は立って、もういちど父の遺骸を見た。そして遺骸に向って、云った。

「おやじ、気の毒だがこんどはおめえも、おれの邪魔をするわけにゃいかねえぜ、ここにいる兄貴もよ、縁が切れれば他人だからな、へ、あばよ」

五

「おらあ料理人になりたかったんだ」

「おれんとこへ来るがいい」と角さんが云った、「——おめえ一人くれえどうにでもなるぜ」

「おらあ板前で働くのが好きなんだ」

岩太は割り竹を取る、長さ七尺ばかりの青竹を、八つ割りくらいにしたもので、その一端を地面に突き立て、山形に曲げて、他の一端を地面に突き立て、順々に、五寸ほどの間隔をおいて立ててゆく。

「おやじはおれを侍にしたかった」岩太は割り竹を立てながら云う、「——おやじは庖丁人だ、おらあおやじに似たんだ、魚や鳥を裂いたり、切ったりそいつをうまく焼いたり煮たりするのが好きだ、庖丁を使ったり、煮物の味をみたりすることができれば、ほかになんの欲もねえし、誰にも負けねえ仕事をしてみせる……、ところがおやじは云うんだ、ひとの食う物を拵《こし》れえるなんて下司な仕事だ、そんな仕事は自分一代でたくさんだ、どうでも侍になれってよ」

「おめえそんな話はしなかったぜ」

「どうでも侍になれって云うんだ」岩太は云った、「――ごたごたしたあげく、おらあ家をとびだして、淀屋の勝手へ住みこんだ、淀屋へはがきのじぶんからよくいって、料理場で好きなことをしたもんだ、あの家はおやじの顔が利くから、坊ちゃんなどと云って好きなことをさせてくれた、ずいぶんいろんなことを覚えたし、おやじの二条流の庖丁も、見たり聞いたりして少しは真似ができる、淀屋でもまんざらじゃなかった、辛抱する気があるなら面倒をみようと云ってくれた」

「家のほうはないしょでか」

「家にはないしょでよ」岩太はまた割り竹を取った、「――けれども半年そこそこでばれちまった、おやじが怒って、淀屋の亭主をさんざんにどなりつけた、知れたこと、おらあ淀屋をとびだして、花畑の島田屋へ住みこんだ、そこで一年もいたろうか、やっぱりおやじがやって来た、細川さまの庖丁人に睨まれちゃ歯が立たねえ、それで花畑もおじゃんさ」

竹の輪形が出来た。高さ四尺、幅三尺、長さ六尺ばかりの、蒲鉾なりの骨組である。岩太はまわりをしらべてみる、地面にしっかり突立っているかどうか。高さに不揃いがないかどうか、それから蓆を取って、その骨組の上へ掛け、それを端のほうから、縄で割り竹へ縫いつけてゆく、蓆へ指で穴をあけ、縄を通して竹へ絡《から》む。これを繰り返しながら、岩太は云った。

「花畑の次は橋本、それから京町の伊吹屋、もう諦めるだろうと思ったが諦めねえ、やっぱりおやじがどなり込んで来るんだ、伊吹屋がだめになったときは、おれのほうで降参した、勝手にしやあがれ」

「おめえはそんな話はしなかった」角さんが云った、「——おらあおめえがしくじるのは女のためだと思ってた、花畑でも淀屋でも、伊吹屋のおきたもそうだろう、おらあそれでしくじるんだとばかり思ってたぜ」

「今じゃあその女たちのほうもしくじっちまった、庖丁を持たねえおれは人間の屑だ、なんの能もありゃしねえやくざにもなれやしねえ、そうだろうあにき」と岩太は云った、「——おきたから聞いたが、あにきが云ったんだと思うが、おらあしんから勝負ごとに性が合わねえって、そのとおりなんだ、勝負ごともそうだしほかのどんなことにも夢中になれねえ、板前で庖丁を使うほかにはなにをする精も出ねえんだ」

「そんならこんどはいいだろう、もうどなり込む人もねえんだから」

「それがだめなんだ、当ってみたが亡くなった旦那に済まねえというんだ、よしゃあがれ、血肉を分けた兄貴まで、乞食に劣ると云やあがった、女たちにゃあけじめをくわされるし、どこへいっても鼻つまみだ、わかるだろう、角さんのあにい、おれだってこのくれえのやけは起こしたくなるぜ」

「おれんとこへ来るがいい」角さんはまた云った、「岩さんの一人ぐれえなんとでもならあ」

「折角だが好きにさしてくれ、おらあ世間にも人間にもあいそをつかしたんだ」

岩太はさらに蓆を掛ける。

「――おやじのばか野郎、斬られて死んで満足だってやがる、剣の道がおごそかで、斬ったやつは名人の剣聖だ、誰もふしぎにゃあ思わねえ、侍はえらくって料理人は下司だとよ、なにもかも気にいらねえ、なにもかにもあいそがつきたんだ、おらあ乞食になって、この蒲鉾小屋の中から世間のやつらを笑ってやるんだ」

「そんなことを云っておめえ、続きゃしねえぜ」

「おらあ笑ってやるんだ」蓆に縄を通しながら岩太は云った、「――こんどはおれの笑う番だ」

角さんは頭を振った。すると、額の向う傷が鈍く光ってみえた。蒲鉾小屋はしだいに、それらしい形になっていった。

六

城下町を東に出はずれると、水前寺のほうへと白川を渡る橋があった。水前寺には成趣園《せいしゅえん》という藩侯の別邸があり、そこへゆく途中には、重臣たちの控え家も少なくない。しぜんその道はいつも往来が多かった。

橋を渡って十間ばかりいった右側の、道から三尺ばかり低い草地に、新しく蒲鉾小屋が出来、乞食が住んでいるのを、見廻り組の下役人がみつけた。水前寺道は藩侯も通るし、重臣たちの往来も多い、その道は清潔にしておかなければならなかった。乞食などはもってのほかであった。見廻り組の下役人は怒った。うっかりすると役目の落度になる。下役人は道をとび下りて、蒲鉾小屋の前へいって六尺棒で地面を叩いた。

「これ、出てまいれ」下役人は喚《わめ》いた、「――かような場所へかような物を作って、不埒《ふらち》なやつだ、出てまいれ不埒者」

中から岩太が出て来た。不精髭も伸び月代も伸び、櫛を入れない髪は蓬々《ほうほう》であった。顔や手足はもう垢づいていたし、布子も汚れて膏《あぶら》じみて、よれよれになっていた。

「おまえはどこから来た乞食だ」

「私はこの土地の者です」

岩太はふてたように答えた。

「父は死にましたが、庖丁人の鈴木長太夫《ちょうだゆう》、私はその二男で岩太という者です」

「鈴木長太夫……鈴木殿の二男」

下役人は眼をみはった、仰天したような眼で、やや暫く岩太の顔を見まもった。ついで下唇が垂れて、茶色に汚れた歯がみえた。

「見覚えがある、鈴木殿の御二男だ」

下役人は云った、自分で自分に云ったのであった。急に神妙な顔になり、そして頷いた。

「いかさま、そうであったか」

下役人の眼に感動の色がうかんだ。

「――あの方は国分に控え家を持っておられる、なるほど、なるほど」

岩太はふてた顔つきで、黙っていた。

「いや御無礼をつかまつった」と下役人は目礼をした、「――さようなわけなら構いません、私としても上役に申しひらきができます、そういうことなら堂々たるものです、ひとつどうか、私はこれで引取ります、まことに御無礼」

下役人はおじぎをして、六尺棒を慎しく持って、去っていった。

「なんでえ」岩太は唾を吐いた、「――妙な野郎じゃあねえか、どうしたってんだ、いったいどうしろってんだ」

見ていると、下役人は橋のところで振返って、こちらに向っておじぎをした。岩太もつられておじぎをし、気がついて、癪に障ってまた唾をはいた。

――どうなるだろう。

下役人の喚くのを聞いて、岩太は初めて、此処が水前寺道だということに気づいた。これは追っ払われるだろうと思った。追っ払われても文句の云えない場所であった。だが下役人はおかしなことも云った。そういうわけなら構わないとか、堂々たるものだとか、そしてあやまって、おじぎまでしてみせた。

「どういうつもりなんだ」

岩太は頭を搔いた。それから欠伸《あくび》をして、小屋の中へもぐり込んだ。

「——へ、わけがわからねえ」

わけのわからないことが、続いて起こった。明くる日の朝、八時ごろだったが、淀屋という旅館の隠居が、下男に重詰を持たせてやって来た。隠居はもう七十幾つかで腰も曲っているし耳も遠かった。むかし肥えていたために、顎や頰の皮がたるみ、顎のところでぶらぶらした。足もとも不安定であった。杖を突きながら拾うように歩いた。

「やっぱりそうでしたかい」

隠居は岩太を見て云った、しゃがれ声で、かなり舌がもつれた。

「——やっぱり本当でしたかい、人の口はあてにならねえとは思ったがね、そうでねえお侍の子だとも思ってね、いざとなれば血は争えねえと思って、……伝助、それをこっちへよこせ」

隠居は下男にどなった。岩太は黙って見ていた、隠居には人の云うことは聞えなかった、もうずっとまえから人と話すばあいに独りで饒舌《しゃべ》った。岩太とは古い馴染で彼が小さいじぶん、淀屋の勝手へ遊びにいった当時からお互いに気の合う仲であった。岩太の父が淀屋へどなり込むまでは、親しいつきあいが続いていた。

「それを坊ちゃんにあげろ」

隠居は下男に云った、そしてしょぼしょぼした眼で、舐めるように岩太を見た。

「――そうですかい、やっぱりなあ、鈴木さまの旦那の子だ、やっぱり血は争えねえ、お侍てえものはそこへゆくときりっとしたもんだ、おまえさんには小さいときから人と違ったところがあった、なにをまごまごしているんだ、伝助、それを坊ちゃんにあげねえか」

岩太は重詰を受取った。すると隠居はふところから紙に包んだ物を出して、片方では饒舌り続けながら、岩太の手に渡し、なお饒舌り続けながら、杖を突き突き、のろくさと去っていった。道へあがって橋の近くへいっても、そうですかい本当ですかい、と云うのが聞えて来た。

「さあわからねえ、どういう理屈だろう」

紙包の中には小粒で一両あった。お重には焼きむすびと煮しめが、ぎっしり詰っていた。

「血筋は争えねえ、いざとなればきりっとしたもんだ」

岩太は首を捻った。

「きりっと、思い切って乞食になったってわけか、本当ですかいと云やあがったからな、……しかし、そんな理屈があるだろうか」

一両という金は当時たいまいであった。さっそく重詰の物を喰べながら、岩太はその金の遣いみちを考えた。楽しく考えまわしているところへ、また人が来た。出てみると、昨日の下役人で、うしろに年配の侍がいた。軀の小さな痩せた男で、髭を立てた顔は骨張って陰気そうにみえた。身装《みなり》の立派なのと、どこかに威厳のあるところから察すると、たぶん見廻り組のえらい人だろう、いよいよ追っ払われるのか、岩太はこう思った。

「昨日は御無礼」と下役人が云った、「――見廻り組の御支配、木下主膳《きのしたしゅぜん》殿です」

主膳が前へ出て来た。陰気な顔で、ちょっと目礼し、低い声で云った。

「鈴木長太夫殿の御二男ですな」

岩太は黙って頷いた。すると主膳も頷いて、口髭を片方へ歪めた。なにか云おうとして、云い渋って、それから咳をした。

「よろしい」と主膳は云った、「――私が責任を負いましょう、もしも、そんなことはあるまいと思うが、もしも誰かやかましいことを云うようだったら、見廻り組の支配が承知であると云って下さい、……うん、そう云って下さい、責任は私が負います」

そこで声をひそめた。

「――どうか心おきなく、存分にひとつ、どうか」

そして、これは自分の寸志であると云って、小さな紙包を渡し、陰気な顔つきで、下役人を伴れて去っていった。紙包の中には一分あった、岩太は空を見あげた。

「追っ払われやしねえんだ」茫然と彼は呟いた、「――あの人が責任を引受けるんだ、誰がなんと云おうと、……おまけに一分、おらあ化かされてるんじゃねえかしら」

岩太は考えこんだ。借金と不義理だらけで、八方ふさがりで、角さんのほかには誰も相手にしてくれる者がなくなっていた。彼は世間の鼻つまみだった。兄の数馬には乞食にも劣ると罵られた。つい昨日までそんなだった、つい昨日まで——。

七

「それが急に変ってきやがった」

岩太は眉をしかめた。どうして変ったか、まさか乞食になったからではあるまいが、現実にはそうとしか思えない。慥《たし》かに、と岩太は思った、乞食になるということも、簡単ではない、誰にでもおいそれとなれるものではなかった。乞食になるには、それだけの踏ん切りがなければならなかった。勇気がなければならなかった。乞食になるということは、きりっとした勇気のある証拠かもしれなかった。

「そうかもしれねえ、そうでねえかもしれねえ」岩太は頭を掻いた、「——それも腑におちねえが、どうもしようがねえ、こっちにとっちゃあ結構なんだ、うっちゃっとけ」

疑問は解けなかった。そこへ橋本という旅館の主人が来た。これも重詰と金を二分、それから敷いて寝るようにと云って、古いけれども毛氈《もうせん》*を一枚くれた。

「いやなにもお云いなさるな、よくわかっております」橋本の主人は云った、「——わかって

*毛氈＝ヒツジダなどの動物の毛を圧縮してシート状にした繊維品。日本最古のものは正倉院蔵。江戸期には羅紗・羅背板なども含めて「毛氈」と呼んでいた。

おりますから、てまえもなにも申上げません、どうか御不自由な物があったら遠慮なくそう仰しゃって下さい、てまえではなんですから誰かよこします、毎日よこしますから」

そして声をひそめて云った。

「――どうかしっかりおやんなすって、どうかしっかり」

岩太はくれるものを黙って受取った。黙っているほうがいいようであった。橋本の主人は独りでのみこんで帰っていった。

それから五日間、次から次と訪問客があった。知っている者もあり、知らない者もあった。知らない者のほうが多かったし、侍のほうが多かった。みんな鄭重に挨拶し、なにかかにか置いていった。金とか物とか、なにかしら置いていった。手ぶらの者は済まなそうな顔をし、岩太も損をしたような気持になった。

「こいつはいけねえ、小屋を拡張しなくちゃならねえ」岩太は身のまわりを眺めて云った、「こう貰い物が多くっちゃはみ出しちまう、これからは雑な物は断わるとしよう」

五日目の夕方、貰った金を数えてみた。すると七両三分と二朱幾らかあった。そんな金を持ったのは、生れて初めてだった。いちどきに八両ちかい金を持とうなどとは、これまでは考えたこともなかった。

「乞食を三日するとやめられねえと云うのはこのことだな」岩太は溜息をついた、「なるほど昔の人の云うことに嘘はねえ、こいつはまったくやめられねえや」

そのとき小屋の外で声がした。

「岩さん」女の声であった、「――いらっしゃって、岩さん」

岩太は金を隠してゆっくりと外へ出た。伊吹屋のおきたが立っていた。風呂敷包を抱えて、もじもじしながら。黒子の多い顔が赤くなっていた。岩太は黙っていた、黙っていることが習慣になって、それが身につき始めていた。おきたは抱えている包の、結び目を指で捻りながら、うわ眼でそっと岩太を見た。

「こないだはごめんなさいね」おきたは眼を伏せた、「――あたし嫉《や》いていたのよ、やきもちで、つい心にもないことを云っちまったのよ、堪忍してちょうだい、岩さん」

岩太はなにも云わなかった。このばあいは特に、黙っているほうがいいようであった。おきたは悄気《しょげ》て、泣きそうになったが、そこへ蹈《しゃが》んで風呂敷包を解いた。髪の毛に白い花びらが付いていた、俯向いた頸筋が思いのほか長く、しなやかそうに見えた。白粉《おしろい》をつけているのだろうが、黄昏のさびた光りのなかで、その頸筋が鮮やかにすんなりと白かった。「着替えの着物と肌の物を持って来たのよ」おきたはあまい声で云った、「――汚れたのを脱いでちょうだい、持っていって洗濯するわ、帯はこんなのでいいかしら」

それから足袋、草履、鼻紙、剃刀《かみそり》、爪を切るための鋏そんなこまごました品を出してみせた。さすがに女であった、みんなすぐに要るものであった。

「さあ着替えてちょうだい」

おきたは持って来た着物を取って、岩太のうしろへまわった。岩太は黙って三尺をほどいた、おきたはうしろから着せかけながら、衝動的に、とつぜん両手で抱きついた。

「あんた大丈夫だわね、岩さん」

抱きついた手は震えた。声はおののき、岩太のぼんのくぼに触れる息は、熱かった。肌の匂いと香料がむっと岩太を包んだ。

「大丈夫だわね、立派にやれるわね」おきたは云った、「――相手だって鬼でも魔でもありゃしない、人間ですもの、立派に仇《あだ》が討てるわね、岩さん」

「なんだって」岩太は吃驚した、「――仇を討つたあ、なんのこった」

「ごめんなさい、悪かったわ」

「なんのこったそれは」

「堪忍してちょうだい」

おきたは岩太の背中へ頰を押付けた。

「――あたしあがっちゃってるの、ぼうっとしてるのよ、なにを云ったか自分でもわからないの、もう二度といわないし、ひとにも決して話しゃしないわ、ね、ごめんなさいね、そして早く着替えて下さいね」

初めてわかってきた。すぐにではなかったが、おきたが帰ったあと、小屋のうしろの、伸び始めた草の上に腰をおろして、暗くなる荒地の向うを眺めていると、すべてのことが一つところへ集まり、固まって、しだいにはっきりと「事実」がうきあがった。

——仇を討つ。

そのことである。人々は岩太が仇討をするものと信じた。岩太は乞食になった。仇討をするために乞食になった、という話はよくある。話によると乞食になるほうが多い、仇討と乞食は付いたもののようだった。初めに身廻り組の下役人がそう思った。あの方は国分に控え家がある。

下役人はそう云った。ここから水前寺へゆく途中に国分という処があり、そこに宮本武蔵の控え家がある。ふだんは市内の本邸に住んでいた。そこは千葉ノ城という処で、だから「千葉ノ城殿」などとも呼ばれるが、控え家のほうで暮すことも珍しくない。それが下役人の誤解をつよめた、彼は信じこんだ。さもなくて乞食などになるわけがなかった。

「これだこれだ、理由はこいつだ」

岩太は可笑《おか》しくなった。五日以来の訪問客、その慇懃《いんぎん》な態度や口ぶり、贈り物や激励。かれらは信じていた、岩太が斬られた父の仇を討つ、宮本武蔵を討つものと信じている。討とうとしていることを信じているのだ。

「こいつあ大笑いだ」岩太は笑いだした、「——ばかなやつらだ、みんな底抜けだ」

彼はげらげら笑った。笑えば笑うほど可笑しくなって、しまいには腹の皮が痛くなった。が、とつぜんその笑いが止った。彼はじっと前方をみつめた。笑いの筋運動はまだあとをひいているが、もう笑いにはならなかった。岩太はとびあがった。

「こいつは大変なこった、笑うどころじゃねえ、とんでもねえこった」岩太は身ぶるいをした、「あの見栄っぱりのきちげえがやって来たらどうする、あの凄え眼だまをぎらぎらさせて、勝負だなんて来たらどうする、とんでもねえ、まっぴらだ、こいつは逃げだしだ」

岩太は震えながら小屋の中へとび込んだ。なにかを掻き集めながら、ぶっぶつ独り言を云うのが、聞えた。

「こんなこったろうと思った、なにしろあんまりうま過ぎた、うま過ぎて夢みてえだった、ええ畜生、あの見栄っぱりのきちげえめ、折角のところをがっかりさせやがる」

岩太は小屋から出て来た。小さな包を持って、尻端折《しりはしより》をしていた。彼はすっかり暗くなったあたりを眺めまわし、やがてすばやく、水前寺道を東へ向って去っていった。

八

「あらましのことは聞いたよ」角さんが云った、「――おらあ旦那の供をして、小倉までいって来た、旦那がひきとめられて、半月も逗留しちまって、昨日おそく帰って来たんだ」

「なあに、まだ終っちゃいねえ、面白えのはこれからだよ」

「それでおめえ、逃げなかったんだな」

「逃げなかった」岩太が云った、「――逃げだしたけれども、途中から引返して来た、おらあ考えたんだ、角さんのあにきのめえだが、こんなうめえ夢みてえな暮しはありゃしねえ、こいつを捨ててゆくのはもってえねえ、どうかして逃げずに済むくふうはねえかってよ」

蒲鉾小屋のうしろは、若草がすっかり伸びていた。岩太と角さんの腰をおろしている処は、殊に草がよく伸びていて、坐りよかった。

「おらあひょいと気がついた、あいつがおそろしい見栄っぱりだということによ」岩太が云った、「——あいつは来やあしねえ、あの見栄っぱりが自分から押しかけて来るわけはねえ、あいつは待ってる、おれのほうからかかってゆくのを待ってるにちげえねえ」

「慥かに、そりゃあそうだ」

「おまけにいいのは、あいつが名人といわれてることだ、稀代《きたい》の名人だそうだ」岩太はにっと笑った、「ということは、おいそれと討てる相手じゃあねえ、ってことにならあ、曾我兄弟*の、十八年はとにかく、一年や二年は世間でもせっつくめえ、一年や二年は応援してくれるだろう、そう思わねえかあにき」

「そりゃあそうだ、慥かにそりゃあそうだろう」

「そうなんだ」岩太は首をすくめた、「——おれの考げえたとおりなんだ、第一に、あの爺さんが控え家へ移って来た」

＊曾我兄弟＝建久四年（一一九三年）に源頼朝が富士の裾野で行った大規模な巻狩り（富士の巻狩り）の際、兄・曽我十郎祐成と弟・五郎時致が父の仇である工藤祐経を討ち果たしたことで有名。

「千葉ノ城の人がか」
「あの宮本武蔵、見栄っぱりの二天*爺さんがよ、おれが逃げ出して戻ったあくる日だったが、たぶん噂を聞いたんだろう、控え家へ移って、それから毎日この道を通るんだ、朝は登城、夕方には帰宅、日に二度ずつこの道を通るんだ」
「それで、どうということもねえのか」
「どうということもねえさ、おらあ小屋の中から見ているんだ、するとおめえ」岩太はくすくす笑いだす、「——するとおめえ、爺さんがやって来らあ、朝はこっちから、夕方はあっちから、供は七八人いるんだが、小屋の前へかかると爺さんがずっと先になる、供の侍たちは二三十間も離れさせて、独りでずっと先に立って、やって来たと思うと、小屋の前のところでぴたっと停るんだ、こっちへは向かねえ、前のほうを睨んでじっと停ってるんだ、ものの十拍子ばかりも、そうやってしゃっちょこばって立ってるんだ」
「かかるならかかれというわけか」
「かかるならかかれというわけさ、面白えのなんの、そうやってる恰好はまるで見栄の固まりよ、わざわざ控え家へ移ったのも、きっかけをくれてやろうという見栄だろう、へっへ」
岩太は手を擦った、「——間違えはねえ、思ったとおりだ、あいつは自分から手出しはしねえ、どんなことがあったって、そんなまねは決してしやあしねえ、大丈夫ときまった」
「もう一方のほうはどうだ」

「それもお誂《あつら》えむきさ、せいてはなりませんぞって云うんだ、みんな自分がうしろ盾だってな顔をして、宮本殿は天下の名人、決しておせきなさるな、せいては事を仕損じますぞってわけよ、あにきのめえだが、どうやら思う壺にはまってゆくらしい」岩太は笑って、ふと膝を叩いた、「――おっと、いい物がある、淀屋から鯛が届いたんだ、酒もあるから一杯やってくんねえ」

「だっておめえ、まだ日があるぜ」

角さんは渋った。

「やってるうちに昏《く》れらあな、もうすぐ爺さんが通るしよ、あの恰好は見るだけの値打があるし、暗くなれば誰か酌をしにやって来るぜ」

「あんまりおどかすな」

「驚くほどの代物《しろもの》じゃあねえ」岩太は立って小屋の中へ入った、「――みんなあにきの知っている玉だ、おきたにお半に、花畑のに、お米、いちどあいそづかしをした連中がこの頃はてんでもう奪い合いよ、へ、細川さまがお気の毒って云いてえくれえのもんだ」

角さんは草の葉を摘んだ。いぬ萱の葉であった。角さんはその葉を嚙みながら、眼をすぼめて空を見た。そして低く呟いた。

「まったく世間なんてものはへんなもんだ、なにがどうなるかわかったもんじゃねえ」それ

＊二天＝二天一流。宮本武蔵が晩年に完成させた右手に大太刀、左手に小太刀の二刀を用いる兵法。

から大きな声で云った、「――まったくのところ、おめえの笑う番らしいな」

岩太は幸福であった。その幸福は慥かなものであった。あらゆる条件が彼の幸福を支えていた。

九

彼は父の仇を討つ。相手は天下の名人。並ぶ者なき剣術の達者であった。彼は庖丁人の倅であり、勘当され、孤立無援だった。相手は藩主越中守《えっちゅうのかみ》の賓師《ひんし》＊であり、多勢の門下に囲まれていた。にも拘《かかわ》らず彼は仇討をするのである。世間は彼に同情し、尊敬した。世間は「そのとき」を期待し、「そのとき」のために彼の保護者になった。人々は最上の試合を観るためにいつも競技者を保護する。試合のときが来るまで競技者は必ず保護されるものだ、彼は保護される立場にあった。

かの人が控え家に移ってから、岩太のにんきはぐっと昂《たか》まった。「そのとき」は近づいたのであった。覘《ねら》う者と覘われる者とは、毎日二度ずつ顔を合わせる。およそ二十尺の間隔をおいて、毎日二度ずつ、討つ者と討たれる者とが相会うのである。試合はすでに始まったのであった。しかも世間はいそがなかった。試合に対する期待が大きければ大きいほど、人々はその試合が長く続くことを望むものだ。

――せいてはいけませんぞ、せいては。

――ずんとおちついておやりなされ。

世間はそう云った。逃げる相手ではないし、名だたる強剛である。世間がうしろ楯、決してあせることはない、と云うのであった。また、かれらはひそかに物資を運び、いつもすばやく去っていった。相手が藩侯の賓師であるため、公然と保護するわけにはいかなかった。かれらはひそかに来、物や金を置いて、いつもすばやく去っていった。決してなが居はしないし、うるさがらせもしなかった。

朝夕二度の僅かな時間を除いて、岩太はまったく自由であった。なにをしてもよかった。小言を云う者もなし、看視者もなかった。金も物も余るほどあるし、なお殖えてゆくばかりだった。こてえられねえ、……だが彼は愚か者ではなかった。初めのうちはちょっといい気になったが、角さんという助言者がいたし、角さんの助言を肯《き》くあたまもあった。彼は浪費しなかった、ひき緊《し》めた。金はぜんぶ溜めたし、余る物資があれば売って、その金も溜めた。

――せえぜえ半年と思いねえ。

角さんは云った。それ以上は続かない、危ないとみたら逃げだせ、そのとき役に立つのは金だけだ、というのであった。岩太はその助言にも従った。そうして今、秋の初めにかかって、その金は百両ちかいたかになっていた。

「こてえられねえ」と岩太は手を擦る、「――もういつ逃げだしても大丈夫だ、これだけあれ

＊賓師＝客分として遇される師。

ばどこへでもゆける、北でも南でも、好きなところへ行って、そうだ、売りに出ている宿屋でもあったらそいつを買って、おれの板前の腕をみせてやる、へ、おれの庖丁の冴えたところをな、おいらあいつも板前にいて、客のほうはかゝみさん任せだ、うん、……かみさんとくると、やっぱりおきただろうな」

女たちは辛抱づよく来る。花畑のは諦めたが、お半とおきたとお米はやって来る。いちばん熱心に来るのはおきたであった。ほかの誰かが来ていそうなときは、おきたは夜なかにもやって来て、しんけんに嫉妬したり泣いたりする。縹緻《きりょう》も三人のなかでは一番だし、客扱いにかけては伊吹屋の貫禄があった。

「まあおきただろうな」と岩太は呟く、「——あれなら客はのがさねえ、しょうばいのこつものみこんでるし、年も若すぎず老けすぎずだ、ひとつ……おっ、おいでなすったぞ」

岩太は小屋から出た。

八月はもう秋であった。日はまだ長く、暑さもきびしいが、朝な夕な、殊に暮れがたは、空の色にも風にも秋のけはいが感じられる、今は暮れがたであった。岩太は小屋の脇に坐る、いつかそれが習慣になっていた。道に向って小屋の左側、そこに蓆が敷いてある。岩太はそこへ坐る、左手で刀を持ち、右手は膝に置く。岩太はかなり肥えてきた。色の白い頬がふっくりして、いつも剃刀を当てるために、人品もずっとあがった。以前の彼とは見違えるようであった。

その人は城下町のほうから来る。もう橋を渡って、日蔭にはいっていた。道のこっちは低い草原であるが、向う側は高くなって、雑木林がまばらに並び、午後になると道の上は日蔭になる。その人は日蔭をこっちへ来る。

「相変らず肩の凝る歩きっぷりだな」岩太は可笑《おか》しそうに呟く、「——ねんじゅうあんなふうに歩くのかな、人が見ているからかな、あれで疲れねえのかな」

その人はもうそこへ来た。一人であった、供は七人、十五六間もうしろにいた。その人はもう六十幾歳かであった。痩せているが筋肉質で、骨張った精悍な躰軀《たいく》である、色は黒く、眉と眼が迫って、眉毛が眼へかぶさるようにみえる。眼は切れ長でするどい、その眼は眉毛の下で猛鳥のように光る、いつも正しく正面を見ているが、しかも眼界のいかなるものをも見のがすことはない。唇を堅くむすんでいるため、額に深い皺がよっている、その皺はときどきくっとひき緊る、それは内心の緊張を示すものであった。

総髪の頭には白いものが見える、口髭は黒かった。艶はないが黒く、しかしまばらであった。水浅黄*に染めた生麻《きあさ》の帷子《かたびら》の着ながしで、裾は長く、殆んど足の甲を隠すほどだった。歩きぶりはごく静かで、その長い裾が少しも翻らなかった、裾はつねに足の甲を撫でていた。それほど静かに、その人は歩いて来た、もう小屋の直前であった。

——そらつっぱらかるぞ。

＊水浅黄＝水色がかった浅黄色。

岩太は心のなかで思った。

その人は立停った。脇差だけ差している腰がきまり、柔らかく拳にした手が、軀の両側へふんわりと垂れた。眼は正しく前方を見ていた。全身が緊張した神経のかたまりであった、しかも全身は柔軟であった、飽くまでも柔軟で、そしてゆるみなく緊張していた。

——一つ、二つ、……七つ、九つ……。

岩太は心のなかで数を読んだ。

その人は微動もしない。岩太にはそれは楽しいみものであった。その人は危険に備えている、生命の危険の前に立っている。その姿勢には、いかなる襲撃にも応ずる変化の含みがある。それは無双の達人のみごとな構えであった。こちらはなにもしないのである、しようとも思わない、とんでもないことであった。だがその人は危険に備えていた、神秘的な構えで生命の危険と対立していた。

——十二、十三、……十九。

岩太は数を読みながら思った。

——角さんが見たらどう云うだろう。

その人は歩きだした。その人はもう歩きだしてもいい、と思ったのである、静かな歩きぶりで、前方をみつめたまま、その人はゆっくりと歩きだした。その人はその人で、やはり幾らか満足そうであった。

「へ、みせ物になってるとも知らねえで」と岩太は呟いた、「あの恰好を見てくれ、いい気なもんだ」

十

「鈴木うじ、鈴木うじに御意を得たい」

岩太はとび起きた。とび起きて眼を擦《こす》った、夜があけて、小屋の中も明るくなっていた。

「唯今」と彼は答えた、「――唯今出ます」

岩太は帯を締め直した。躯が震えた、すでに朝は寒い季節だった。が、震えるのは寒さのためばかりではなかった。こんな早朝にこの小屋へ来て、公然と呼び起こすような者は、これまでにかつてないことだった。なにか異常なことが起こった、逃げださなければならないようなことが起こったと思ったのであった。彼は髪を撫でつけ、衿《えり》を念入りに正して、小屋の中から出た。

外には裃《かみしも》を着けた侍がいた。そのうしろに下僕が挟箱《はさみばこ》を置いて控えていた。侍は蒼ざめた血の気のない顔で、唇も白っぽく乾いていた。

「鈴木うじですな」と侍は云った、「――私は宮本家の者で太田蔵人《おおたくらんど》と申す者です」

「いかにも、私が鈴木岩太です」

「御承知でもあろう、主人は病臥《びょうが》ちゅうでございましたが、昨夜半ついに死去いたしました」

岩太は口をあいた。このところ暫く、その人の通るのを見なかった、病気かもしれないとは思ったが、まさか死ぬほどの病気とは想像もしなかった。

「ついては、主人からそこもとへ、贈り物があるのです」

侍はふり返って、挟箱をあけ、中から一枚の帷子を取出した。水浅黄に染めた生麻の帷子であった。それはいつもあの人が着ていた、あの裾の長い帷子であった。

「主人が臨終に申しますには」と侍は云った、「——この二天を父の仇とつけ覘う心底あっぱれであった、討てるものなら討たれてやるつもりだったが、その折もなく自分は病死する、さぞそこもとには無念であろう、しかし今やいかんともなし難い、身につけた着物を遣わすゆえ、晋の予譲《よじょう》の故事にならって恨みをはらすよう、とのことでございました」

「はあ、それは」

岩太はもじもじした。

「それで御得心もまいるまいが、主人の胸中を察して、お受取り下さるまいか」

「はあ、それはもちろん、もちろん」

岩太は帷子を受取った。わけはわからないが、受取っておじぎをした。太田蔵人という侍もおじぎをした。

「すると」岩太は眩しそうな眼をした、「——つまり、あの人は死んだんですな」

「まことに御胸中、お察し申す」

「病気で亡くなった、というわけですか」

「まことに御胸中お察し申す」

侍はもういちど鄭重におじぎをし、寸時も早くこの傷心の人を独りにしてやろう、とでもいうように、供を伴れて去っていった。

「ふん、死んじまったのか」岩太は帷子を眺めまわした、「死んじまって、そりゃまあしようがねえが、なんでえこりゃあ、へんなまねをするじゃねえか、これをどうしろってんだ、形見にくれるとでもいうのかい」

彼は頭を掻いた。

「――待てよ、いま妙なことを云やあがったぞ、よ、よじょ、よじょうの故事にならってどうとか、……そうだ、よじょうの故事にならって、恨みをはらせってやがった、慥かにそう云やあがったが、……よじょうたあなんでえ、よじょうたあ、わけのわからねえいかさまみてえなことを云やあがって、これをどうしろと、……おっ」

岩太は眼をあげた。道からこっちへ、(いつかの)見廻り組支配が下りて来た。木下主膳というあの支配であった。支配は変事を知っていた。宮本家で変事を聞いて役所へ戻る途中であった。主膳は岩太の側へ来て、頭を下げた。

「なにも申上げません、ただ御心中をお察し申す」主膳は云った、「――垢付き《あかつ》*のことも聞い

＊垢付き＝垢の付いた衣服。

てまいった。さすがは二天殿、予譲の故事とはゆき届いた志、どうぞそこもとにも、それで恨みをおはらし下さい」

「私はいま頭がいっぱいで」

岩太はすばやく知恵をまわした。

「――その故事を思いだすこともできません、なにを考えることもできないのです」

「そうでしょう、いかにもそうでしょう」主膳は頷いた、「――故事とは予譲の斬衣《ざんい》、かの晋の予譲が、知伯という旧主の仇を討つことができず、ついにかたき襄子《じょうし》の着物を斬って、その恨みをはらしたという、かの高名な出来ごとをさすのです」

「ああ」岩太は顔を歪めた、「――ああ、どうか私を独りにして下さい、お願いです、どうかもういって下さいどうか」

主膳は同情のため涙ぐみ、なにか云おうとして、云い渋って、それから黙って目礼し、いそぎ足に去っていった。岩太は小屋の中へとび込んだ。とび込んで、帷子を放りだし、ひっくり返って笑いだした。

「あのじじいめ、あの見栄っぱりのじじいめ、死ぬまで見栄を張りやがった、死ぬまで」彼は笑って咳きこんだ、「――よじょうの故事、死ぬにも唯は死ねねえ、こんな気取った見栄を張りやがって、あのしゃっちょこばった恰好で……こいつあ堪らねえ、苦しい、助けてくれ」

岩太は悲鳴をあげた。それでも笑いは止らなかった、彼は小屋の中を転げまわった。

十一

隈本城下の京町に「よじょう」という旅館が出来た。その家には宮本武蔵の帷子があって、望みの客には展観させた。帷子は水浅黄に染めた生麻で、三ところ刀で裂かれていた。それは旅館の主人が刀で裂いたものであった。旅館の主人は予譲の故事にならって、父の仇を報ゆるために、その帷子を三太刀刺したのであった。旅館の名は「岩北」というのが正しかった、それは主人夫婦の名を重ねたものであったが、その帷子のために、人々は「よじょう」と呼ぶようになった。さしたる仔細《しさい》はない、そのために旅館は繁昌していった。

（『週刊朝日増刊号』一九五二年三月）

わたくしです物語

第一講　使番《つかいばん》辞退の事

美濃国の多治見の城主、松平河内守《かわちのかみ》康秀の国家老に知次茂平《ともつぐもへい》という老人がいた。やや肥えて顔も軀《からだ》も円く、口は大きなへの字なりで、多少ゼンソクのけがあり、疳《かん》持ちで、苦労性で、単純な人がたいていそうであるように、口小言《くちこごと》が多くて、そして五十七歳であった。

「どうも心得がたい、世の中が進むに従って人間が退化する、学問でも武芸でも、今の若者のすることを見ているとじれったくてぼんのくぼが痒くなってくる、第一かれらの骨の細くなったことはどうだ、みんなひょろひょろ腰で、背骨のしゃんとしたやつは一人もいやしない、いやにかしこまっておどおどして、そのくせ詰らないような縮尻《しくじり》ばかりやらかす、嘆かわしい、こんな有様で、いったい人間はどうなってゆくつもりか」

これは茂平老が、酒を飲んだときの定《きま》り文句である。

「気にいらない、どうも気に入らない、なぜこう今の若い者はふわふわしているのか、どうしてこう肚《はら》が据らないのか、胆が小さくて鼻先思案で、ちょこまかうろうろ、まるでなってない、これではゆくさきが案じられる」

茂平老は国家老として、政務を執るばかりでなく、あらゆる事務、行事、もめごと、譴責《けんせき》褒賞《ほうしょう》、人事相談、なにもかも自分でやる。自然すこぶるいそがしい。いつもせかせか歩いている。

老職部屋にいたかと思うと足軽組頭の溜りにいる。いま廊下を歩いているのを見て、だが焚火《たきび》の間で茶を啜っているというからいってみると、もう奉行職と書院で対談している。或るとき記録所総務で仙波《せんば》又助という侍が、急に会う必要があって、茂平老の部屋へいった。

この話は、多少誇張されていると思うが、伝えられているとおりに紹介すると、……又助が役部屋へいってみると、茂平老はいま書庫にいるという、それで書庫にゆくと、「ついさっき郡奉行の部屋にいった」と云われた。それからそこへ駆けつけたところが、「今までいたのだが収納方へゆかれた」という。収納方では普請奉行へいったと云い、普請奉行では与力詰所へまわられたという。与力詰所では「お役部屋へ戻られた」ということで、廊下を走って元の老職部屋へ走《は》せつけた。すると又しても、書庫へいったというのである。

「なんでも、貴方を捜していたようだ」

そこで書庫へゆくと、「いま郡奉行へいった」と云い、郡奉行ではほんのひと足ちがいで、

「収納方から与力詰所へまわると云われた」という返辞である。城の中を四角八面に駆けまわったが、どこへいっても、「今そこにいた」と云い、どこへいっても、「いやどこそこへいった」と答える。そして到るところの者が、「――御家老も、貴方を捜していましたよ」というのであった。午前十時から午後三時まで、あちらへゆきこちらへゆき、しまいに眩暈《めまい》と息切れと疲労とで、自分の役所でぶっ倒れ、口中薬をのんで伸びていると茂平老が駆けこんで来た。もう起きる気力がないので、寝たままそっちを見て、

「ああ御家老、なにか御用ですか」

と云うのと同時に、茂平老も同じことを云った。

「どうした仙波、なにか用か」

「御家老は、私を捜しておられたのでしょう」

「おまえがわしを捜しているというから、わしはおまえを捜していたのだ、いったい今までどこをうろうろしていたのか」

「はあ、……要するにあちらこちら」

「なにがあちらこちらだ、おかげでわしは汗だくになっておる、少しはおちついておれ」

それから多治見藩では、格言ができた。

「御家老に用があったら、坐って待て」

ひと処にじっと坐っていれば、必ず茂平老に会える。捜しては急用の間にあわない。こう

いう意味だそうである。

右のようなわけで老はたいそう多忙だ、頭も軀《からだ》も休まる暇がないが、近頃とくに気懸りなことが起こった。それは忠平《ただひら》考之助という若者についてである。忠平というのは老職格で、考之助の父の存右衛門は、茂平老の莫逆《ばくげき》の友*であった。八年まえに亡くなったが、そのときせつに考之助の将来を託され、後見として指導し援助することを誓約した。

考之助は、一人息子に通有の、温和な、気の弱い、はきはきしない性質で、この後見には茂平老はずいぶん肝が煎《い》れた。

考之助は、美男であった。学問も武芸も中くらい、どこにこれといって取柄はないが、容貌姿態だけは、群をぬいていた。これは不幸である。見かけが平凡なら誰も気にしないが、男振りがみずぎわ立っているために、中ぐらいの才能が無能にみえる。

「あれは底の抜けたどびんだ」

見かけばかりで使い途がないという、それが家中の一般の定評のようになっていた。茂平老は、くやしがった。亡友に誓約したてまえもある。後見としての責任、男としての意地もある。いろいろと鞭撻これ努め、十九歳のとき使番の役に就かせた。使番というのは、藩主と老臣とに直属し、政務上の重要懸案があるばあい、特に両者のあいだに使いする役目で、定期的な使者とは別格であった。

「使い途があるかないかは、使ってみなければわからぬ」

こう主張して、少し早いが使番にした。家中の情勢にさからったかたちであって、茂平老としては、彼に芽があるとすれば、その芽を伸ばす機会を与えたわけであった。しかし考之助には迷惑だったらしい、尻込みをして隅のほうへくっついて、さも居心地が悪そうにしていた。江戸への使いを命じると、顔を蒼くし、頭と手をいっしょに振って断わる。

「まだ未熟者ですから、お役に立てそうもありません、疎忽《そこつ》があるといけませんから、どうぞこのたびは……」

しんけんな表情で、謝絶するのであった。まったく自信がないらしい、むりに遣れば本当に疎忽なことをしそうなので、茂平老としても、そこまで冒険をする気にはなれなかった。二年経ち、三年経っても同じことである。そこで老は、ごく通俗的な妙案を思いついた。

「人間は、女を知ると自信がつくものだ、噂によるとあれは茶屋町へいったこともないという、ひとつ妻を持たせてやろう、妻帯すれば独身者のように暢気にしてはいられない、世間へ出てもいちにんまえの責任が生ずる、そうなればいくらあれでも……」

茂平老は手をこすって、七日七夜ばかり、あれかこれかと物色したのち、ようやく彼に似合いの相手をみつけた。

これは与瀬《よせ》弥市という勘定奉行の二女で、名を伊久と云い、頭もよく容姿も美しく、才媛と評判の高い娘であった。話をすると親の弥市夫妻はたいへん乗り気である。そこで吉日を

＊莫逆の友＝心に逆らうこと莫しの意。非常に親しい友、親友。

選び、知次の家で両人を会わせた。娘の伊久はそのあとで、「お父さまお母さまの宜《よろ》しいように」

こう云って、頬っぺたを赤くしたという。茂平老は、早速に考之助の説得にかかった。大いに舌を疲らせ、汗をかいたが、その結果としては単に「婚約だけなら」という答えを得たに過ぎなかった。

「まだ人並なお役にも立たぬのに、妻を持つなどという自信はございませんから」

考之助はそう云って、べそをかいたような顔で、それ以上は梃《てこ》でも動かなかった。ではとりあえずということで、半ば強制的に婚約の盃を取交わしたのであるが、そのとき考之助はなんと、婚約者に向って次のように云ったそうである。

「こんなことになってまことに済みません、私はどうでもいいのです、もし貴女が嫁にゆきたい人をみつけたら、そのときは遠慮なくどうぞその人の処へいって下さい、私はそれに就いては決して文句を云いませんから、決して……」

そのとき相手の伊久は、一種の捕捉しがたい微笑をもらし、うわめづかいにじっとこちらをみつめ、そして次のように念を押したという。

「わかりましたわ、決して文句は仰《おっ》しゃいませんのね、決してですのね」

婚約の盃と同時に、破婚のときの契約をしたといったふうで、もちろん与瀬夫妻と茂平老は知らなかったらしいが、これはいっぷう変った儀礼といっても、過言ではないだろう。

これは考之助が、二十五歳の春のことであった。さすがに、婚約が出来たので少しは肚を据えたものか、その年の晩秋、彼は使番になって六年目に初めて江戸へ使者に立った。茂平老が喜んだことは云うまでもない。これで自信もつくだろうし、伸びるものも（あるとすれば）伸びるだろうと思った。正直のところ、ほくほくして手をこすったのであるが、江戸から帰って来た考之助は、悄気《しょげ》て、痩せて、溜息をついて、そうして使番の辞職を出願した。

「私には、到底このお役は勤まりません、どうか、お廊下番にでもして下さい」べそをかいて、泣きだしそうな眼つきでそう嘆願し、茂平老があっけにとられて、頓《とみ》に返答もできずにいると、続けて左のように言明したのであった、「与瀬の伊久さんとの婚約も、取消しにします、私にはまだ妻を持つ資格はございません、きっぱりお断わり申しますから……」

そして、しょんぼりと退《さが》っていった。

茂平老は、疳の虫が起こり、五日ばかりゼンソクの発作で苦しんだ。いろいろ呪詛《じゅそ》だの罵《ば》詈《り》めいたことを口にし、やけ酒を飲んだりしたが、それでもおさまらず、一種のつらあてのような気持になって、考之助を焚火の間の取締に左遷し、与瀬との婚約も破談にした。……どうだ、思い知ったか、そんなふうなおとなげない気分がだいぶあった。もちろんその反面には、「これで奮起すればしめたものだ」という老婆心もあってのことだが、考之助はしごく泰平で、左遷など少しも苦にするようすがなく、実にまじめに、人の軽侮の眼など知らぬ顔で勤めているのであった。

「これはとんだことをした、これでは左遷が左遷の意味をなさない、これでおちつかれては亡き存右衛門に申しわけがない、これは困った、どうしよう」

茂平老にはまた悩みのたねが出来たのである。そうして、しかも、そこへおどろくべき事態が現出した。

第二講　伊久女懐妊の事

茂平老の、なによりの楽しみは晩酌である。城中で一日じゅう奔走した軀《からだ》を、帰宅してまず風呂をあび、くつろいで酒の膳に向う。このときは妻女と差向いで、よほど重大な公用でもない限り誰にも会わない、茂市郎という息子夫婦も、十六になる二男の茂助も、この席へは出入禁止である。

「これはおれたち夫婦だけの時間だ」

こう宣言しているのである。これはおよそ十年来の習慣であって、もう知らない者はないと云っていいだろう。

その夜も老は、「夫婦だけの時間」を楽しんでいた。初夏の風の吹き入る窓を背に、いい機嫌で盃をあげていると、与瀬弥市が訪ねて来たという。

「なにか重大な事が起こりましたそうで、ぜひともお会いしたいと申されます」

茂平老は、にがい顔をした。だがこの時間のことは弥市は知っている筈である、知っていてぜひというからには、それだけの理由があるに違いない。老はこう自分をなだめ「では客間へとおせ」と云い、みれんらしく一二杯やってから盃を置いた。

与瀬弥市と対座して、いかなる話があったものか、取次ぎの者は重大なと云ったが、重大のなかでも特別重大な出来事なのだろう、客間へはいってほんの暫くすると、茂平老のたまぎるような叫びが起こった。

「なに、なに、ばかな、さような、いや待て、そんなとんでもないことを、……いや信じられぬ、なに、なに、ばかな、……こ、これは」そして老は客間からとびだし、妻女を捉まえて肩で息をしながら云った、「か、かよ、水を飲ませてくれ」

これより時間にして二時間ばかり早く、考之助の家でもかなりのごたごたが起こっていた。彼はその日はちょうど半勤に当り、午後から家にいて、庭いじりをしていた。焚火の間というのは、休息所である。位置はこの藩では重臣詰所と奉行職溜りとの間にあり、四季をとおして炉の火を絶やさず、いつでも湯茶が出せるようになってい る。此処へはいれるのは、目見得《めみえ》以上でも番頭格から上に限り、いろいろやかましい規則がある。

夏はさほどでもないが、冬季は火の気があるのは此処だけで、藩主のほかには火鉢は使わない定めであるから、寒くなると人が集まる。そして茶を飲みながら閑談に耽けるとか、なかにはそこへ仕事を持って来る者などもある。右のような関係上、焚火の間の勤めは時間が長い。取締一人に侍が五人、走りという少年が三人、藩主が在国のときは茶坊主が二人という編成で、これが五人ずつに組んで交代に夜明かしをしなければならない。

考之助は取締だから夜明かし番はないが、一日おきに夜の九時まで勤め、その翌日は半勤といって半日で帰る定めである。

なんとなく知ったふうなことを云ったようだが、話を元へ戻せば、つまりその日は彼は半勤で、半勤とは以上のような仕組みだと思って頂けばいい。日が昏れてきたので、考之助は庭いじりをやめ、手を洗い汗を拭いて、さっぱりと着替えをして、夕餉《ゆうげ》の膳に向った。

「今日は初鮎でございますよ、塩焼きに致しましたの、骨を取りましょうね」

ばあやの桃代がこんなふうに云って、塩焼きの鮎の骨を取ってくれた。桃代などというと色っぽいが、彼女はもう五十二歳である。考之助の生母が弱かったため、彼は桃代の乳で育ち、生母が十六の年に亡くなるまえも、亡くなってからのちも、彼の身のまわりの事は、いっさい桃代が世話をしてくれた。彼女は亡父の代から勤めている左右田宗太《そうだそうた》という侍の妻で、考之助と同じころに生んだ子に死なれ、そのあと一人も出来なかったせいもあるかもしれないが、存右衛門が生きていた頃は、三日にあげず怒られるほど考之助を溺愛した。

「ばあやの坊ちゃま、ばあやの可愛い可愛い坊ちゃま、天下一おきれいでお利巧な坊ちゃま、なんてお可愛いんでちょ、ぱくぱくぱく、喰べちゃいますわよ、ほら、ぱくぱくぱく」

こんなぐあいであった。江戸へ使番にいって来て、おれには勤まらないから辞職すると云ったときも、桃代は一議に及ばず賛成し、それに反対しようとした良人の宗太と、激しい口論のうえ沈黙させた。

「坊ちゃまが勤まらないと仰しゃるのになんですか、もしむりに勤めて頂いて、お躯に障りでもしたらどうしますか、坊ちゃまには坊ちゃまのお考えがあるんですから、もう子供ではいらっしゃらないんですからね、あなたは黙って仰せに従っていればいいんです」

そして彼女自身は、今も見るとおり魚の骨を取ってやっている始末だった。

こういうところへ、左右田宗太が客を取次ぎに来た。使番のときには侍がいたが、現在では宗太が家扶と侍を兼ねている。彼は五十七歳なのに、もう腰が曲りかげんで、足痛風《そくつうふう》の持病があった。

「与瀬さまのお嬢さまです」宗太は、ぼそぼそした声でこう取次いだ、「ぜひお眼にかかってお話し申したいと云っておられます」

「与瀬のというと、伊久という人かな」考之助は嚙みかけたものを嚥下《のみくだ》して、ちよっと首を捻って、それから桃代の顔を見た。

「こんな暗くなって訪ねていらっしたんですから、なにか急の御用なのでしょう、会ってお話を聞いておあげあそばせ」

桃代はそう意見を述べ、客間へとおすようにと良人《おっと》に云った。

食事が終ると、女の客だからということで、桃代は彼に着替えをさせ、髪を撫でつけたうえで客間へやった。

来ていたのはもちろん伊久である、ひときわ美しく化粧をして、ちょっと眼のさめるくらいあでやかであったが、顔にはなにか思いつめたような色があり、眼も少しばかりうわずっているかにみえた。

「わたくし暫く、この家に匿《かく》まって頂きにまいりました」

いきなりである。考之助は、すぐにはその言葉がのみこめず、きょとんとした眼つきで、はあというように相手を見た。娘はその眼を大胆に見返しながら、

「匿まって下さいますわね」

こう押しつけるように云った。

「よくお話がわからないのですが、匿まうといって、それはいったい……」

「わたくし家にいられなくなりましたの、家にいれば自害をするか、父に斬られるか、どっちにしろ生きてはいられなくなったのですわ」

「それは、どうも、その……」考之助はますますめんくらって、困惑のあまりとりあえず笑った、「まさかそんな、いきなり死ぬの生きるのと云って」

「わけを申せば、わかって下さるでしょう」

伊久は、ぽっと赤くなった。しかし依然つきつめた表情で、じっと考之助の顔をみつめながら、ずばりと投げるように云った。

「わたくしみごもっておりますの」

「はあ、……というと、その、なにか……」

「おわかりになりませんの」

娘はとつぜん、両手で顔を掩った。耳のところまで染めたように赤くなり、そして掩った手の蔭ではっきりと云った。

「わたくし、赤ちゃんが出来ましたのよ」

「――」

「そして相手は、あなたですの」

続けざまの痛棒*である。暗がりでいきなり殴られたように、考之助はぽかんとして、しかしすぐに愕然と坐りなおした。

「貴女はいったい、なにを仰しゃるんです、そんなとんでもない、むやみなことを云って」

「もちろん、本当はあなたではございません、本当の相手はほかにいますわ、でもあなたとはいちどは婚約のお盃もしていますし、ほかの人よりは親たちが赦《ゆる》してくれるかと思いましたの、それであなたのお名を出したんですわ」

「とんでもないことを仰しゃる、そんな乱暴なことを、断わりもなしに、そんな」

「でもあなたにも、罪のないことはございませんのよ」伊久は顔から手をおろし、こんどは

*痛棒＝坐禅の時、師が心の定まらない者を打ちすえるのに用いる棒。転じて、手痛い叱責、痛烈な打撃。

やや蒼ざめた表情でこちらを見た、「お盃を交わしたとき、あなたはこう仰しゃいましたわ、私はどうでもいい、もし好きな者が出来たら遠慮なくいってくれ、決して文句は云わないからって、……覚えていらっしゃいますでしょう」

「それは覚えています、けれどもそれは」

「ええ、わかっていますわ、わたくしだってこんな事になるとは思いませんでした、ちゃんと結婚するつもりでしたわ、でも相手の人に事情があって、すぐには結婚ができませんの、……こんなからだにはなるし、結婚は延びますし、どうにもしかたがなくなって、母にだけそっとあなたのお名を告げて、こうして家を出て来たのでございますの、もし匿まって下さらなければ、わたくし死ぬばかりでございますわ」

ここまで聞くうちに、考之助の気持に一種の決意とふんぎりがついたらしい。彼は肚を据えたという顔になり、

「いいでしょう、承知しました」こう云って頷いた、「相手の名を聞いておきたいが、そういう事情では仰しゃりにくいだろうし、私ということにしてお引受けします」

「まあ匿まって下さいますの」伊久は身もだえをするようなふぜいで、眼をきらきらさせながらこちらを見た、「これで安心いたしました、やっぱり来てようございました、有難う存じます」

「ばあや、桃代はいないか」

考之助がそう呼んだとき、廊下をどかどか踏み鳴らし、ぜいぜいと荒い息をしながら、いきなり障子をあけて、まっ赤な顔に汗をかいて、なんと茂平老が現われた。

「ああこれは、知次のおじさま」考之助は、度胸をきめた声で云った、「この人は此処にいます、どうぞこちらへ」

第三講　知次国老の難儀なる事

この出来事は、完全に陰蔽された。

伊久は病気のため、出養生《でようじょう》にやったということになり、世間はそれを信じた。与瀬夫妻としては特別な苦情はない、いちど解消はしたがもともと婚約した相手だし、その当人とのまちがいだと思いこんでいるので、時期が来て正式に結婚さえすればいい。こう考えておちついていた。

だが茂平老としては、面目まるつぶれである。与瀬弥市に話を聞くなりとびだして忠平へいって、こっちから問い詰めるよりさきに、「申しわけありません、私です」

こう云われたとき、老は自分の軀を頭からまっ二つにされたように思い、くらくらと眩暈《めまい》におそわれたくらいであった。

「もうおまえの事はわしは知らん、なにもかも好き勝手にしろ、二度とおまえの顔を見たくない」

こうどなりつけて帰ったのであるが、茂平老としてはペテンにかかったような気持であって、また三日ばかり疳の虫とゼンソクに悩まされた。

「おれはあの生っ白い面を、ひっちゃぶいてやりたい、こう、こう、こんなふうに」

老は例の夫婦の時間に、このように云って、両手でなにかを掻き捲《むし》るような真似をし、続けさまに酒を二三杯も呷《あお》りつけた。

「与瀬との婚約もお断わり申します、へっ、いやにすましたようなことを云って、その舌の根の乾かぬうちに密通じゃないか」

「あなた、子供に聞えますよ」

「あの娘も娘だ」老は続けた、「あんな罪のないような顔をしていて、あたくしなんにも存じませんの、てなような顔をしながら、実はなにもかも承知、万事万端、人のどこがどうなっていて、どこをどうすればどんな気分になるか、みんな知っていたじゃないか、知っていて実行したればこそ」

「あなた、子供に聞えると申上げてますのよ」

「聞えたら耳を塞いでいろと云え」老はまた二三杯も呷った、「とにかくあの娘は、ちゃんと知るべきものを知っていた、いや、ことによると娘のほうから押っ付けたかもしれぬて、うん、なにしろ女という動物は総体がス……」

「あなた、わたくしも女でございますよ」

だから云うんじゃ、現におまえがなにも知りませんてなような顔で来て、そのつもりでいたらいやはや、どう致しまして、とんでもない」

「あなた妙なことを仰しゃいますのね、それではなんでございますか、なにも知らないような顔をして、実はわたくしがス……」

「これ声が高い、子供に聞えるではないか」

さもあればあれ、茂平老はつぶれた面目に賭けて忠平と手を切る決心をした。勝手にしろ、どんな事があったってもう構わない、これだけは神に誓う。こう肚をきめたのである。それはそれで尊重していい、また尊重さるべきであると思うが、しかしなんと人生転変の頼みがたく、かつ予測しがたきものであることか。

というのは、茂平老が手を切ると決心してから、却って考之助との関係が深くなり、ますます疳の虫とゼンソクを昂《たかぶ》らせるという、実に迷惑なことになったのである。

それは梅雨の降る或る日から始まった。

茂平老が記録所で、例のように小言を云っていると、書院番の若侍が蒼くなってとんで来て、すぐには舌が動かず、眼をしろくろさせ、口を四五たびぱくぱくやり、そうしてごくりと唾をのんで「大変です」と云った。

「なにをうろたえておるか、なにが大変だ、武士が大変などという言葉をかるがるしく」

「ギヤマンのお壺が毀《こわ》れております」

老は、うっといって顎を出した。

「な、なに、なにが、どうしたと」

「お白書院の床の、ギヤマンのお壺が、粉々に毀れております」

茂平老は笑いだした。いやそうではない、笑うように見えたが笑ったのではない、それは素人の観察であって、実はもっと複雑深刻な、一種の云いあらわしがたい感情の表白だったのである。……老は直線をひいて、白書院まで走った。そうして目前にその事実を認めて、もういちどうっといって顎を出した。

藩主河内守の愛するオランダ渡来のみごとなギヤマンの壺が、白書院の床間でめちゃめちゃに砕けていた。

それは多治見松平の始祖が、二代秀忠から下賜《かし》されたもので、諸侯のあいだにも評判であり家宝の一つでもあり、河内守が特に大切にしていたものである。

平常は宝庫にしまって置くが、そのままでは色が濁るということで、毎月五日ずつ出して風を当てる定りだった。

白書院は藩主の不在ちゅうは使わない、殆んど人の出入りがないので、その床間で風入れをするのが例であった。

「今日《こんにち》の当番は誰だ、そのほうか」

「当番は島津太市です、いま詰所で謹慎しております」

「おれの部屋へ来いと云え」

茂平老は震える拳で汗を拭き、こうどなって自分の役部屋へはいった。もう噂が拡がったのだろう、廊下のあちらこちらに人が寄り、なにかひそひそ話しあっていた。

部屋へはいると、そこに忠平考之助がいた。神妙な、なにかしら諦めたという顔で坐っている。老は気があがっているので、

「なに用があって来た、おれはいま忙しい、なにか知らんがあとにしてくれ」

こう云って老が自分の席に就くなり、考之助はおちつきはらった声で云った。

「お壺の件について申上げにまいりました」

「お壺、……お壺がどうした」

「実はあれは、私が毀したのです」

約十秒ばかり、茂平老は石のようになった。全身のあらゆる機能が停り、かつ硬直したふうである。そしてやがてそれらがいちどきに活動を始め、火のように燃えあがった。老はどういうわけか右手で自分の頭を押え、左手で膝を殴りつけ、そして喚きたてた。

「謹慎だ、いや大閉門だ、さがれ、しばり首にしてくれる、この、この、うう大不埒《ふらち》」

「お沙汰をお待ち申しております」

考之助はいやに冷静にそう云って一礼し、あてつけのように沈着な足どりで出ていた。

茂平老はすぐさま重臣会議を召集、考之助には居宅差控《きょたくさしひかえ》えを命じておいて、江戸の藩主へ

お伺いの急使をとばした。今でいえばカットグラスの壺一個で、大の男がこんな騒ぎをするのはばかげてみえるが、当時としては殊によると当人は切腹、重臣も責任を問われかねない出来事であった。幸い河内守という人が、いくらかものわかった人物とみえ、

——高がギヤマンの壺一つで騒ぐには及ばない、当人には謹慎二十日くらいで許してやれ。

という寛大な沙汰があった。

その謹慎が解けて、考之助が登城し始めて半月と経たなかったろう。勘定奉行の収納方の侍が、五十両というたいまいな金を紛失し、奉行から家老に申し出て、厳しく調べられているという噂が、焚火の間で話題になった。

「和田櫛束太郎《わだぐしつかたろう》だろう、あいつこのごろ茶屋町の妓《おんな》にのぼせているというから、紛失したなどと云って実は着服したに違いないぞ」

「当人は役所の机の上に置き忘れたと云っているそうだ」

「そんな迂闊なことがあるものか、収納方に七年も勤めていて、五十金という金を机の上に置き忘れる、云いわけにしても下手すぎるよ」

黙って話を聞いていた考之助は、さりげなく立って出ていった。

そして約二時間ほどして現われると、焚火の間へははいらず、そのまま茂平老の役部屋へいった。

老は一人だった。勘定奉行と和田櫛はもういなかった。調べても埒があかないので、ひと

まずうちきりにしたところである。

「なんだ、なにか用か」

茂平老はこう云って、そこへ坐る考之助を見たが、あとで老が告白したところによると、そのとたんにぞっと寒気立ったということだ。理由はわからないが、本能的にぞうっと全身が寒くなったそうである。

「御心配をかけて申しわけありません」考之助はこう云って、二十五両の包みを二つ、そこへ差出して、静かに茂平老を見た、「私がお預かりしていて、いましがた話を聞いて思いだしたのです、つい忘れておりましたので、どうぞお許しを願います」

「あ、あず、あ、預かった」老は吃った、「おまえがこの、収納方の金を、どうして、なんのために、だってこの金は」

「机の上に置いてあったのです」考之助は、泰然とそう答えた、「通りがかりに見て、これは不要心だと思いまして、係りの人は手洗いにでもいったのでしょう、誰もおりませんし、万一のことがあってはと思いまして私が」

「おまえはなんだ、おまえは、おまえは収納方の人間か」老は喚きだした、「おまえは焚火の間の取締だろう、それがなんで収納方の部屋など覗いたのだ」

「覗きはしません、通りかかったのです」

「なんの用があってだ、えっ焚火の間と収納方となんの関係がある、なんのためにそんな処を通りかかったんだ」

「問題は金でしょう」考之助はたしなめるような声で、おちつきはらって云った、「忘れたのは悪うございますが、私が預かって、私が此処へ持って来たのですから、むろんお咎《とが》めは覚悟のうえですが、そうお騒ぎにならないで下さい」

「騒ぐ……、おれが騒ぐ……」

茂平老は、またしても右手で自分の頭を押えた、そして喉のほうから漸次に上へ赤くなり、額まで赤くなると共に、はたして左手で膝を叩きながら叫んだ。

「ええ、この、その、さがり、さがりおれ、きさまなどはその、この、ええくそっ、消えて無くなれ」

「お沙汰をお待ち申しております」

第四講　もう一人の女性の事

今の若い者はどうしてこう肚が据らないのか、胆が小さくておどおどして、背骨のしゃんとしたやつは一人もいやしない、これではゆくさきが案じられる。

知次茂平老が、常づねにこう嘆いていたことは冒頭に述べた。それはもう念仏のようなもので、「三日にいちどくらい聞かないと物足りない」などと云う者もいるほどであるが、それがふしぎにぴたりとやんだ。理由は判然としないが、一つには考之助の存在が関係していたかもしれない。

「お沙汰をお待ち申しております」

このセリフを秋九月までに五回、僅か百二三十日のあいだに、茂平老は五回も彼から聞かされたのである。第一と第二は既述の壺の件と金五十両の件、そして第三は藩祖の甲冑《かっちゅう》の件、第四は椎間《しいま》千造の娘の件、第五は茶屋町「かなえ」の件といったぐあいである。

ここではその概略を記すにとどめるが、第三の件というのはこうである。河内守の常居の間には、いつも藩祖の甲冑が飾ってある。藩祖の家継という人は、たいそう名君だったそうで、その徳を伝え、その風格を偲ぶために飾ってある、ということだが、その甲冑が倒れ、兜の黄金作りの竜頭《りゅうず》と鍬形《くわがた》が折れて取れてしまった。係りの沢駒太郎が蒼くなり、それから老職たちと茂平老が蒼くなった。そこへ考之助が、自若として名乗って出たのである。

「私です、私の疎忽です」と云う。

彼の自白によると、敬慕の余りひそかに拝礼にいったところ、あたかも藩祖の生きて在《おわ》すが如く見え、おなつかしさに前後忘却、つい知らず縋《すが》りついたということであった。

敬慕の余り拝礼にいったというのはまあいい、それは主君の常居の間などへはいった申しわけになるが、つい知らず縋りついたという点で、茂平老は顔面がむずむずしてきた。

「生きて在すがように見えた、おなつかしさに前後忘却というが、そのほう法相院（藩祖の法名）さまを存じあげているのか」

「それはもう、稀代《きたい》の名君に在しまし」

「そんなことは誰でも知っておる、人を愚弄するな、法相院さまは百年以上もまえに亡くなられた方だ、それがどうしてつい縋りつかずにいられないほど、なつかしかったというんだ」

「そこは、あなたがそう仰しゃるなら、そこは私としてあなたに伺いたいですな」

「控えろ、国老職に向ってあなたとはなんだ」

「では御家老、えへん」考之助はいやに丁寧に叩頭《こうとう》した、「では御家老に伺いますが、君臣の情というものを、御家老は御存じでしょうか」

「君臣の情で、御兜をぶち毀したのか」

「ですからそこは、つい、あれです、おなつかしさの余り、その、前後を忘却」

「同じことを云うな、人を愚弄するな」

老はまっ赤になって怒り、考之助はお沙汰をお待ち申すという挨拶をしてさがった。

第四は風儀上の問題である。筆頭年寄の椎間千造に松代という娘がいる。縹緻が悪い代りには小太刀などの上手な、もう二十七になるおとこまさりな女性であったが、友人を訪ねておそくなり、夜の九時過ぎに独りで帰途についた。そういう女性だから、夜の独り歩きくらいへとも思わない、まさか詩吟はやらなかったろうが、折から闇の道を悠々と帰って来ると、大門小路という広い辻で、向うから来た男に抱きつかれた。

相手は酔っていたらしく、いきなり抱きついたうえ、好ましからぬ動作に及びながら好ましからぬことを云った。

——樋《とい》という物は、ときどき竹棹《たけざお》を通して掃除しないと、詰った物が臭くなって、しまいには腐ってしまう。

こんな意味合いのことだそうである。松代女史は相手の腕を逆に取り、大喝一声、はね腰にかけて投げとばした。男は悲鳴をあげ、取るものも取りあえず逃げ去った。すなわちその取り損じた持物を置いていったわけで、女史が帰宅して調べてみると、安倍幸兵衛という馬廻りの侍の燧袋《ひうちぶくろ》*であった。

藩の規則として、手まわりの品には名を記してある、それが動かぬ証拠になったのだが、呼び出された幸兵衛は、「数日前にどこかで紛失しました」と主張した。松代女史はこれを聞いて、それなら裸にしてみるように進言した。

——投げとばしたとき、腰を打ったと思う。おそらく打撲傷かアザがあるに違いない。

もちろん安倍幸兵衛は謝絶した。裸にして調べられては武士の面目が立たぬ、いっそ切腹をすると答えた。それでは済まない、いや腹を切る、こう押し問答をしているところへ、

「私です、それは私がやりました」

考之助が、また悠然と名乗って出た。

このときは面白かった。彼は燧袋をどこかで拾ったという。どこで拾ったか忘れるほど酔

＊燧袋＝火打ち石・火打ち金・火口ほくちなど火打ちの道具を入れて携行する袋。

っていた。そして道でぱったり女史に出会ったが、あまりに女史が美しい、それは闇夜であるのにも拘《かかわ》らず、思わずあっと云ったくらい、それはもう光り耀《かがや》く美しさであった。酔ってもいたし余りの美しさに、われながらぞっとして……

「また前後を忘却したか」

茂平老は、先手を打って叫んだ。

「まったくそのとおりでございます」考之助は端然と答えた、「あの方がお美しかったというほかには、なにも記憶しておりません、申上げたいのはこれだけでございます」

面白いというのはこの結末で、松代女史は名乗って出たのが美男の考之助であり、専《もっぱ》ら彼が女史の美しさを称してやまなかったと聞き、すぐさま公訴を取消した。

——自分にも、少し思い過しの点があった。

というわけで、どうか考之助どのにお咎めなどのないように、こう切願したそうである。

第五は無銭飲食関係であって、茶屋町のかなえという理茶屋に、忠出《ただいで》久左衛門なる侍があがり、五日五夜、芸妓を五人あげづめで、飲んだり食ったり大々的遊興をやった。そして屋敷はどこそこだから、勘定は屋敷へ取りに来いと云って帰った。それで早速どこそこを尋ねたところ、そこにはそんな屋敷はなかった。二十日ばかり待ったが店へも来ないので、奉行所へ訴えて出たものであった。

忠出久左衛門などという侍は家中にはいなかったが、ここに一つの証拠があるという。

……それは芸妓たちの中に、その男を特別に介抱した妓がいて、その妓の証言によると、「いなような個所が、極めていないようであって、だがおれはちょんぎれでも、あの方面の技にかけてはひけはとらぬといばり、また事実そのとおりだった」と云って、その証人は赤い顔をしたそうである。

当時「ちょんぎれ」といえば、家中で殆んど知らぬ者はなかった。語意は今つまびらかでないが、それは加梨左馬太《かなしさまた》という物頭《ものがしら》の仇名《あだな》である。彼は三十二になるのに独身、たいそうな酒好きで、そのために貧乏で、ときどきひどく脱線する。

あれに相違ない、左馬太ならやりそうだ。みんなの意見がそこへ集中した。そのときまた考之助が、「私です、私がその本人です」と名乗って出たのである。そして遊興代八両二分一朱というものを支払ったので、表沙汰にはならずに済んだが、十日間の謹慎を命ぜられた。……このときは茂平老はリュウインを下げたらしい。老は謹慎を申し渡したあと、さも愉快そうに鼻をうごめかし、

「ほう、おまえさんちょんぎれか、ほう、それは知らなかった、ちょんぎれかおまえ、はっはっは」こうそら笑いをした、「初耳だ、実に気の毒なものだ、そうとは知らなかった、はっはっは、いやどうも」

「だが安心して下さい、子供は出来ますから」

考之助は、そうやり返した。茂平老はまたいつかのように、とつぜん、全身硬直におそわ

れた。

考之助のセリフは、平手打ちをくれたみたようなものである、すなわち与瀬の伊久が懐妊している事実をさすので、しかも堂々と知次茂平にやり返す態度、まるで人間が違ったような度胸、これは老にとって少なからぬオドロキでなければならぬ。

「よし、云ったな」老は硬直が解けるなり叫んだ、「わしが知らぬと思って、この、……よしそう思ってろ、わしを騙しとおせたつもりだろうが知ってるんだぞ、甲冑のときも、五十両も、ギヤマンの壺もわしはみんな知ってるんだぞ、いいか、ちゃんと知ってるんだぞ、おれにだって眼という物があるんだぞ、いまにその化けの皮を……」

考之助は会釈をして、おちつきはらって立っていった。

茂平老は切歯扼腕《せっしやくわん》した。今こそなにかがはっきりした、これまで五回に及ぶ「私です」が怪しいこと、どういう魂胆かわからないが、誰かのした事を代って名乗り出たこと、……いま我知らず口を衝いて出た自分の言葉によって、老はどこかの膜が破れでもしたように、その真相を察知したと思った。

「ようし、……ようし」茂平老はこう唸った、「みていろ、この知次茂平が、それほどお人よしかどうか、みていろ、……ふん、まあみていろ」

考之助が帰宅してみると、客が来ていた。それも女客で、もう一時間も前から伊久と話しこんでいるという。

「椎間さんという方のお嬢さまです」とばあやは着替えを手伝いながら云った、「その方から伺ったんですけれど、また御謹慎ですって、いったいどうなすったことでございますか」

「なんでもない、十日だからね、心配することはないんだよ」

ばあやの追求を逃げるために客間へいった。そこには伊久と椎間の松代とが、茶菓を前に対座して話していた。

「まあこれは、お留守に伺いまして」

松代女史は、逞しい軀《からだ》をすべらせ、肉付きのいい日焦《ひや》けのした張切った顔を赤くし、肩を突っ張らかして挨拶した。いかにも逞しい、そのまま女丈夫といった風格である。

「いつぞやは思わぬ事で、却《かえ》って御迷惑をおかけしまして」女史はこちらにものを云わせず言葉を続けた、「まさか忠平さまとは存じませんでしたの、それであんな恥ずかしい事を訴え出たのですけれど、おかげさまで庇《かば》って頂きまして、……さもなければ恥の上塗りをするところでしたわ、本当にもう……」そして女史は、伊久のほうをちらと見た。

第五講　時が来れば時が来る事

女史は伊久のほうを見て、哀願するように云った。

「あのう、申し兼ねますけれど、ちょっと座を外して頂けませんでしょうか」

「はあ」伊久は微笑し、「気がつきませんでした、どうぞごゆるりと」

そして考之助にからかうようなながし眼をくれ、かなり眼立って来た腹部を袖で隠すようにしながら、優雅な身振りで出ていった。

「あのう、……あのう、……わたくし」

女史は二人きりになると軀をもじもじさせ、今や殆んど顔を焦茶色《こげちゃ》に染め、可憐な少女のように口ごもったのち、「なんですか」という考之助の言葉に縋りつくかの如く、息を喘《はず》ませて云った。

「まことにあの、お恥ずかしゅうございますけれど、あのう、あの晩の、あの事だけ、内証にして頂きたいのですけれど」

「あの晩のあの事、……と仰しゃると」

「いやですわ、知らない顔をなすって」

松代女史は、羞恥に耐えぬふうに身もだえをした。考之助は、気の毒なような気持になって、「ああ、あの事ですか」と頷いてみせた。

「ええ、あの事ですの」女史は眼を伏せた、「恥を申しますけれど、わたくしもう二十七にもなりますでしょう、へなへな男はこちらが御免ですし、こちらの望む相手は貰って下さいませんし、女も二十七になりますと、そこはやっぱりあれでございましょう、……それでつい、あんなあの、……あら恥ずかしい、どうしましょう」

そして嬌羞《きょうしゅう》の身振りをしたが、それは一種もの凄いような印象のものであった。

「どうぞ、極秘にして下さいましね」

女史はこう繰り返し、なお今後も末ながく交際して貰いたい、あなたのような御美男の方の妻になろうなどという野心はない、せめて心の友として、またお美しいお妹さまの友達として、終生おつきあいがしたい。懇々とこのように云って、女史は帰っていった。……女史が去ると、伊久が妙なにやにや笑いをしながらはいって来た。

「お話伺っていましたわ、お隣りの部屋で、よっぽどいい事をなすったとみえますのね」

「なんです、……なにがです」

「なにがってあのことですわ」伊久は熱っぽいきらきらするような眼で考之助を見た、「女も二十七になると、そこはあれだというあのことですわ、あなたもあああの事かと仰しゃってましたわね」

「云ったことは云いました、しかし私はもちろんなにも知らないのです、ただ」

「お隠しなさらなければならないんですのね、そうだとすると大門小路の事はあれだけの話ではなかったんですのね、家にわたくしという者がいるのに、あなたはよそでそんな事をなさいますのね」

「そんな事といって、それは」考之助は些かまごついた、「しかしですね、どっちにしろそれは、貴女に関係がないことでしょう」

「まあっ、関係がない、ですって」

「貴方はあの人に妹だと云ったらしい、それにもともと」

「ええ、そうです、わたくし妹と云いましたわ、だってそう云わなければあの方に会えないじゃございませんの、そうでございましょう」

「だって、なぜ貴女が会うんです」

「なぜですって、まあっ」伊久は真正面からこちらを見た、「大門小路の話はわたくし知ってますのよ、こんどの茶屋町のかなえの事も、証人の妓があなたのあの方面の技はすばらしいって云っていたということも、……そこへ松代というあの人が臆面もなく訪ねて来て、わたくしが平気でいられるとお思いになるのですか」

「どうも、そのよくわからないんだが」考之助は、かなり当惑して首を撫ぜた、「つまりですね、それにしても貴女には無関係だと思うんだが、なぜって貴女はですね、もともと此処へ来たのも、要するに」

伊久女は初めてそこに気がついたらしい、急に口へ手を当て、顔色をさっと白くして、かなり突然に笑いだした。

「ああ、わかりました、そのことを仰しゃってらっしゃるのね、ほほほ」それからぎらぎらとまた眼を光らし、「でもお断わりしておきますけれど、わたくしの身ごもっている子は、あなたのお子ということになってますのよ、父も母も、御家老の知次さまも、みんなあなたのお子だと信じていますのよ」

「しかしそれは、もちろん、貴女と貴女の相手の人にその時期が来れば、つまり、……要するにその時期が来るまでの」

「ええ、そのとおりですわ、でもわたくしにもしそのつもりがあれば、ようございますか」

伊久はすっと立った。そうして冷酷と思えるような眼で、こちらを見おろして、歯と歯の間から次のように云った。

「もしわたくしにそのつもりがあれば、わたくしは忠平家の妻になり、この子供はあなたのお子にすることができますのよ、えへん」

そしてゆっくりと、部屋を出ていった。

一年四季。春になれば花が咲きだす。咲きだす時期が来れば、梅、桃、菜種、連翹《れんぎょう》、こぶし、桜というぐあいで、契約したように次々と開花する。松代女史が現われた翌々日から、忠平家には訪客の時期が来たらしく、続けさまに思わぬ客が現われ始めた。

——もしかすれば、……わたくしがその気になれば。

伊久女の言葉は、脅迫的であった。考之助は謹慎中のことで、家にじっとしているから、気が紛れない。それでなおさら気になるのだが、女というもののふしぎさ、その心情の解しがたさに、思えば思うほど溜息が出るばかりだった。

「いったいどういう気持かしらん」彼はこう独り言を云った、「まさか、いくらなんでも他人の子を、おれに押付けるわけもないだろうが、ではいったい、どうしてあんな怖ろしいようなことを云ったものか」

その日も思いあぐねているところへ、和田櫛束太郎が訪ねて来た。謹慎中だから表からは入れない、裏から来てぜひ会いたいと云う。断わったが「どうしても」というので、客間へ通して会った。束太郎は勘定奉行の収納方へ勤めている、顔を知っている程度の男であるが、坐ると、黙って、いきなりそこへ二十五両の金包を二つ差出し、「その節はまことに、まことに」

こう云って、膝へ両手を突っ張り、眼からぽろぽろ涙をこぼした。考之助は黙っていた、べつに云うことはないらしい。束太郎も、言葉では胸中の感慨は表現できないとみえ、「なにも申上げません、有難うございました、武士いち、いちにん死なずに済みました、この御恩は忘れません、有難うございました」

そしてやや暫く嗚咽《おえつ》していたが、やがて涙を拭いて帰っていった。茶を運んで来たばあやの桃代は、客がいないので吃驚し、そこにある金包にもういちど吃驚した。「まあまあ、お客さまはもうお帰りなすったんですか、そしてそこにあるお金は……」

「いつか用立てたのを返しに来たんだよ」考之助はそう云って金包を押しやった、「返さなくてもよかったのに、律義な男なんだな、そっちへしまって置いてくれ」

その翌日は二人来た。午前ちゅうに島津太市、夕方には安倍幸兵衛が、……島津は書院番で年はようやく二十歳。味噌漬の樽をばあやに渡し、「これは自分の母が漬けたものでたいへん美味いから忠平さんにあげて下さい、お口に合ったら、これからときどき届ける」と云ったそうである。考之助にはべつになにも云わなかった。客間で対座すると、少年のように頬を赤くし、じっとこちらを見て、

「私は、あの事は、一生涯、……」

こう云いかけて、そこで言葉が切れてしまった。そしてぺこりと大きなお辞儀をし、「失礼しました」と云って帰っていった。

「まあまあ、どういうわけでしょう」桃代は眼を丸くして味噌漬のことを報告した、「どういうわけでしょう味噌漬だなんて、坊ちゃまこれがお好きで、そう仰しゃりでもなすったんですか」

「なにも云やあしない、ギヤマンの壺が樽になったんだろう」

「なんのことかわかりませんわ、なんの壺がどうしたんでございますの」

「いいんだよ、なんでもないんだ」

考之助は手を振って立った。

安倍幸兵衛が来たのは夕方で、灯を入れるちょっと前だった。彼は気の弱そうな、痩せた、色の黒い顔におどおどしたような眼つきの、ひねたような若者で、絶えず小刻みに軀を揺する癖があった。

「いいお住居でございますな」という挨拶から始めて、天気のことやら庭木のことやら、犬

は可愛いとか、栗がもう出はじめたとか、とりとめのないことをいろいろ並べたうえ、こんどは抜打ち的に両手をつき、ごく小さなへどもどした声で、なにやらへどもど礼を述べた。そうしてから、こんどはまたいきなり怒ったような調子で、「しかし私は手は出しません、あれは全然あべこべです」安倍幸兵衛は、こう主張した、「それは酔っていましたから、少しばかりからかったのは事実です、それは認めます、しかし抱きついたのは向うです、彼女は私のからかったのを聞くと、そんなら竹棹で樋の掃除をしてくれと云い、いきなり私に抱きついたんです、誓いますがこれが真相です、神に誓って云います、そして私が逃げようとしたら、彼女は私の竹棹を侮辱したうえ、無法にも私を投げとばしたんです、これがまったくの真相です」

「ほう、竹棹を侮辱したですか」

考之助がそう聞き返したとき、どこか近くでぷっと失笑《ふきだ》す声がした。幸兵衛は昂奮しているので気づかなかったらしい、なおいろいろと申し開きをし、一方では懇篤《こんとく》に礼を述べ、そうして、

「今後は慎むから、どうかこの事は御内密に」と嘆願して帰っていった。

安倍幸兵衛が去るとすぐ、伊久が灯を入れた行燈《あんどん》を持って、居間へ来た。彼女は部屋へはいるがいなや笑いだし、行燈を置くより早くそこへ坐り、自分の大きな腹部を押え、そしてきりもなく笑い続けた。

第六講　国老は依然として難儀の事

「ああ苦しい、ああ可笑《おか》しい、助けて」

伊久女は、ついには悲鳴をあげた。こういう年ごろの女性が、このように笑いだしたら、これはもう放って置くよりしようがない。

考之助は憮然として、そっぽを向いていた。……伊久はやがて鎮静し、坐りなおし、涙を拭きながら、ひどくしんみりした声で云った。

「御免あそばせ、このあいだのこと、わたくしそうとは知らなかったのですもの」

「どうか偸《ぬす》み聴きなどは、やめて下さい」

「でもそのために、わたくし生き返りましたわ、まさかあなたがとは思いましたけれど、女はやはり本当のことを聞かないうちは安心できませんのよ、いまの方の話を伺ってすっかりわかりました、椎間さまがどうしてあんなふうに仰しゃったか、……ああ困りましたわ、わたくしまた笑いそうですわ、どうしましょう、ああもうだめですわ」

そして彼女は、激笑の発作におそわれ、その大きなおなかを抱えて、廊下から自分の部屋へと逃げこんでいった。

謹慎の解けるまでに、角下勝太《かくしたかつた》が来、加梨左馬太が来た。

角下は扈従組《こしょうぐみ》の若侍で、藩主が参覲《さんきん》ちゅうは、留守の居室の番を勤める。甲冑の件は、この男のやったものらしい、これもなにか桃代に手土産を渡したが、考之助には改まった礼は云わなかった。「私もいつか必ず、貴方のお役に立つ覚悟です」

　こんなことを、さりげなく云って去った。

　加梨左馬太は、べろべろに酔って来た。彼は袖口の綻《ほころ》びた着物を着、ほうぼうにかぎ裂《ざき》のある袴をはいて、三上戸*を兼ねているとみえ、はっきりしない舌でなにか云っては、怒ったり泣いたり笑いだしたりした。

「高いす、八両幾らなんて、べやぼうな勘定す、よって払わない、はは、貴方にも払わない、恩は恩す、有難い、感謝に耐えんす、そえは実に」こういう個所で彼は泣くのであった、「だがあのおかめはなんすか、あのおかめは、私は貧乏、このとおり、この着物を見れば、嘘も隠しもない、だがす、あのおかめは人をばかにしとるじゃないすか、私はつとめたす、ちょんぎれであってみれば、そこは、貴方にはわかやない、だがつとめたす、汗だくになったす、にも拘やずすね、あのおかめは下手だとぬかしたじゃないすか、貴方もそれは認めて貰いたい、下手、おかめは出臍すぞ、大々的な出臍す、……八両幾ら、下手くそ、私としては貴方の恩は有難い、未曾有なものす、しかし払いません、勘定はまっぴら、はは、冗談は嫌いすからね」そして左馬太は、袴の紐を解き始めた、「その代りにすね、私は貧乏、勘定は払わない、代りにです、断乎として私は貴方に見せてあげるす、どういうものであるか、私のちょんぎれなる物を、えいっ、貴方に」

考之助は、謝絶した。幸い袴の紐がもつれて解けないので、左馬太も諦め、それから今後は無銭飲食はしないと誓い、いちど盛大に飲もうと云い、笑ったり怒ったり、ついには泣きながら帰っていった。

以上のような事があって、そうしていよいよ謹慎が満期になり、明日から登城するという前夜のことであるが、ばあやの桃代が珍しく改まった顔で、考之助の前にきちんと坐って、「今夜は坊ちゃまの正直な気持を聞きたい」と云いだした。

「ばあやはこれまで、たびたびの御謹慎も、坊ちゃまがお若くて世間知らずのためだと思っていました、男はこうして大人になってゆくのでしょう、やがて御老職にもお成りなさるんだから、若いうちの過ちは却ってお薬になる、そう思ってなんにも申上げませんでした」

「そのとおりさ、それでいいじゃないか」

「いいえ違います、ばあやはすっかり聞きました、五回が五回とも、坊ちゃまは他人の代りにおなりなすった、御自分はなんにも罪がないのに、縁もない方の罪を引受けていらしったんです、……どうしてでございますか」桃代は、涙のいっぱい溜まった眼でこちらを見た、「どうしてそんな、思いもかけないような事をなさるんですか、坊ちゃま、他人のためもようございますけれど、御家名や御自分の名に瑾《きず》がつくのを御承知でございますか」

「知っているよ、だがしようがないんだ」

＊三上戸＝怒り上戸、泣き上戸、笑い上戸。

「なぜしようがございませんの」ばあやの唇は震えだした、「御使番をおやめなさるときから、ばあやは、坊ちゃまがどこかお変りなすったことに気がついていました、これにはなにかわけがあるのでございましょう、それを正直に聞かせて下さいまし、さもなければ亡くなった旦那さまや奥さまに、ばあやが申しわけがございません」

考之助は、暫く黙っていた。それから眼を伏せ、低い声で、罪を告白するような調子で、ぽつりぽつりと云った。

「誰にも云わなかったが、おれはねえばあや、使番で江戸へいったとき、尾張の或る宿屋で、たいへんな疎忽をしたんだよ」

「疎忽とは、……どんな事でございますの」

「それがね、口では云えないくらい恥ずかしいことなんだよ」

彼は、囁《ささや》くように云った。かいつまんで紹介すれば、その宿へ着くまえに、きれいな旅の女と道伴《みちづ》れになった。一人旅で淋しいから伴れになってくれという、彼は正直のところ多少どきどきし、かなり嬉しいような気持だった。女もたいへんいそいそし、宿屋では御夫婦ということにしましょうね」などと云い、驚いたことには風呂へもいっしょにはいった。そこへ妙な男が現われたのである。背中に賑やかしい刺青《いれずみ》のある男が、肌脱ぎになって風呂場へはいって来て、

――おれの女房を寝取った、姦通《かんつう》だ。

などと、ばかげた声で喚きだした。

――二人を奉行所へひきずってゆく。

こんなことまで云った。ごく安直なつゝもたせというやつらしい、考之助はそんな知識はないから蒼くなり、「これは切腹だ」と覚悟をきめた。ところが、そこへ救いの神が出て来たのである、浪人者らしい、二十七八になる質素な身扮《みなり》をした男で、

――その話は、おれがつけてやろう。

こう云って割り込み、考之助には、

――此処は自分が引受けた、貴方は主人持ちらしいが自分は浪人である、どこで死んでも悔いのない軀である、心配はいらないから、すぐ此処を立退くように。

男はそう云って、考之助を押し出すようにした。

「切腹と思った命をこうして救われた、それで役目は無事にはたして帰ったが、おれはつくづく自分が情けなかった、……底の抜けたどびん、そのとおりだと思った」彼はそっと自分の手のひらを見た、「それから考えたのだ、自分はお役に立つ能がない、だから、自分があの浪人に助けて貰ったように、せめて過失をした人間の身代りになろう、いちどは死ぬと覚悟をきめた軀だ、あのとき切腹したと思えば、どんな咎を受けても惜しくはない、こう考えたのだ」

「わかりました、坊ちゃまよくわかりました」

ばあやは、泣きだしていた。涙で顔をぐしょぐしょにしながら、嬉しさに耐えられぬという態で、惚《ほ》れ惚《ぼ》れと考之助を見た。

「やっぱり坊ちゃまは、ばあやの思ったとおりです、おりっぱでございます、旦那さまも奥さまも、きっと御満足でございましょう、本当におりっぱでございます」

「これを褒めるのは皮肉だよ、ばあや」

「いいえ違いますわ」桃代は屹とした姿勢で云った、「坊ちゃまは、お人柄が変りました、御自分ではお気づきなさらないでしょうけれど、もう以前の坊ちゃまではございません、人の過失の身代り、……それも大門小路の事やちょんぎれ……御免あそばせ、……そんな過ちまで堂々と御自分の罪にお引受けなすった、それが活《い》きてきたのですわ、人には出来ない修業をなすって、それが坊ちゃまを変えたのですわ、今ではもういつ御老職になっても大丈夫、誰にもひけをとらないりっぱな御老職でございますわ」

「老職なんかとんでもない、それはまだこっちで御免蒙《こうむ》るよ」考之助は、衒《て》れたように苦笑した、「だがそんなに褒めるなら、なにか褒美《ほうび》が出そうなものじゃないか、ばあやのくれる褒美なら貰うよ」

「ええええ、差上げますとも、御催促がなくとも差上げようかと思っていたんですから」

ばあやは、涙を拭いて立っていった。本当になにかくれるつもりなんだろうか、そう思っているとやがて、ばあやは伊久を伴れて戻って来た。そして伊久を彼の正面へ坐らせ、自分は二人の中間にきちんと坐った。

「さあお受取り下さい、御褒美でございますよ」

「どうしたんだ、どれが……御褒美って」

「伊久さまですわ、お美しさもお気立のよさも、三国一の花嫁さま、これ以上の御褒美はございませんですよ」

「それはいけない、違うんだ、ばあや」

「いいえ、坊ちゃまのほうが違いますの」桃代は考之助を押えるように云った、「坊ちゃまが思い違いをしていらっしゃるんです、その証拠に、伊久さまのおなかをごらんあそばせ」

桃代がそう云うと、さも心得たように、伊久女は前で合わせていた両袖を左右に開いた。

……なんと、そこはぺちゃんこであった。つい昼までは産み月に近いほど大きくし、重々しく張り出ていた腹部が、娘らしくかたちのいいまるさにへこんでいるのである。

「ど、どうしたんです」考之助は、ぎくっとしたらしい、「もしや、流産でも……」

「初めから赤ちゃんなど無かったんですの」ばあやは、ちょっと鼻たかだかという顔をした。そうして、「えっ」という考之助を、上から見るようなふうに続けた。「ばあやは女ですから、お預かりしてすぐに気がつきました、それで少し経《た》ってから、わけを伺いました、初めは隠しておいでてしたが、そのうちにやっと」

「ばあやさん云わないで」伊久はぱっと顔を染め、その顔を袂で掩った、「わたくし恥ずかしい、かんにんして頂戴」

「どこに恥ずかしいことがございましょうか、坊ちゃま、伊久さまは坊ちゃまと婚約のお盃をしたときから、坊ちゃまの妻だと思っていらしったのですよ、それを断わられ、破談になってしまいそうなので、あんな思い切ったことをなすったんです、歴《れっき》とした御大身のお嬢さまが、自分のお口から身ごもったなどと云うことが、どんな勇気を要するかは、坊ちゃまにはおわかりになりませんでしょう、でもばあやはわかります、ばあやには、……ばあやは泣きました、伊久さまも御存じないでしょうけれど、ばあやは泣きましたのよ」

考之助はちょっと挨拶に困った。なんだかいやにあたりが眩しいようなぐあいである。しかし彼はなにか云わなければならぬ立場だということは察した、それでなるべくさりげない調子で、伊久のほうを見てきいた。

「すると、なんですか、あのときの、好きな人というのは」

「坊ちゃま御自身のことでございますよ」

「すると、これは、どうなるのかね」

「知次さまに申上げ、与瀬さまへ改めてお話しして、すぐに御結婚あそばすのでございますわ」

「知次さんに云うのかね」考之助は、渋を舐めたような顔をした、「云うのはいいが、あの人はまた疳《かん》の虫を起こすだろうな、それからゼンソクも……」

桃代は、そんなことは聞いていなかった。今夜の彼女はおそろしくいきごんでいる、そして考之助と伊久に姿勢を正すことを命じた。……どうもしかたがない、二人は坐りなおし、神妙にきちんと姿勢を正した。

「ばあやは御免を蒙って、これから亡き旦那さまと奥さまのお口まねをさせて頂きます」

そして、おほんとおごそかに咳をした。

「考之助、あなたは年も二十六歳、侍としてもりっぱに御成人なすって、本当に満足に思います、……伊久さんもあなたのために、誰にも真似の出来ない勇気をだして、あなたのために恥も苦労も忍んでいらしった、あなたにはこれ以上よい嫁はありません、これからも無くてはならない妻になって下さることでしょう、またとないようなよい妻に……」

伊久の口から、嗚咽の声がもれた。肩がふるえ、やがて耐えきれぬように、くくと噎《むせ》びあげた。

「仲良く、末ながく、二人でしっかりと、助けあって、しあわせに暮して下さい、あなた方がおしあわせであるように、わたくしたちもあの世から、護っていてあげます」

そして考之助の俯向いた眼からも、多少は涙がこぼれていたことは記さなければなるまい。

二人は結婚した。だがそれで、茂平老の難儀が終ったと思うのは早すぎる。それから約二十日ほどして、考之助は、悠然と老職部屋へ現われた、そして茂平老の前へ、静かに坐って云った。

「私です、あれは私の疎忽です」

老は眼を剝き、赤くなって云った。

「またか、またそれか、またそれでわしをちょろまかす気か、へっ、おあいにくだがもういかん、その手は食わんぞ」

「私だから、私だと申上げるのです」

「では聞くがなんだ、おまえはなにをしたと云うんだ」

「それは、あれです」考之助はちょっと詰る、だが平然と続ける、「いま焚火の間で堂下《どうした》紋太郎が男泣きに泣いていましたが、あれです、あれが実は私の疎忽なのです」

「だからそれはなんだと聞くんだ、どんな疎忽をしたのか、その仔細を云えというんだ」

「それはもちろん、あなた、いや御家老が御存じではありませんか」

「おれが知っているのは当りまえだ」茂平老は、ついに叫びだした、「御天守の三重*で火桶をひっくり返し、危うく火事になろうとしたことは、おれは知っている、知っているからこそ、重臣会議を召集しようとしているのだ、しかしおまえは知る筈がない、知る筈のないことを私ですと……」

「いや知っております、御天守の三重で火桶をひっくり返し……」

「黙れ、ものを云うな、それは今」茂平老は片方の手で頭を押え、片方の手で膝を叩きながら喚きだした、「それは今おれが云ったことじゃないか、おまえは焚火の間にいた、そのおまえが御天守の三重で火桶をひっくり返せるか、おまえは化物か、おまえは、……ああ疳の虫が起こって来る、ゼンソクだ、ああ、おれは断言するが辞職だ、おまえ家老になれ、おれはもうまっぴらだ、おれは辞職だ」

考之助は、静かに一揖《ゆう》＊＊して云った。

「お沙汰をお待ち申しております」

（『富士』一九五二年四月号）

＊御天守の三重＝天守の三階のこと。階層は重で数えた。　＊＊一揖＝軽くおじぎをすること。一礼。

ひとごろし

一

双子六兵衛《ふたごろくべえ》は臆病者といわれていた。これこれだからという事実はない。誰一人として、彼が臆病者だったという事実を知っている者はないが、いつとはなしに、それが家中一般の定評となり、彼自身までが自分は臆病者だと信じこむようになった。——少年のころから喧嘩や口論をしたためしがないし、危険な遊びもしたことがない。犬が嫌いで、少し大きな犬がいると道をよけて通る。乗馬はできるのに馬がこわく、二十六歳になるいまでも夜の暗がりが恐ろしい。鼠を見るととびあがり、蛇を見ると蒼《あお》くなって足がすくむ。——これらの一つ一つを挙げていっても、臆病者という概念の証明にはならない。それは感受性の問題であり、多かれ少なかれ、たいていの者が身に覚えのあることだからだ。

この話の出典は「偏耳録《へんじろく》」という古記録の欠本で、越前家という文字がしばしばみえるし、「隆昌院さま御百年忌」とか、「探玄公、昌安公、御涼の地なり」などという記事もあるから、しらべようと思えば、藩の名を捜すのは困難ではないだろう。当時の越前には福井の松平、鯖江に間部《まなべ》、勝山に小笠原、敦賀に酒井、大野に土井の五藩があった。けれども「越前家」とひとくちに呼べるのは、まず福井の松平氏だと思うし、たとえそうでないにしても、話の内容にはさして関係がないから、ここでは福井藩ということにしておきたい。「偏耳録」によると、双子家は永代《えいたい》御堀支配という役で、家禄は百八十石三十五人扶持《ぶち》だとある。城の内濠《うちぼり》外濠の水量を監視したり、泥を浚《さら》ったり、石垣の崩れを修理したりするものらしい。のちにこれらは普請奉行の管轄に移されたが、双子家の永代御堀支配という役はそのまま据え置きになった。

要するに何十年かまえ、双子家は名目だけの堀支配で、実際には無役になってしまったのだ。そして、誰も気がつかなかったのか、それとも「永代」という文字に意味があったのか、六兵衛の代になっても、役目だけで実務なしという状態が続いていた。——この出来事が起こったとき彼は二十六歳、妹のかねは二十一歳であった。父母はすでに亡くなり、僅かな男女の雇人がいるだけで、兄妹はひっそりとくらしていた。六兵衛も独身、妹のかねも未婚。親族や知友もあったのだろうが、兄にも妹にも、縁談をもちこむような人はいなかった。筆者であるわたくしには、このままの兄妹を眺めているほうが好ましい。当時としては婚期を逸したきょうだいが、世間から忘れられたまま、安らかにつつましく生活している、という姿には、云いようもない人間的な深いあじわいが感じられるからである。——だが、話は進めなければならない。

「お兄さま、どうにかならないのでしょうか」とかねは云った、「わたくしもう、つくづくいやになりましたわ」

妹がなにを云おうとしているか、六兵衛はよく知っていた。それは周期的にやってくる女の不平であり女のぐちであった。

「今日はね」と彼は話をそらそうとした、「別部《わけべ》さんの門の前で喧嘩があって」

「お兄さま」かねは兄の言葉を容赦もなく遮った、「あなたはわたくしの申上げたことが聞えなかったんですか」

「いや、聞いてはいたんだがね、喧嘩のことが頭にあったものだから」

「わたくしもう二十一ですのよ」

「ほう」彼は眼をみはってみせた、「二十一だって、――それは本当かね」

「わたくしもう二十一です」

「ついこのあいだまで人形と遊んでいたようだがね」

「お友達はみなさんお嫁にいって、中には三人もお子たちのいる方さえあります、それをわたくしだけがまだこうして、白歯*のままでいるなんて、恥ずかしくって生きてはいられませ

*白歯＝歯を黒く染めることが既婚婦人の印だった。

んわ」

「喰べないかね」と彼は云った、「この菓子はうまいよ」

「この菓子はうまいよ」かねはいじ悪く兄の口まねをした、「お兄さまにはそんなことしか仰《おっ》しゃれないんですか」

この辺で泣きだすんだ、これがなによりもにがてだ、と六兵衛は思った。けれどもかねは泣かなかった。顔をこわばらせ、凄いような眼で兄の顔をにらみながら、ふるふると唇をふるわせた。

「お兄さまにも嫁にきてがなく、わたくしにも一度として縁談がございません」とかねは云った、「なぜだか御存じですか」

「そう云うがね、世間にはそういうことが」

「なぜだか御存じですか」

六兵衛は黙り、もしも女というものがみんな妹のようだとしたらおれは一生独身でいるほうがいいな、と心の中で呟いた。

「みんなお兄さまのためです」とかねはきっぱりと云った、「あなたが臆病者といわれているためなんです、侍でいて臆病者といわれるような者のところへは、嫁もくれはしないでしょうし、嫁に貰いてもないのは当然です、そうお思いになりませんか」

先月も同じ、先々月もそのまえも、定期的に何年もまえから、同じことを云われているように感じ、けれど六兵衛はそんなけぶりもみせず、よく反省してみるように、仔細《しさい》らしくなにかをみつめ、首をかしげた。

「そうだね」と彼は用心ぶかく云った、「そう云われてみれば」

「云われなければわからなかったと仰しゃるんですか」

「いやそんなことはない、そんなことはないさ、自分だってうすうすは感づいていたんだ」

「うすうす感づいていたんですって」とかねは膝の上の拳をふるわせながら云った、「——それならなにかなすったらいかがですか、なにかを、そうよ、臆病者などという汚名をすすぐためにも、もうなにかなすってもいいころではありませんか、そうお思いになったことはないんですか」

「自分でもときどきそう思うんだが」六兵衛は溜息をつきながら云った、「なにしろその、道に落ちている財布を拾う、というようなわけにはいかない問題だからね」

「お拾いなさいな」とかねは云った、「道にはよく財布が落ちているものですわ」

慥《たし》かに、彼は道に落ちていた財布を拾った。しかもたいへんな財布を。ここで「偏耳録」の記事を二三引用しなければならない。

——延享二年十月五日、江戸御立、同十八日御帰城。三年丑《うしの》八月、将軍家重公《いえしげこう》御上洛。同年芳江比巴国山兎狩御出。
——兎狩のとき争論あり、御抱え武芸者仁藤昂軒《にとうこうけん》（名は五郎太夫、生国常陸《ひたち》）儀、御側小姓加納平兵衛を斬って退散。加納は即死、御帰城とともに討手のこと仰せ出《いだ》さる。

仁藤昂軒は剣術と半槍《はんそう》*の名人で、新規に三百石で召し出され、家中の者に稽古をつけていた。六尺一寸という逞しい躰軀《たいく》に、眼も口も鼻も大きかったらしい。特に鼻が目立っていたのだろうか、若侍たちはかげで「鼻」という渾名《あだな》で呼んでいた。——狩場でどんな争論があったのかはわからない、昂軒はちょっと酒癖が悪く、暇さえあれば酒を飲むし、酔えばきまって乱暴をする。剣術と半槍の腕は紛れもなく第一級であり、稽古のつけかたもきびしくはあるが本筋だった。彼は三年まえ、江戸で藩公にみいだされ、二百石十人扶持で国許《くにもと》へ来たが、三十一歳でまだ独身だったし、女に手を出すようなことはなかった。

——おれの女房は酒だ。

昂軒はつねにそう云っていたし、よそ者には心をゆるさない土地のならわしで、縁談をもちだす者もいなかった。お抱え武芸者として尊敬はされるが、人間どうしの愛情や劬《いたわ》りには触れることができない。それが「藩公にみいだされた」という誇りとかちあって、しだいに酒癖が悪くなったようであった。

狩場で斬られた加納平兵衛は、お側去らずといわれた小姓で、親きょうだいは江戸屋敷にいた。藩公は激怒され、すぐに追手をかけろと命じた。これは加納の家族とは関係がない、昂軒はおれに刃を向けたのだ、上意討だ、と名目をはっきりきめられた。——昂軒は狩場からいちど帰宅したが、すぐに旅支度をして出ていった。そして出てゆくとき、彼は門弟の一人に向かって、これから北国街道をとって江戸へゆく、逃げも隠れもしないから追手をかけるならかけるがよい、と云い残した。

そこで誰を討手にやるか、という詮議《せんぎ》になったが、相手が相手なのでみんな迷った。彼なら慥かだ、という者もみあたらないし、私がと名のって出る者もない。だからといって一人の相手に、人数を組んで向かうのは越前家の面目にかかわる、どうすればいいかと、はてしのない評議をしているところへ、双子六兵衛が名のって出た。人びとは嘲弄《ちょうろう》されでもしたように、そっぽを向いて相手にしなかった。六兵衛は怯《おび》えたような顔で、唇にも血のけがなく、軀《からだ》は見えるほどふるえていた。よほどの決心で名のり出たのだろうが、名のり出たという事実だけで、もう恐怖にとりつかれているようすだった。

——よしたほうがいい、と一人が云った。返り討にでもなったら恥の上塗りだ。

だがほかの者は同意を示さなかった。六兵衛が臆病者だという評は、家中に隠れもないことだし、仁藤昂軒の耳にもはいっているかもしれない。その臆病者が討手に来たと知ったら、はたして昂軒はどう思い、どういう行動に出るか。そう考えた一人が、急に膝を打ち、そこ

＊半槍＝信長が合戦で採用したといわれる三間半槍のこと。集団の戦いを有利にしたといわれる。

にいる人びとを眼で招いた。

二

「かね、いるか」六兵衛は帰宅するなり叫んだ、「来てくれ、旅支度だ」

兄の居間へはいって来た妹のかねは、大きななりをして帰るそうそう、めしの支度だなんてなにごとですか、と云った。

「めしではない旅支度だ」

いよいよそうか、とでも云いたげに、かねは冷たい眼で兄を見た。世間の嘲笑に耐えかねて、いよいよ退国する気になったのか、と思ったようである。

「そういそがなくともいいでしょう」とかねは云った、「片づけなければならない荷物だってあるし、それに」

「荷物なんぞいらない」六兵衛は妹の言葉を遮って云った、「肌着と下帯が二三あればいいんだ、いそいでくれ」

おちつかない手つきで袴をぬぎ、帯を解いている兄を見ながら、かねは心配そうに「なにかあったのか」ときいた。

「あったとも」と六兵衛が云った、「ながいあいだの汚名をすすぐときがきた、御上意の討手を仰せつけられたんだ」

これを見ろと云って、脇に置いてあった奉書の包みを取って渡した。その表には「上意討之趣意」とあり、中には仁藤昂軒の罪状と、討手役双子六兵衛に便宜を与えてくれるように、ということが藩公の名でしたためてあった。藩公の名には墨印と花押《かおう》がしるされているし、宛名のところには「道次諸藩御老職中」と書いてあった。かねは顔色を変えた。

「仁藤とは」とかねは兄に問いかけた、「あのお抱え武芸者の仁藤五郎太夫という人のことですか」

「そうだ、それに書いてあるとおり」と六兵衛は裸になりながら答えた、「あの仁藤昂軒だ、着物を出してくれ」

「とんでもない」かねはふるえだした、「やめて下さいそんなばかなこと、あの人は剣術と槍の名人だというではありませんか」

六兵衛はそう聞くなり両手で耳を塞ぎ、悲鳴をあげるような声で「着物を出してくれ、旅支度をいそいでくれ」と叫び、風呂舎《ふろや》のほうへ走り去った。かねはそのあとを追ってゆき、やめて下さいと哀願した。相手は名人といわれる武芸者、あなたは剣術の稽古もろくにしたことがない。返り討になるのは知れきっているし、そうなれば双子の家名も絶えてしまうだろう。わたくしがいつも不平や泣き言を云うので、あなたはついそんな気持になったのだろうが、あなたに死なれるより、まだ臆病者と云われるほうがいい。すぐにお城へ戻って辞退して下さい、これからはわたくしも、決して泣き言やぐちはこぼさない、どうかぜひとも辞退しにいって下さい。かねは涙をこぼしながらそうくどいた。

風呂舎で水を浴びながら、六兵衛は「だめだ」と云った。

「これは私のためだ」と彼は云った、「おまえの泣き言でやけになったのではない、私も一生に一度ぐらいは、役に立つ人間だということを証明してみせたいんだ」

「お兄さまは殺されてしまいます」

「そうかもしれない、だがうまくゆくかもしれない」六兵衛は軀を拭きながら云った、「道場での試合ならべつだが、こういう勝負には運不運がある、仁藤昂軒は名人といわれ、自分の腕前を信じているが、私は臆病者だと自分で認めている、この違いは大きいんだぞ、かね、私はこの違いに賭《か》けて、討手の役を願い出たんだ」

「お兄さまは殺されます」と云ってかねは泣きだした、「お兄さまはきっと、返り討になってしまいますわ」

「たとえそうなったとしても」六兵衛はふるえ声で云った、「この役は御上意という名目だから、断絶するようなことはない、私はないと思う、おまえに婿を取っても家名は立ててもらえるだろう、必ず家名は立つと私は信じている」

「わたくしが悪いんです」かねは咽《むせ》び泣きながら云った、「みんなわたくしが悪かったからです、お兄さま、堪忍して下さい」

「さあ早く」と六兵衛が云った、「旅支度を揃えてくれ、泣くのはあとのことだ」

「偏耳録」によると、双子六兵衛は昂軒のあとを追って、三日めに追いついたという。ところは松任《まっとう》、町の手前の畷道《なわてみち》＊にかかったとき、六兵衛は昂軒の姿をみつけた。背丈が高く、肩の張った骨太の、逞しい軀つきは、うしろからひとめ見ただけで、それとわかった。六兵衛はわれ知らず逃げ腰になり、口をあいて喘いだ。口をあかなければ喉が詰まって、呼吸ができなくなりそうだったからである。心臓は太鼓の乱打のように高鳴り、膝から下の力が抜けて、立っているのが精いっぱい、という感じだった。

「待て、おちつくんだ」と六兵衛は自分に囁きかけた、「まずおちつくのが肝心だ、向うはまだ気づかない、いまのところはそれだけが、こっちの勝ちみだからな」

彼は全身のふるえを抑えようとし、幾たびも唾をのみこもうとした。ふるえはおさまらないし、口はからからで、一滴の唾も出てこなかった。昂軒はゆっくりと遠ざかってゆく、大きな編笠をかぶっているが、その笠が少しも揺れないし、歩調は静かで、その一歩々々が尺で計ったように等間隔を保ってい、乾ききっている道だのに、足もとから埃の立つようすもなかった。

「武芸者もあのくらいになると」と六兵衛は呟いた、「あるきかたまで違うんだな」

彼は感じいったように首を振り、そろそろあるきだした。

＊畷道＝田のあぜ道をいうが、ここでは長い道の意。

昂軒は松任で宿をとった。六兵衛はそれを見さだめてから同じ宿に泊り、明くる朝、昂軒がでかけるのを待って、あとからその宿を立った。昂軒と同宿しているということで、六兵衛はおちおち眠ることができなかった。どうすれば討てるかと、いろいろと思案したけれども、これというらまい手段が思いうかばず、ともすると「荒神さま*」という言葉にひっかかった。

「なにが荒神さまだ」と彼は昂軒のあとを跟《つ》けてゆきながら首をひねった、「こんなところへなんのために荒神さまが出てくるんだ」

仁藤昂軒は金沢へは寄らず、北国街道をまっすぐにあるいていった。金沢城下は騒がしく、なにやらものものしい警戒気分が感じられた。往来の者の話を聞くと、将軍家重が上洛するとのことで、怪しい人間の出入りを監視している、ということであった。将軍家の上洛なら東海道であろう、こんなに遠い加賀のくにで、往来の者を警戒するなどとはばかげたことだ。そう云ってあざ笑う者もいた。――昂軒が金沢城下を避けたのは、そんな騒ぎに巻き込まれたくなかったからであろう。将軍上洛のことは、「偏耳録」に延享三年丑八月と記してあるから、このときは七月から八月へかけての出来事とみることができる。すなわち新暦にすると盛夏の候で、北国路でも暑さのきびしい時期だったに違いない。――乾いた埃立つ道をあるき続けながら、双子六兵衛はしだいにうんざりしてきた。自分のしていることがばからしくなり、上意討という名目のそらぞらしさ、そんなことで日頃の汚名をすすごうと思った自分の愚かさ、などについて反省し、昂軒が狩場で加納を斬ったのは、昂軒の個人的な理由があったのだろうし、このおれには関係のないことだ。そんなことを考えながら、汗を拭き拭きあるいていると、突然うしろから呼びかけられた。

「おい、ちょっと待て」とその声は云った、「きさま福井から来た討手じゃないのか」

六兵衛はぞっと総毛立ちながらとびあがった。とびあがって振り返ると、仁藤昂軒がうしろに立っていた。

「その顔には見覚えがある」と昂軒は編笠の一端をあげ、ひややかな、刺すような眼で、じっと六兵衛を睨んだ、「——うん、慥かに覚えのある顔だ、きさま討手だろう、おれのこの首が欲しいのだろう」

六兵衛は逆上した。全身の血が頭へのぼって、殆んど失神しそうになった。

「ひとごろし」六兵衛はわれ知らず、かなきり声で悲鳴をあげた、「誰か来て下さい、ひとごろしです、ひとごろし」

そして夢中で走りだし、走りながら同じことを叫び続けた。どのくらい走ったろうか、息が苦しくなり、足もふらふらと力が抜けてきたので、もう大丈夫だろうと振り返ってみた。白く乾いた道がまっすぐに延びてい、右手に青く海か湖の水面が見えた。道の左右は稲田で、

＊荒神さま＝仏・法・僧の三宝荒神をさすこともあるが、ここでは民間信仰の竈神、屋敷や地域、生活全般の守り神としての荒神さま。

あまり広くない街道の両側には松並木が続き、よく見ると、道の上には往来する旅人や、馬を曳いた百姓などが、みんな立停って、吃驚《びっくり》したようにこっちを見ていた。——十町ほど先で道が曲っているので、おそらくまだそっちにいるのだろう、仁藤昂軒の姿は見あたらなかった。

「逃げるんだ」と彼は自分に云いきかせた、「いまのうちに逃げるんだ、早く」

六兵衛は激しく喘ぎながら、いそぎ足にあるいてゆき、やがて右手に、松林のある丘をみつけると、慌ててその丘へ登り、松林の中へはいっていった。六兵衛は笠をぬぎ、旅嚢《りょのう》を取って投げると、林の下草の上へぶっ倒れた。

「危なかった」と彼は荒い息をつきながら呟いた、「もう少しで斬られるところだった、あいつがうしろにいようとは思わなかったからな、いつ追い越してしまったんだろう」

六兵衛は眼を細めた。仰向けになった彼の眼に、さし交わした松林の梢と、梢の高いかなたに、白い雲の浮いた青空が見えた。おれはとんまなやつだな、と六兵衛は思った。臆病なうえにまがぬけている、追いかけている人間を追い越したのも知らず、逆にうしろから相手に呼びとめられた。へ、いいざまだ。そんなふうに自分を罵倒していると、ふいに「荒神さま」のことを思いだした。

「そうか」と彼は眉をしかめた、「子供のときの話だったか」

幼いころ母から戒められたことがある。窓から外へ湯茶を捨てるものではない、家の周囲にはいつも荒神さまが見廻っているから、捨てた湯茶が荒神さまにかかるかもしれないし、そんなことになると罰が当る、というのであった。

三

荒神さまといえば、とにかく神であろう。神ならなにごともみとおしな筈であるのに、窓から捨てられる湯や茶がよけられず、ひっかけられてから怒って罰を当てる、というのはだらしのないはなしである。荒神さまが本当に、だらしのない神であるかどうかはわからないが、神でさえ、不意に投げ捨てられた湯茶を避けられないとすれば、人間である昂軒はなおさら避けることができないだろう。六兵衛のあたまの中で、無意識にそのことがちらちらしていたのであった。

「そうか、そんなことだったのか、ばかばかしい」と彼は高い空を見あげたままで呟き、大きな溜息をついた、「――そうだとすれば、追いかけている相手にうしろから呼びとめられるなんて、おれこそ荒神さまみたようなもんじゃないか、ふざけたはなしだ」

ふざけたようなはなしだ、と呟きながら、六兵衛は自分のみじめさに涙ぐんだ。これからどうしよう、福井へは帰れないし、重職から与えられた路銀には限りがある。どこか知らない土地へいって、人足にでもなってやろうか、――そんなふうに思いあぐねていると、くに訛《なま》りのつよい言葉で、人の話しあう声が聞えてきた。

「人殺しだって、ほんとか」と一人の声が云った、「それで、誰か殺されたのか」

「うまく逃げた」と他の声が云った、「お侍だったがうまく逃げた、逃げたほうが勝ちよ、相手はおめえ鬼のような凄い浪人者で、十人や二十人は殺したような面構えをしていた、嘘じゃねえ、往来の衆もみんなふるえあがって、てんでんばらばら逃げだしたもんだ」

「ふーん」と初めの声が云った、「おら、これから御城下までゆくつもりだが、その浪人者はまだいるだかえ」

「いまごろは笠松の土橋あたりかな」と片方の声が云った、「御城下へゆくのは一本道だ、危ねえからよしたほうがいいぞ」

そういうことならいそぐ用でもないから、今日はここから帰ることにしよう、と初めの男の声が云い、その二人の話し声は遠のいていった。街道でゆき会った百姓たちであろう、あたりが静かだから、ここまで聞えてきたのだろうが、十人や二十人は殺したような面構え、という言葉は、六兵衛の耳に突き刺さり、改めてぞっと身ぶるいにおそわれた。

「だが、待てよ」暫《しばら》くして彼はそう呟き、高い空の一点に眼を凝らした、「だが待て、ちょっと待て、なにかありそうだぞ、よく考えてみよう」

彼の顔は仮面のように強《こわ》ばり、呼吸が静かに深くなった。彼は荒神さまを押しのけた。隙を覘《ねら》うという策はだめだ、現にそれは失敗し、なさけないほどみじめなざまをさらしてしまった。とすれば、この失敗を逆に利用したらどうか、「人殺し」という叫びを聞いて、土地の者が恐れ惑った。いま街道で話していた百姓も、城下まで用があって来たのに、そういう浪人者がいると聞き、用事を捨てて引返した。話を聞いただけで引返した。聞いただけで、ただ話を聞いただけで。

「そうか」と呟いて彼は上半身を起こした、「おれは臆病者だ、世間には肝の坐った名人上手よりも、おれやあの百姓たちのような、肝の小さい臆病な人間のほうが多いだろう、とすれば」

そうだとすれば、と呟いて彼は微笑し、「とすれば」という言葉をこれでもう三度も口にした、と自分を非難し、口をあいて、声を出さずに笑った。

「その手だ」と彼は笑いやんで呟いた、「おれの臆病者はかくれもない事実だからな、いまさら人の評判を気にする必要はない、よし、この手でゆこう」

双子六兵衛は立ちあがり、旅嚢を肩に、笠をかぶって松林から出ていった。仁藤昂軒はもうそこを通り過ぎていたが、大きな編笠と、際立って逞しいうしろ姿は、六兵衛の眼にすぐそれと判別することができた。六兵衛はいそぎ足に追ってゆき、二十間ばかり手前で足をゆるめた。

「よしよし、そんなふうに威張っていろ」と六兵衛は昂軒のうしろ姿に向かって呟いた、「威張っているのもいまのうちだからな、——いまにみていろよ」

稲田にはさまれた道の右側に、小高くまるい塚のようなものがあり、そこだけひと固まりに松林が陽蔭《ひかげ》をつくってい、その陽蔭に小さな掛け茶屋があった。あの茶店へはいるなと、六兵衛は思った。昂軒はその茶店へはいり、笠をぬぎ旅嚢を置いて腰掛けに掛けて汗をぬぐった。六兵衛はそれを見さだめてから、十間ほどこっちで立停り、大きな声で叫びたてた。

「ひとごろし」と彼は叫んだ、「その男はひとごろしだぞ、越前福井で人を斬り殺して逃げて来たんだ、いつまた人を殺すかわからない、危ないぞ」

六兵衛は三度も続けて同じことを叫んだ。小説としてはここが厄介なことになる。その叫びを聞いて昂軒が立ちあがるのと同時に、茶店の裏から腰の曲った老婆と、四十がらみの女房がとびだし、小高くまるい塚のような、円丘のほうへ逃げてゆくのが見えた。

「黙れ」と昂軒が喚き返した、「おれにはおれの意趣があって加納を斬った、おれは逃げも隠れもしない、北国街道をとって江戸へゆくと云い残した、討手のかかるのは承知のうえだ、きさまが討手ならかかって来い、勝負だ」

六兵衛はあとじさりながらどなった、「そううまくはいかない、勝負だなんて、斬りあいをすればそっちが勝つにきまっているさ、私は私のやりかたでやる、この、ひとごろし」

「卑怯者」と昂軒は喚き返した、「それでもきさまは討手か、勝負をしろ」

昂軒は大股《おおまた》にこっちへあるいて来、六兵衛はすばやくうしろへ逃げた。逃げながら「ひとごろし」と叫んだ。その男は人殺しである、側へ寄るな、いつまた人を殺すかもしれない、危ないぞと、繰返し叫びたてた。道には往来の旅人や、ところの者らしい男女がちらほら見えたが、六兵衛の叫びを聞き、昂軒のぬきんでた逞しい容姿を見ると、北から来た者は北へ、南から来た者は南へと、みな恐ろしそうに逃げ戻っていった。昂軒は「勝負をしろ」といって近づいて来、六兵衛は「ひとごろし」と叫びながらあとじさりをした。

「卑怯者」と昂軒は顔を赤くしながら喚きかけた、「きさまそれでも侍か、きさまそれでも福井藩の討手か」

「私はこれでも侍だ」と逃げ腰のまま六兵衛が云った、「上意討の証書を持って、おまえを追って来た討手だ、だが卑怯者ではない、家中では臆病者といわれている、私は自分でもそうだと思っているんだ、卑怯と臆病とはまるで違う、おれは討手を買って出たし、その役目は必ずはたす覚悟でいるんだ」

「ではどうして勝負をしない、おれが勝負をしようというのになぜ逃げるんだ」

「勝負はするさ」と六兵衛は答えた、「――但し私のやりかたでだ」

昂軒はじっと六兵衛の顔を見まもった。なにが彼のやりかたか、ということをみきわめようとしているらしい。六兵衛は歯をみせて笑った。それは、人がいきなり恐怖におそわれた場合、叫びだすまえに笑うような、笑いではない笑いかたであった。現に、彼は笑うどころではなく、全身でふるえ、額や腋《わき》の下にひや汗をかいていた。

「必ず役目をはたすって、おかしなやつだ」と昂軒は云った、「いいだろう、おれは断じて逃げも隠れもしない、ゆだんをみすまして寝首をかくつもりかもしれないが、そんなことでこのおれを討てると思ったら、大間違いだぞ」

「さあ、どうかな」と云って六兵衛はまた歯をみせた、「それはわからないぞ、仁藤昂軒、それだけはわからないぞ」

昂軒は眉をしかめ、片手を振って茶店のほうへ戻った。双子六兵衛はあとからついてゆき、十間ほど手前で立停り、昂軒のようすを見まもった。昂軒はどなっていた、茶を持ってこいというのである。けれども、さっきの腰の曲った老婆と、その娘らしい四十がらみの女房とは、茶店の裏から逃げだしていった。昂軒がいくらどなっても、彼女たちが戻ってくる公算はない、つづめていえば、仁藤昂軒は一杯の渋茶も啜《すす》れないのである。

「それみろ」とこっちで六兵衛が呟いた、「いくら喚き叫んでも人は来やあしない、おまえは人殺しだからな、これからずっとそれがついてまわるんだ、くたびれるぞ」

茶店の女たちはついに戻らず、昂軒はやむなく、一杯の渋茶も啜らずにその店を出ていった。その夕方、仁藤昂軒は高岡というところで宿をとった。ここも天領で、松平淡路守《あわじのかみ》十万石の所領に属する。六兵衛はあとをつけてゆき、昂軒が宿へはいるなり、表の道から「ひとごろし」と叫んだ。

「その侍は人殺しだぞ」と彼は昂軒を指さしながら声いっぱいに叫びたてた、「気にいらないことがあるとすぐに人を殺す、剣術と槍の名人だから誰にも止めることはできない、そいつは人殺しだ、危ないぞ」

洗足《すすぎ》の盥《たらい》を持って来た小女が、盥をひっくり返して逃げ、店にいた番頭ひとりを残して、他の男や女の雇人たちはみな、おそるおそる奥のほうへ姿を消した。

「人殺しだ」と六兵衛はこっちから、昂軒を指さしながら叫んだ、「その侍は人殺しだ、危ないから近よるな、危ないぞ」

高岡はさして大きくはないが繁華な町であり、夕刻のことで往来する男女も多かった。それらが六兵衛の声を聞くなり、みんな自分たちの来たほうへあと戻りをするか、いそぎ足で恐ろしそうに通り過ぎていった。

「卑怯者」と云って昂軒が表へとびだして来た、「そんなきたない手でおれを困らせようというのか、女の腐ったような卑怯みれんな手を使って、きさまそれで恥ずかしくはないのか」

「ちっとも」と云って六兵衛はゆらりと片手を振った、「あなたには剣術と槍という武器がある、私には武芸の才能はない、だから私は私なりにやるよりしようがないでしょう、あなたの武芸の強さだけが、この世の中で幅をきかす、どこでも威張ってとおれる、と思ったら、それこそ、あなたの云ったように大間違いですよ、わかるでしょう」

「ちょっと待て」と昂軒が云った、「するときさま、これからもずっとこんなことをするつもりか」

六兵衛は頷いた。いかにもさよう、というふうに双子六兵衛は大きく頷いた。

「そんなことは続かないぞ」と昂軒は同情するように云った、「町人や百姓どもなら、きさまの言葉に怯《ふる》えあがるかもしれない、だが侍は違う、侍には侍の道徳がある、きさまの卑怯なやりかたに、加勢する者ばかりはいないぞ」

「ためしてみよう」と六兵衛は逃げ腰になったままで答えた、「いざとなれば上意討の証書を出してみせるからね、それに、侍にだってそう武芸の達人ばかりはいないでしょう、たいていは私のように臆病な、殺傷沙汰の嫌いな者が多いと思う、私はそういう人たちを味方にするつもりなんだ」

昴軒は顔を赤黒く怒張させ、拳をあげて、「卑怯者、臆病者、侍の風上にもおけないみれん者」などと罵った。あんまり語彙は多くないとみえ、同じ言葉を繰返しどなり続けた。六兵衛は用心ぶかくあとじさりしながら、人殺し、おまえは人殺しだ、みなさん、この男は人殺しですよ、と喚きたてた。道には往来の者が多く、六兵衛の声を聞くなり、それぞれが元来たほうへ駆け戻っていった。かれらの足許から舞いあがる土埃で、道の上下は暫く灰色の靄《もや》に掩《おお》われたようであった。

「卑怯者」と昴軒が刀の柄に手をかけてどなった、「きさまが討手なら勝負をしろ」

「勝負といっても、こっちに勝ちみのないことはわかっている」六兵衛はまたあとじさった、

「私は私の流儀でやるつもりだ」

「きさまそれでも武士か」

「どう思おうとそっちの勝手だ、私は私のやりかたで役目をはたすよ」

「みさげはてたやつだ」昂軒は道の上へ唾を吐いた、「福井にはきさまのような卑怯者しかいないとみえるな」

「人殺しよりは増しだろう、とにかく、ゆだんは禁物だということを覚えておくんだね」

昂軒は追いかけようとしたが、それより先に六兵衛が逃げだした。その動作の敏速なことと、逃げ足の速いことはおどろくばかりであり、昂軒はすぐに追いかけるのを諦めた。

「そうだ、思いだした」と昂軒は呟いた、「あいつはたしか双子なんとかいう、福井家中に隠れもない臆病者だ、あんな男を討手によこすなんて、福井の人間どもはどういうつもりだろう」

どういうつもりもない、討手を願い出たのは彼だけだったということを、読者はすでに御存じの筈である。そしてこれは、深いたくらみや計画されたことではなく、あの丘の松林の中で聞いた二人の百姓の話から思いついた方法であり、双子六兵衛にとってそのほかに手段はないのであった。——昂軒が掛け茶屋へはいれば、六兵衛は道の上から「人ごろし」と叫ぶ。その男は福井で人を殺して来た、いつまた人を殺すかもしれない、その男の側へは近よらないほうがいい、「その男はひとごろしだ」用心をしろと喚きたてる。まず茶店にいた客たちが銭を置いて逃げだし、次に茶店の者たちが逃げだし、昂軒は一杯の渋茶にもありつけず、六兵衛に悪口雑言をあびせながら、茶店を出てゆくという結果になるのであった。

宿屋でも同様で、昂軒が店へはいろうとすると同じことを叫ぶ。たいてい店の者に断わられるが、強引に泊り込むときもある、そうすると彼もその宿に泊って、明くる朝のことを頼む、あの侍が出立するときは起こしてくれと頼み、一と晩じゅうこちらからどなりたてる。「十番に泊っている侍は人殺しですよ」と或る夜は叫び続ける、「あの侍は人殺しです、いつなにをしでかすかわかりません、みなさん気をつけて下さい、あの侍に近よると危ないですよ」

昂軒がとびだして来ると、六兵衛はすばやく逃げ、逃げながらも叫び続ける。そらあのとおり、あいつは人殺しです、見境もなく人を殺す男です、みなさん用心をして下さい。すると道をゆく人たちは逃げ、店屋は慌てて大戸を閉めるのであった。昂軒も手を束《つか》ねていたわけではなく、物蔭や藪や雑木林に隠れて、六兵衛の不意を襲おうと幾たびかこころみた。けれど一度も成功しなかった。臆病者の六兵衛はあくまで慎重であり用心ぶかく、殆んど摑《つか》まえたと思ったときでも、昂軒の手を巧みにすりぬけて逃げた。まるでしろうとが鰻を摑みでもするように、するすると昂軒の手をすりぬけ、風のようにすばやく、逃げてしまうのである。ある宿屋では、逃げだした老人がびっこをひきながら、自分の右足の膝には軟骨が出ていて、医者にかかってもよく治らない、だからよく走れないのだが、どうか斬らないでもらいたいと、泣き泣き哀訴しながら、よたよたとよろめいていた、という悲しいけしきもあった。そして高岡というところへ来たとき、意外なことが起こった。高岡は富山松平家十万石の所領であり、城下町の富山よりもおちついた、静かな風格のある町だった。昂軒は本通りの松葉屋市兵衛という宿に泊り、六兵衛もよく見定めてから同じ宿で草鞋《わらじ》をぬぎ、特に帳場の脇の行燈部屋《あんどん》*に入れてもらった。それから例によって、夕食を運んで来た女中に昂軒のことをきくと、二階の「梅」にいること、いま風呂からあがって酒を飲んでいること、向うでも六兵衛を気にしていること、などを詳しく話した。そこで彼は女中に心付をはずみ、その侍は大悪人であり、自分は討手として追っている者だ。もしかすると隙をみて逃げだすかもしれないから、よく見張っていてくれと頼んだ。女中は承知をし、どんなことがあってものがしはしない、とりきんで頷いた。

夕食のあと六兵衛はざっと湯を浴び、汗臭い着物に埃だらけの袴や脚絆《きゃはん》をつけて、半刻《はんとき》ばかり横になって眠った。ながくは寝ていられない、あいつを休ませるばかりだからな、おれの勝ちみはあいつをへとへとにさせることだけなんだぞ。眠りながらそんなことを思っていると、誰かに呼び起こされた。六兵衛は吃驚《びっくり》してとび起き、どうした、なにかあったのかときいた。さっきの女中がなにか知らせに来たもの、と直感したのであるが、そうではなくて、十七八とみえる美しい娘が、彼を見おろして立っているのであった。——娘はほっそりした小柄な軀で、おもながな顔に眼鼻だちのはっきりした、六兵衛にとって生れて初めて見るような美しい姿をしていた。けれども娘の表情は、怒ったときの妹のかねのそれとよく似てい、彼には美人だなという感想よりも、この娘は怒っているなという感じのほうが先にきた。

「まあ呆《あき》れた」娘は行燈の火を明るくし、六兵衛のようすを吟味するように見て云った、「——

＊行燈部屋＝光がほとんど入らない、行燈や布団を収納していた薄暗い部屋。

あなたはいつもそんな恰好で寝るんですか」「そんなことはない」六兵衛は首を振った、「にんげん誰だって、いつもこんな恰好で寝るわけにはいかないでしょう、それとも、あなたはできますか」

「あたしは女中のさくらから事情を聞きました」娘は彼の言葉など聞きながして云った、「あなたはうちの二階にいるお客を、闇討ちにしようとしているそうですね」

六兵衛はちょっと考えてから反問した、「それはどういうことですか」

「きいているのはあたしのほうです」

「私は闇討ちをしようなんて、考えたこともありませんよ」

「その恰好で」と娘は六兵衛の着ているものを指さした、「女中に金を握らせて二階にいる客を見張らせるなんて、それが正しいお侍のなさることでしょうか」

「これには仔細があるんです」

娘は坐って、膝へきちんと両手を置いた、「うかがいましょう」と娘は云った、「あたしはおようといって十七歳ですが、両親に亡くなられたあと三年も、この宿の女あるじとしてやってきました、そのあいだにいろいろなことも経験し、男女のお客も見てきています、話すことがしんじつか、でたらめな拵《こしら》えごとかどうかぐらい、見分け聞き分けるちからはもっているんですから」

妹のかねと同じだな、六兵衛はそう思い、額の汗を手の甲でぬぐった。すると妹の「兄さんが臆病者だから、自分はこのとしまで縁談ひとつなかったのだ」という思い詰めた言葉と、しんけんな顔つきが思いうかび、その回想に唆《け》しかけられるかのように、六兵衛は大きく、あぐらをかいて坐り直した。

「よろしい」と彼は云った、「これから私の話すことが、あなたにとってどう判断されるかわからない、だが私はそんなことをぬきにして、正直に自分の立場を話す」

そして彼は語った。たぶんこんな十七歳の小娘などには理解してもらえないだろう、と思いながら、これまでのゆくたてを詳しく語った。彼にとっては思いがけないことだが、娘は話をよく理解してくれた。彼女は涙ぐみ、呼びに来た女中や番頭を追い返して熱心に聞き、六兵衛が討手を願い出たところでは、眼がしらを押えて涙をこぼしさえした。

「さあ云って下さい」話し終ってから六兵衛が娘を見た、「これで話は全部です、あなたはこの話を信じますか信じませんか」

「あたしが悪うございました」と云って娘は咽《むせ》びあげた、「堪忍して下さい、疑ぐったりして申訳ありませんけれど、その代り、あたしもお手伝いをさせていただきますわ」

六兵衛は不審そうに娘の顔を見、娘のおようは彼のほうへ、膝ですり寄った。

四

およう は番頭に、あとのことを一切任せ、旅支度で六兵衛といっしょに高岡を立った。土地では古い宿とみえ、旅切手もすぐ手にはいったし、旅費の金もたっぷり用意したらしい。

そんなことよりも「お手伝い」というのがさらに現実的であり、大きな効果をあげた。これまでは六兵衛ひとりで追い詰めて来たのだが、高岡からはおようという交代者ができたのだ。すなわち、六兵衛が休んだり眠ったりしているとき、おようが代って「ひとごろし」と叫びたてるのである。

「その侍は人殺しです」と彼女は昂軒を指さして叫ぶ、「越前の福井で人を殺して逃げたんです、いつまた暴れだして人を殺すかもしれません、みなさん用心して下さい」

そうして充分に休息し、眠りたいだけ眠った六兵衛が、おように代るという仕組であった。これは昂軒にとって大打撃であった。

彼は掛け茶屋にも寄れず、宿屋でゆっくり眠ることもできなかった。「ひとごろし」という叫びを聞くと、茶店の者は逃げてしまうし、宿屋でも相手にしない。客が満員だからとか、食事の給仕をする者もろくにない。

泊り客たちが逃げだすのはいうまでもないし、宿の者や雇人たちも近よろうとしないのであった。こちらの二人はゆうゆうとしていた。

「あたし本当のことを云うわ」およらは娘らしいしなをつくりながら云った、「あたしの本当の名はおとらっていうんです、兄が一人、姉が一人、小さいときに死んだものですから、この子は丈夫に育つようにって付けたんですって」

「よくあるはなしですよ」

「だっていやだわ、おとらだなんて」およぅは鼻柱に皺をよせた、「ですからあたし、自分で名を選びましたの、初めに付けたのがおゆみ、それも気にいらなくって次ははな、それからせき、去年まではさよっていってましたの」

「そしておようさんですか」

「昔のお友達に同じ名の、しとやかで温和《おとな》しい人がいたんです」

「しとやかで温和しいとね」

「いやだわ」およぅは赤くなった、「そういうお友達がいたって云っただけですのよ」

その他もろもろのことで、二人の話はしだいにやわらかく、親密になっていったが、六兵衛がそんなことで役目を忘れた、などとは思わないでいただきたい。現に富山城下へ着いたときのことだが、昂軒が宿屋へはいろうとするのを見て、当番だった六兵衛が、例のとおり喚きだし、宿の前はこわいもの見たさの群集が、遠巻きに集まって来た。すると、町方与力とみえる中年の侍が、同心らしい二人の男をつれてあらわれ、六兵衛の前に立ちはだかった。

「ここは松平淡路守さま十万石の御城下である」とその中年の侍が云った、「かような時刻に町なかで、ひとごろしなどと叫びたて、往来の者を威《おど》し騒ぎを起こすとは不届きなやつだ、役所まで同行しろ」

越前の言葉も訛りがひどい。

だが富山の言葉はもっと訛りがひどいので、正確なところは解釈しにくかったけれども、大体な意味だけは推察することができた。

そこで六兵衛は事情のあらましを語り、上意討趣意書を出して、その中年の侍に読ませた。

「これはこれは」とその中年の侍は読み終って封へ入れてから、三拝して趣意書を彼に返し、これはまことに御無礼と、急に態度を改めた、「かような仔細があるとは少しも知らず、失礼をつかまつった」

その中年の侍は古風な育ちとみえ、道にころがっている石ころのように古くさい、きまり文句でながながと詫《わ》び言《ごと》を並べ、自分の思い違いを悔やんだ。六兵衛にはその半分もわからず、この男は正真正銘の田舎侍だな、などと思いながら聞いていた。

「かように仔細がわかった以上」と中年の侍は続けた、「わが藩としても拱手《きょうしゅ》傍観はできません、すぐさま奉行所の人数を繰出して、この宿の見張りをさせましょう、あなたはゆっくり休息して下さい、その武芸者になにかあったら即刻お知らせをします、宿はこの向うの田川がいいでしょう」

宿賃の心配は無用、ほかになにか希望があったら、それも聞いておきましょうと、念のいった親切ぶりをみせた。

「あなたにうかがいたいことがあるんだけれど」と、田川屋へ泊ってからおようが云った、「こんなことうかがうのは失礼かしら」

宿帳にはこれまでどおり兄妹と書いたので、二人は八帖の座敷《じょう》に夜具を並べて寝ていた。

「聞いてみなければわからないな」と六兵衛は答えた、「――尤《もっと》も、なにをきかれるかはおよそ見当がつくけれどね」

「あらほんと」およう は枕の上で頭をこっちに向け、つぶらな眼をみはった、「そんならなにをきくと思って」

「うう」と彼はあいまいな声をだし、それから溜息をついて云った、「たぶん私には、上意討ができないだろう、ということじゃないかな」

「そのことなら心配はしていません」

こんどは六兵衛が振り向いた。

「ええそうよ」とおようは彼に微笑してみせた、女が心から信頼する男にだけしか見せないような、匂やかな微笑であった、「昂軒っていうんですか、あの人はもう疲れきって、身も心もくたくたになっています、いまならあたしにだってやっつけられますわ」

「そうはいかない、武芸の名人ともなれば、いざという場合になると吃驚するように変るものだ、吃驚するようにね」と云って六兵衛は深い太息《といき》をついた、「――あいつを仕止めるには、まだ相当に日数がかかるよ」

「あたしがうかがいたいのはそんなことではないんです」とおようが云った、「思いきって云いますけれど、はしたない女だと思わないで下さい」

彼は「そんなことは思わない」と答えた。肝心の話にはいるまでの男女の問答は、およそ紋切り型であるし、退屈至極なものときまっているようだ。そこでその部分をはしょって、本題にはいることにしよう。

「あなたにはもう奥さまがいらっしゃるんですか」とおようがきいた。

「私にですか」と六兵衛はおどろいたように問い返した、「私が隠れもない臆病者だということは、初めての晩に話した筈です、そのため妹は二十一にもなるのに縁談もない、そんな人間のところへ来るような嫁がありますか」

「では結婚なすったことは一度もないんですのね」

六兵衛は黙って頷いた。

「でも」とおようは疑わしげにきいた、「お好きな方の二人や三人はいらっしゃるんでしょう」

「さてね」彼は恥ずかしそうに天床《てんじょう》を見た、「家中随一の臆病者と、小さいじぶんから云われどおしでしたから、美しい娘を見ても、いそいで眼をそらしたり逃げだしたり、——私にはこれまで、好きな娘なんか一人もいませんでしたよ」

「ずいぶんばかな御家中ね、なにも武芸に強いばかりがお侍の資格ではないじゃありませんか」

「世間ではからかう人間が必要なんですよ」と六兵衛はまた溜息をついた、「誰にもしんからのわるぎはないんだと思う、よそのことは知らないが、どこでも一人ぐらいは臆病者と呼び、そう呼ばれても怒らないような人間が必要なんだと思います」

「それであんた」思わずはしたない呼びかけをして、およては赤くなった、「どうしてもあの人を討つ気なんですか」

「さもなければ、妹は一生嫁にゆけないんですからね」

「あなたのことはどうなんですか」

「私のなにがです」

「お嫁さんのことよ」とおようがさぐるようにきいた、「上意討が首尾よくいけば、あなたにもお嫁さんに来る人がたくさんあるんでしょ」

六兵衛はちょっとのま考え、それから枕の上でそっと首を振った、「そうは思いませんね」と彼は陰気な口ぶりで云った、「——臆病者というのはこの私です、妹は嫁にゆけるかもしれないが、臆病者と呼ばれてきたのはこの私です、一度ぐらい手柄を立てたところで、生来の臆病者の名が消えるわけじゃありませんよ」

およては考えこんだ。この宿のどこかで、賑やかに囃《はや》したりうたったりするのが聞え、床下で鳴く虫の声が聞えた。

「ねえ」と暫くしておようが囁いた、「もうお眠りになって」

「いや眼はさめてます」六兵衛はぐあい悪そうに答えた、「じつは女の人と同じ部屋で寝るのは初めてのことだし、私は寝相が悪いので、それが心配で眼が冴えてしまったらしい、けれども少し辛抱すれば眠れるでしょう」

「ねええ」と掛け夜具で口を隠しながら、おようが囁き声で云った、「あたしをお国へつれていって下さらないかしら」

「だって」と彼は吃った、「だってあなたは、松葉屋の娘あるじという、大切な責任を背負っているんでしょう」

「あれは番頭の喜七と、女中がしらのおこうに任せて来ました、あの二人にはもう子供もあるんです」

「私にはよくわからないが」

「詳しいことはあとで話しますわ」と云っておようは媚びた微笑をうかべた、「いまはあたしをお国へつれていって下さるかどうかがうかがいたいんです」

六兵衛は唾をのんだ、「いいですとも、あなたがそう望むなら、もちろんいいですよ」

「証拠をみせて下さる」

「どうすればいいんですか」

あなたはじっとしていればいいの、と云っておようは起きあがり、行燈の火を吹き消した。

五

昂軒、仁藤五郎太夫は精根が尽きはてた。宿へ着けば「ひとごろし」という叫び声で、客は出ていってしまうし、宿の者も逃げだしてしまう。

富山松平藩から通報でもあったらしく、到るところに番士が見張っているし、街道の掛け茶屋さえ例外ではなく、空腹に耐えかねて店の品を摘み食いすれば、代価を置いてゆくのに「泥棒」とか「食い逃げ」などと喚きたてられた。しかも、初めは討手が一人だったのに、いまは娘が加わって二人になった。

片方がのびのび寝ているとき、片方が起きていて、「ひとごろし」と叫び続ける。その声を聞くと、そこまで食膳を運んで来た宿の女中が、その食膳を持ったまま逃げてしまうのであった。

越中富山から雄山峠を越えて、道は信濃へはいる。中には天竜川をくだって、東海道の見付へゆく者もあるが、たいていは中仙道を選ぶのが常識だったらしい。仁藤昂軒は後者の道を選んだのであるが、諏訪湖へかかるまえに骨の髄からうんざりし、飽きはててしまった。

——名の知れない高山が遠く左にも右にも見え、まわりはいちめんの稲田であった。

その道傍《みちばた》のひとところに、松林で囲まれた三尺ばかり高い台地がある、昂軒はそこへあがってゆき、大きな編笠をぬぎ旅嚢を投げやって、大きな太息をついた。

——街道のかなたには、旅装の男女が二人、いうまでもないだろうが、双子六兵衛とおようのあるいて来る姿が見えた。

「もうたくさんだ」と昂軒は呟いた、「もうこの辺が決着をつけるときだ」

彼は頬がこけ、不眠と神経緊張のために眼は充血し、唇は乾いて白くなっていた。それに反し、街道をあるいて来る二人はみずみずしいほど精気にあふれていた。どういうことがあったのか、筆者のわたくしにはわからない。六兵衛もそうだが、おようのほうは特にうきうきしたようすで、絶えず六兵衛にすばやいながしめをくれたり、なにか云っては、やさしく肱に触ったり、そっとやわらかく突いたりした。——かれらはまるで、本来の使命を忘れたかのようにその台地の前を通りすぎようとした。

そこで昂軒は立ちあがり、おれはここにいるぞ、と呼びかけた。二人は仰天したようすで、娘のほうはすぐさま「ひとごろし」と叫びだした。

「やめろ、それはもうたくさんだ」と云いながら、昂軒は台地の端へ出て来た、「そこの双子なにがしとかいう男、きさまおれを上意討に来た男だと云ったな」

六兵衛は黙って頷いた。

「おれは初めから逃げも隠れもしないといってある」と昂軒は続けた、「きさまも侍なら、どうして勝負をしないんだ、いまここでもいいんだぞ、こんな茶番芝居みたようなことにはうんざりした、勝負をしろ」

「それはだめだ」六兵衛は唇を舐《な》めてから答えた、「私とおまえさんでは勝負にならない、私のほうでも初めから云ってある筈だ、私は私のやりかたで上意討をするほかはないんだ」

「きさまそれでも武士か」

「それはまえにも聞いたよ」

「しかも恥ずかしくはないんだな」

六兵衛は頭を左右に振り、「ちっとも」と云った、「私はもともと臆病者と定評のある人間なんだ、いまさらなんと云われようと恥ずかしがることはこれっぽっちもないさ」

「どこまで跟《つ》けて来る気だ」

「それはおまえさんしだいさ」と云って六兵衛は歯を見せた、「——おまえさんがへたばるまではどこへでもついてゆくよ、路銀は余るほど貰ってあるからね」

「きさまはだにのようなやつだ、人間じゃあないぞ」

「福井へ帰ったらそう云いましょう」と六兵衛は逃げ腰で答えた、「きっとみんなよろこぶにちがいない」

「勝負はしないのか」

「そちらしだいです、念には及ばないでしょうがね」

「おれはいやだ、飽きはててうんざりして、生きているのさえいやになった」と云って昂軒はそこへ坐った、「腹はへりっ放しだし眠れないし、寝てもさめても人殺し人殺し、しかも尋常に勝負をしようとはしない、こんな茶番狂言には飽き飽きした、おれはここで腹を切る」

昂軒は着物の衿《えり》を左右にひろげ、脇差を抜いた。

「ちょっと」六兵衛は片手を差し出した、「それはちょっと待って下さい」

「なんだと」

「そうそっちのお手盛りで片づけられては困ります」

「お手盛りとはなんだ」

「おまえさんの勝手に事を片づけられては困るということです」と六兵衛が云った、「ここに私という討手がいるんですからな」

「だが、刀を抜いて勝負する気はない、そうだろう」

それが私の罪ですか、とでも云うふうに六兵衛は肩をすくめた。

「おれは誤った」昂軒は頭を垂れ、しんそこ後悔した人間のような調子で、しみじみと云った、「おれも誤ったし、世間の考えかたも誤っている、おれの故郷は常陸の在で、何代もまえから和昌寺という寺の住職をしてきた、だがおれはそんな田舎寺で一生を終る気にはなれなかった」

都へ出て人にも知られ、あっぱれ古今に稀《まれ》なる人物と、世間からもてはやされるような人間になりたかった。常陸はもともと武芸のさかんな国だし、名人上手といわれる武芸者を多く出している。

名を挙げるには武芸に限ると考え、自分もそのみちで天下に名を売ろうと思い、数えきれないほど、達人名人といわれる人の教授を受けた。

「だがそれらはみんな間違っていた」と昂軒は云い続けた、「武芸というものは負けない修業だ、強い相手に勝ちぬくことだ、強く、強く、どんな相手をも打ち負かすための修業であり、おれはそれをまなび殆んどその技を身につけた、越前侯にみいだされたのも、そのおれの武芸の非凡さを買われたからだ、けれどもこんどの事でおれは知った、強い者に勝つのが武者ではない、ということを」

「まあまあ」と六兵衛が云った、「そんなふうにいきなり思い詰めないで下さい」

「いきなりだと」昂軒は忿然《ふんぜん》といきり立ったが、すぐにまた頭を垂れた、そして垂れたままでその頭を左右にゆっくり振った、「――いや、これはいきなりとか、この場の思いつきとかいうもんじゃない、そんな軽薄なものではない、おれはこんど初めて知ったのだが、強いということには限度があるし、強さというものにはそれを打ち砕く法が必ずある、おれには限らない、古来から兵法者、武芸者はみな強くなること、強い相手に打ち勝つことを目標にまなび、それが最高の修業だと信じている、しかしそれは間違いだ」そこでまた昂軒はゆらりと頭を左右にゆすった、「諄《くど》いようだが、それが誤りであり間違いだということを、こんど初めて知った」

「あなたはそれを、もう幾たびも云い続けていますよ」

「何百遍でも云い続けたいくらいだ」昂軒は抜いた脇差のぎらぎらする刀身をみつめながら、あたかも自分を叱るように云った、「――強い者には勝つ法がある、名人上手といわれる武芸者はみなそうだった、みやもとむさしなどという人物もそんなふうだったらしい、だが違う、強い者に勝つ法は必ずある、そういうくふうは幾らでもあるが、それは武芸の一面だけであって全部ではない、——それだけでは弱い者、臆病者に勝つことはできないんだ」

六兵衛は恥ずかしそうに、横眼でちらっとおようを見た。

「どんなに剣道の名人でも」と昂軒は続けて云った、「おまえのようなやりかたにかなう法、それを打ち砕くすべはないだろう、おれは諦めた、もうたくさんだ、おれはここで腹を切る、だからきさまはおれの首を持って越前へ帰れ」

「それは」と六兵衛がきいた、「それは、本気ですか」

昂軒は抜いた脇差へ、ふところ紙を出して巻きつけた。六兵衛は慌ててそっちへゆき、台地の下のところで立停った。

「ちょっと待って下さい、ちょっと」と六兵衛は云った、「あなたは本当に、そこで自害なさるつもりですか」

「そうだ」と昂軒が答えて云った、「——それとも、おまえがおれと勝負をするかだ」

六兵衛は首を振り、手を振った。

「そうだろう」昂軒は頷いた、「そうだとすれば、おれはもう割腹するほかに手はない、おまえたちが交代でどこまでもついて来て、隙《ひま》もなく人殺し人殺しと叫ばれ、めしもろくさま食えないような旅を続けるより、思いきって自害するほうがよっぽど安楽だからな」

ちょっと待って下さい、と云って六兵衛はおようを振り返り、それからまた、「ちょっと待って下さい」と昂軒に云い、顎へ手をやって首を捻り、また頸《くび》のうしろを掻いたりした。

「では、こうしましょう」と六兵衛は商談をもちかけでもするような口ぶりで云った、「――この気候では、越前まで首を持っていっても腐ってしまう、とすれば、首を持っていってもしようがないし、だからといってなんにも持って帰らないわけにもいかない、そこで相談なんだが」

「生きたまま連れ帰ろうというのか」

六兵衛は首を振った、「そうじゃない、怒られると困るんだが、おまえさんの髻《もとどり》*を切ってもらいたいんだ」

「もとどりとは」と云って、昂軒は自分の頭を押えた、「――これのことか」

「そのとおり」と六兵衛は頷いた、「髻を切られるということは、侍にとってもっとも大きな屈辱だとされている、少なくとも、わが藩では古い昔からそう云われてきたし、私もそう云い聞かされてきたものだ」

「だからどうしろというんだ」

「済まないが」と六兵衛が云った、「その髻を切ってくれ、それを首の代りに持って帰る」

「髻が首の代りになるのか」

「なま首は腐るからな」と六兵衛が云った、「それに私は、人を殺したり自害するのを見たり

*髻＝髪を頭上に束ねたもの、またはその部分をいう。たぶさともいう。

するのは、好かないんだ」

「偏耳録」をまたここで引用するが、双子六兵衛は上意討を首尾よくはたし、おまけに嫁まで伴《つ》れて来たし、その高い評判によって、彼の妹のかね女《じょ》も、中野中老の息子大八郎と、めでたく婚姻のはこびになった。——とある。筆者であるわたくしとしては、これ以上もはやなにも付け加えることはないと思う。

(『別冊文藝春秋』一九六四年一〇月)

【解説】時代のなかのユーモア

新船海三郎

山本周五郎には重厚な歴史・時代小説だけでなく、しみじみ人の心を包む人情ものや一心に相手を思うけなげな心ばえのものもある、と選んできて、今回はユーモアをテーマに集めてみた。ところが、このユーモアというのがくせ者だと選んだあとに気がついた。辞書を引いてみると、ユーモアを「上品な洒落、おかしみ。諧謔」（広辞苑）、「（英humour）〈ヒューモア・ヒュモール・ヒューモー〉人を傷つけない上品なおかしみやしゃれ。知的なウィット、意志的な風刺に対して感情的なもの。近世のイギリス文学の重要な特質の一つであり、以後、文学や美学の一つのカテゴリーとされた。諧謔」（日本国語大辞典）と説明している。つまり、呵々大笑はもちろんのこと、落語の考え落ちのようなたくらみでも意図する風刺でもない、知的で上品なそこはかとないおかしみ、であるらしい。それなら、新井白石のように笑うのは半年に一度それも片頬で、などという御仁も笑みを浮かべるかもしれない、というようなものである。

これは難題である。加えて、外山滋比古のいうところでは、ユーモアはそれを発する側だけでなく、それをユーモアとして理解する受け手もだいじらしい（『ユーモアのレッスン』、中公新書）。「ユーモアが発達するには、社会、集団、仲間のあいだの言葉が成熟している必要があります。つまり、粋で、しゃれていて、野暮でないということです」ともいう。

いいかえれば、以心伝心というか、そういう絶妙に近い関係がお互いにあり、ものごとを同じようにとらえ、感情や気分を共有できるところに、ユーモアはなんとはなく生まれるというのである。この外山の分析が正当であるなら、ユーモアは閉鎖的であればあるほど通じることばの交歓になる。果たしてそれが、あくまでも外に開かれたものである文学の世界に可能であるか。彼《か》の辞書は文学や美学のカテゴリーの一つとまでいっている。たしかに、「ユーモア小説」などというものがある。だから、作家それぞれの色合いがあるのだろうが、周五郎のそれはさらに味わいがあるように思われる。

巻頭の「評釈堪忍記」は、一九四三年に起筆されている（正確に言えばそのもとになった「堪忍記」だが）。発表は戦後二年目なので、戦時中には完成しなかったようだ。この年の三月三日の日記に、「午后から『堪忍記』十枚書く。この一周日うちに仕上げてしまう、それから短編集の第一冊にかかるつもりだ」とあり、それほど時間をかけずに書きあげるつもりであったことがうかがわれるが、それがなぜ戦後になったのか。この小説のほんとうのユーモアは、小説世界とはべつに、そこにあるような気がする。

難しい作品ではない。江戸にいるときには乱暴で聞こえた主人公の庄司千蔵が、国許に帰るや伯父から乱暴をいさめられ、「堪忍袋」を胸中に沈めて勤めに出る。家中では、乱暴がどれほどのものか、試したり揶揄ったりするが動じない。屋敷の下僕にまで適当にあしらわれるが、それも我慢する。ところがある日、井戸の水を半挿に汲んで覗くとそこに見知ったようで似つかぬ男の顔があった。

千蔵は、自分が自分でなくなっていたことに気づく。堪忍袋のひもが切れた音を聞く。登城するや城内をめぐり、揶揄った男たちに立ち会うよう申し入れ、ひとまとめにやっつけてしまおうとする。が、翌朝、だれひとりそこには現れない。伯父には「堪忍袋」を返上する、という話である。

さて、周五郎が戦時下に書こうとしていたのはこれと同じ話だろうか。「堪忍記」と題していたのだから、ある意味での〝堪忍〟〝我慢〟を書こうとしてはいたのだろう。「欲しがりません勝つまでは」の標語が大政翼賛会などが募集した「国民決意の標語」に選ばれたのが一九四二年のこと。何らか影響があってもふしぎではない。そのころの日記には、がんばるぞ、と自分を励ますことばがたびたび出てくる。同時期には「婦道記」を書き継ぎ、凜然として生きる女性たちを描いてもいるから、あるいは世の男たちを叱咤するつもりだったかもしれない。

でもそれではおもしろくない。小説としては薄っぺらな国策追随になりかねない。だから問題は、これに「評釈」をつけて戦後に発表したことだ。「評釈」とはもちろん「堪忍」についてである。通常、我慢しきれないほどのものを耐え忍ぶのが「堪忍」だと言われる。堪えに堪えて、それでも堪忍袋の緒を切ってしまう……。敗戦後に堪えたそれほどの「堪忍」とは何だったのか。

と作品の背後を覗く方が合点がゆく。周五郎は、敗戦国日本の占領下の屈辱に、もろ肌脱いで、斬れるもんなら斬って見やがれ！　と啖呵の一つも返してみたかったのである。だが、それができない。〝泣く子も黙るマッカーサー〟である。曲軒とあだ名された周五郎でさえ、地団駄を踏む。せめて小説世界で、何でもない話にして、読者と阿吽の呼吸のもとに……、この小説のやや苦いおかしみがそこに成立している。堪忍袋を返上する千蔵がハハーと伯父に叩頭する姿は、稚気めいてはいるがいかにもしてやったりの感がある。

しかし、そのような企みは周五郎にはむしろ似合わない。周五郎のユーモアはもっとストレートであり、ときに重層的だ。どこにおかしみを感じてもらってもいいという場合もある。「ゆうれい貸屋」だって、その思いつきをおかしむ人がいれば、ゆうれいになって出てやろうとする理由に興をそそられる人もいるだろう。経を読んで鈴を鳴らすと成仏するなどというのも、何やら行き届いていておかしい。ゆうれいの恨みなど屁ともしない、現実を生きる人間のすさまじさ、あさましさ、魑魅魍魎ぶりも。あるいは、寝ていて食えるほど暮らしは柔じゃない、真面目にコツコツがいちばん……と微笑み返すあたりが真骨頂か。

「吝嗇」はふつうケチと訳されるが、「真説吝嗇記」を読んでいると、両者は似て非なるもののように思えてくる。鐨田宮内が迎えた妻のケチを突き詰めると、食べることだって息をすることだって、まったくムダになる。人間が生きて存在していることにだって及びかねない。そのことに気づいているのかいないのか、彼女のケチぶりはまったく度を超している。などと思うのはこちらが凡俗ゆえだろう。世評の気ままぶりには苦い笑いがある。

しかしこの作品のおかしみは、宮内の頓死に遭遇した叔父・飛田門太の必死の気働きといえる遺書の偽造にある。あまりに哀れな甥の死をなんとかしてやりたいと思う純一さが素直なおかしみを連れてくる。これが借金の棒引きだの財産の管理といった話が絡んでいると、涼風は吹かない。ユーモアは、自己保身や讒謗からは生まれないことを教えてくれる。ひねくれて、人の為と書いて「偽」とはこれいかに、などとは思うまい。宮内の死を悲しんでのことであるからこそ遺書の「真実」が人の心を捉え、結果、彼が残した財産の管理と家名の相続をゆだねられたのである。ユーモアは、もしかすると人が生きる「真実」に一番近いのかもしれない。夏目漱石もユーモアを「人格の根底から生ずる可笑味《おかしみ》」（『文学評論』）と評している。

「よじょう」のおかしみは、「仇討ち」への誤解にあるが、それよりも、私はことが終えたあとに岩太が旅館に吊した、宮本武蔵の水浅黄の帷子に思う。三ところ刀で裂いて吊した岩太の思いはどこにあったのか。父親の仇である武蔵から思わず渡された遺品。中国晋の予譲の斬衣の故事まで添えられた帷子に、見栄っ張りの武蔵を見た岩太であるが、それを笑い飛ばしながら、結局は武蔵の言い残したとおりに刀で裂いて、望む客に見せて客繁盛をはかる。

どこかで武蔵が笑っているように私は思う。小人はしょせん小人か、と。とはいえ、死んだ男の苦笑いは見えず、声も聞こえない。武蔵の遺言に乗りながら、岩太はちゃっかり世を渡っていく。この、生きる命は武蔵には味わえない。岩太は、武蔵のしゃっちょこばった、「常在戦場」を崩そうとしない無骨を笑い飛ばしたのであるが、どこかでそのようにしか生きられない男を哀しんでもいる。その心のひだにユーモアが生じる。

「ひとごろし」にもまたそれは共通する。しかし私は、討手に追われる仁藤昂軒のこんなことばに惹かれる。この作品のテーマともかかわっている。

「武芸というものは負けない修業だ、強い相手に勝ちぬくことだ、強く、強く、どんな相手をも打ち負かすための修業であり、おれはそれをまなび殆んどその技を身につけた、越前侯にみいだされたのも、そのおれの武芸の非凡さを買われたからだ、けれどもこんどの事でおれは知った、強い者に勝つのが武芸者ではない、ということを」

果たして、臆病で聞こえた六兵衛は上意討ちを買って出て、藩のお抱え武芸者仁藤昂軒を追い、行く先々でつきまとい、「人殺し」と浴びせかけ、ついに音をあげさせる。しかし、首ではなく髻《もとどり》を落とさせて持ち帰り、藩命に応えた格好をつける。笑いを醸し出すのは、「ひとごろし」と浴びせかける場面にではなく、人が死ぬのは見たくない、髻でけっこうと、何事もできるだけ人を傷つけず、丸く納まるようにと心を砕く、その人柄である。

弱いことは恥ずかしいことではない。知力を働かせれば、強敵を打ち負かすことはできる。恥ずかしいのは、それをせずに自分を大きく強く見せることばかりに腐心することだ。

と、ここまで書いてきて、何やらどこかの国の今をいうようなことになってきた。「敵基地攻撃能力」などまったく度しがたい。

周五郎がこれを発表したのは一九六四年。前の東京オリンピックの年だが、周五郎がこれを書いたときは開会式以前。「六〇年安保」の大波が去り、高度経済成長を謳歌する時代が来ようとしているときだった。「アイ・アム・タフ」とテレビコマーシャルが流れ、〝強さ〟を押し出してきていた。

思えば、占領下の屈辱はあったが、新しい憲法を戴いて出発した「戦後」は、人が個人として尊重され、平和を保持するために武器は持たず戦争はせず、もめ事は話し合いで、だった。「ひとごろし」と叫ぶのは、それ以上人を殺《あや》めさせないための必死の叫びでもある。それを忘れてはいないか……。周五郎はそう語りかけてくる。そのように読みたい。あのころはまだこのユーモアを理解したのだ。時代も人も「劣化」した現代では、悲しいかなブラックユーモアだ。

ユーモアは送り手と受け手の相互の交歓で成立するのだが、私はそこにもう一つ、「時代」を加えたい。音高い激流のような、押しつけられ与えられるものでなく、私たち自身の意志的な、心穏やかに日日を愉しむものとしての「時代」である。あのころとの隔世を嘆かず、わが身と社会を成熟させるなら、それはなお可能だろう。何気ないことばに馥郁《ふくいく》としたユーモアを味わう日はかならず来る、と信じたい。そうすれば、周五郎もきっと肩を組んで歩いてくれるだろう、そんな気がする。

新船海三郎（しんふね・かいさぶろう）＝1947年生まれ、文芸評論家。新聞記者、季刊誌『季論21』編集責任者、出版社代表など経る。日本民主主義文学会、日本文芸家協会会員。著書に『歴史の道程と文学』『藤沢周平 志たかく情あつく』『日日是好読』『わが文学の原風景』（インタビュー集）など。

山本周五郎（やまもと・しゅうごろう　1903・6・22 - 1967・2・17）
本名：清水 三十六（しみず さとむ）。山梨県生まれ。小学校卒業後、質店の東京木挽町の山本周五郎商店に徒弟として住み込む（筆名はこれに由来する）。雑誌記者などを経て 1926 年「須磨寺付近」で文壇に登場。庶民の立場から武士の苦衷や市井人の哀感を描いた時代小説、歴史小説などを発表。1943 年、『日本婦道記』が上半期の直木賞に推されたが受賞を固辞。『樅ノ木は残った』「赤ひげ診療譚」『青べか物語』など、とくに晩年多くの傑作を発表し、高く評価された。

山本《やま》周《しゅう》五《ご》郎《ろう》 ユーモア小《しょう》説《せつ》集《しゅう》

2023 年 2 月 19 日　第 1 刷発行
2023 年 3 月 31 日　第 2 刷発行

著　者　山本周五郎
発行者　浜田和子
発行所　株式会社 本の泉社
〒112-0005 東京都文京区水道 2-10-9　板倉ビル 2F
電話 03-5810-1581　FAX 03-5810-1582
https://www.honnoizumi.co.jp/
印　刷　音羽印刷株式会社
製　本　株式会社村上製本所

ISBN978-4-7807-2235-2 C0093